ちくま文庫

阿房列車

内田百閒集成 I

筑摩書房

目次

特別阿房列車
　東京　大阪 7

区間阿房列車
　国府津　御殿場線　沼津　由比　興津　静岡 44

鹿児島阿房列車　前章
　尾ノ道　呉線　広島　博多 115

鹿児島阿房列車　後章
　鹿児島　肥薩線　八代 147

東北本線阿房列車
　福島　盛岡　浅虫 187

奥羽本線阿房列車　前章
　青森　秋田 ... 227

奥羽本線阿房列車　後章
　横手　横黒線　山形　仙山線　松島 ... 251

雪中新潟阿房列車
　上野　新潟 ... 287

春光山陽特別阿房列車
　東京　京都　博多　八代 ... 315

解説　和田忠彦 ... 371

雑俎　平山三郎 ... 380

編集　佐藤聖
資料協力　紅野謙介

阿房列車

内田百閒集成1

鉄道唱歌　第二集終節

六七　（長崎ノ続キ）　前は海原(うなばら)はてもなく
　　　　外(と)つ国(ぐに)までもつづくらん

六八　あとは鉄道一すじに
　　　またたくひまよ青森も
　　　あしたは花の嵐山(あらしやま)
　　　ゆうべは月の筑紫潟(つくしがた)
　　　かしこも楽しここもよし
　　　いざ見てめぐれ汽車の友

特別阿房列車

阿房と云うのは、人の思わくに調子を合わせてそう云うだけの話で、自分で勿論阿房だなどと考えてはいない。用事がなければどこへも行ってはいけないと云うわけはない。なんにも用事がないけれど、汽車に乗って大阪へ行って来ようと思う。用事がないのに出かけるのだから、三等や二等には乗りたくない。汽車の中では一等が一番いい。私は五十になった時分から、これからは一等でなければ乗らないときめた。そうきめても、お金がなくて用事が出来れば止むを得ないから、三等に乗るかも知れない。しかしどっちつかずの曖昧な二等には乗りたくない。二等に乗っている人の顔附きは嫌いである。

戦時中から戦後にかけて、何遍も地方からの招請を受けたが、当時はどの線にも一等車を聯結しなかったから、皆ことわった。遠慮のない相手には一等でなければ出掛けないと明言したが、行くつもりなのを、そう云う事情でことわったのでなく、もと

もと行きたくないから一等車を口実にしたのだが、終戦後、世の中が元の様になおりかけて来ると、いろんな物が復活し、主な線には一等車をつなぎ出したから、この次に何か云ってきたら、どう云ってことわろうかと思う。

今度は用事はないし、一等車はあるし、だから一等車で出かけようと思う。お金の事を心配している人があるかも知れないけれど、それは後で話す。しかし用事がないと云う、そのいい境涯（きょうがい）は片道しか味わえない。なぜと云うに、行く時は用事はないけれど、向うへ著いたら、著きっ放しと云うわけには行かないので、必ず帰って来なければならないから、帰りの片道は冗談の旅行ではない。そう云う用事のある旅行なら、一等になんか乗らなくてもいいから三等で帰って来ようと思う。以前は三等の二倍が二等で、三倍が一等であったから、仮りに三等が十円だとすると二等は三十円で、二等で往復すれば四十円かかる。一等で行って三等で帰って来ても同じく四十円である。今は右の倍率が少し違うので、この通りの計算では行かないが、大体似た様な関係が成り立つ。だから一等で行って、三等で帰って来ようときめた。

尤（もっと）も最初からそう思ったわけではない。この旅行を思いついた時の案は、お午過ぎ十二時三十分に東京を出る特別急行で立って、晩の八時半に大阪に著き、著いて見たところで用事はないから、三十分後の第十四列車銀河の一等寝台で帰って来ようと考えた。そうすれば大阪駅の構内から外へ出る事もないから、無駄遣

いをする心配がない。しかし実際は、行って見たら大阪駅は駅の中に殷賑な商店街があって、無駄遣いに事を欠かない様に出来ていたが、勿論私は無駄遣いなぞしなかった。

それで右の旅程に依るとして、どの位お金がかかるかを調べて貰ったところが、行きがけの一等料金は大体覚悟の前だが、帰りの夜行の寝台は非常に高くつく。特別室の寝台だと、それよりまだ高い。そうして夜は外が見えないから、つまらない。出かけるとしても、まだその旅費の分別はついていないのだが、お金が出来ない内から、まだ無いお金が惜しくなった。一等寝台はよすとして、二等には乗りたくない。戦前の三等寝台はまだ復活していないから、三等の夜行だと、夜通し固い座席に突っ張らかっていなければならない。何の因果でそんなみじめな目に会わなければならぬのか解らない事になってしまう。

それでは気をかえて、一晩宿屋へ泊まる事を考えて見なければならない。旅馴れないので、日本風の宿屋に泊まると、色色気を遣う。大分前の話だが、京都の宿屋で朝立つ時につけを見て払いをした。それから別にいくらか包んで渡したら、一旦女中が持って降りてから更めてやって来て、只今戴いたのは、帳場に下されたのか、女中に下されたのか、どっちで御座いますと開き直って糾問した。何と答えたか覚えていないけれど、それで茶代と心附けとは別別にやらなければならないと云う事をはっきり

知ったか、或は知っていたけれども、懐の都合で何となく曖昧に済ませたつもりで却って追究されたのかも知れない。

もっと前のまだ若かった時には、矢張り京都の三条の宿屋で、お金を払う時に、つけを見てそれに合わせてお金を列べるのが何となくきまりが悪くて興奮したのだろうと思う。はずみがついて、茶代をやり過ぎてしまった。後で有り金をはたいて見たが、帰りの汽車賃が二銭足りなくなっている。若し二銭の工面がついたとしても、それでは車中飲まず食わずだが、それは構わない。しかし二銭でも一銭でも足りなければ切符は買えない。宿屋では駅までお俥を呼びましょうなどのをことわって、寄る所があるとか何とか云いながら、大きな鞄をさげて宿屋を出た。電車に乗るわけにも行かないので、暑い日盛りを三条から七条まで歩きながら、途途千千に肝胆を砕いたけれど、分別はなかった。仕方がないので途中迄の切符を買って、そこで夜明けに下車し、朝になるを待って、駅の近くの古本屋で持っていた樗牛全集の第七巻を売り払い、そのお金で更めて切符を買い足してやっと帰って来た。二銭足りない為に旅程を中断したから、逓減率を無駄にして、大変な損をした。

今度もし大阪で泊まるとしても、日本風の宿屋は気骨が折れる。そう云う所で、ただの一晩にしろ何の気苦労もなく振舞う程のお金が調うかどうか、それがまだ解らないが、だから持ってもいないお金をけちけちするにも及ばない様なものだが、こちら

から進んで使ったお金でなく、絞られて止むを得ず出したお金は後後まで惜しく思われて、いけない。だからそう云う宿屋に泊まる事は考えない事にして、洋風のホテルなら気安である。新大阪ホテルや以前にあった堂ビルホテルには、どちらにも何度か泊まった馴染みがあって一番いいのだが、新大阪ホテルは今は使えないし、堂ビルホテルは大分前からなくなっていると云う話なので、そこを心当てにするわけには行かない。

十月改正の時刻表を開けて巻末の宿屋の広告を調べて見た。ホテルと云う名前の宿屋はいくつもある。しかしどうも信用が出来ない。昔、私がいろんな事で工合が悪くなって蒙塵し、何年かの間息を殺していた下宿は、一人一室二食附で一ヶ月二十円の早稲田ホテルであった。ホテルと云う名前だけで帝国ホテルや都ホテルを類推するわけには行かない。それで大阪へ泊まるとしても、どうしていいかはまだ方針が立たなかった。

よせばそれで済む事を、色色に空想して困っている。元来私は動悸持ちで結滞屋で、だから長い間一人でいると胸先が苦しくなり、手の平に一ぱい冷汗が出て来る。気の所為なのだが、原因が気の所為だとしても、現実に不安感を起こし、苦しくなるから、遠い所へ行く一人旅なぞ思いも寄らない。もし今度の思いつきを実行し、一人で出掛けたら沼津辺りまで行った頃、已に重態に陥った様な気がするであろう。だれかを連

れて行かなければならないと云う事を、初めから考えていた。国有鉄道にヒマラヤ山系と呼ぶ職員がいて年来の入魂である。年は若いし邪魔にもならぬから、と云っては山系先生に失礼であるが、彼に同行を願おうかと思う。まだあやふやの話であるけれど、もし行くとしたらと云う事で内意をきいて見ると、行くと云うので一人旅の心配はなくなった。

一緒に行くとしても山系君を一等車に招待するつもりはない。半減と云う後の半分は、別別にいて兎に角同じ列車に乗っていると云うだけで、一緒に行く値打が半減する。半減と云う後の半分は、別別にいても兎に角同じ列車に乗っているのでは、一緒に行く値打が半減する。動悸持ちの結滞屋に取って心丈夫でない事はない。しかし矢っ張りそれではつまらないし、山系君も何の為に連れ出されたか、判然しなくなるであろう。それに就いては私の胸中すでに成竹が有る。

ヒマラヤ山系がふだんポケットに入れているパスは三等乗車証である。出張の手続をすれば二等に出来るそうだが、一等にして貰えない限り、二等になっても意味はない。然かのみならず手続なぞして出張を命ぜらると云う事になれば期間の制限が生ずる。いつでも勝手に出張して来いと云う様な命令がある筈はない。そうなると、いつの事だか解らなく空想している私の方が山系の側から掣肘を受ける事になる。それで手続をする事は断念して貰って、三等でいいと云う事に観念せしめたのだが、いくら国有鉄道の職員であっても、三等車の乗客がのこの一等車に這入って来れば怒られ

るにきまっている。しかしこちらから一等車のボイにそう云って、三等の何号車にヒマラヤ山系と云う人が乗っている筈だ、この方は国有鉄道の職員なのだが、話したい用事があるから、こちらへお越し下さる様にそう云って、御案内してくれと命ずれば、それでいい。展望車の中の座席は、どうせ幾つかは空いているから、後はお茶でも運ばしてゆっくり話し込んでいればいいので、或は話しなぞしなくても、ボイが来てなぜ話しをしないかと怒る事もあるまい。山系の一等車転乗の件はこれで解決する。だから山系は三等でいい。

色色と空想の上に心を馳せて気を遣ったが、まだ旅費の見当がついていない。いい折りを見て、心当たりに当たって見た。

「大阪へ行って来ようと思うのですが」

「それはそれは」

「それに就いてです」

「急な御用ですか」

「御逗留ですか」

「用事はありませんけれど、行って来ようと思うのですが」

「いや、すぐ帰ります。事によったら著いた晩の夜行ですぐに帰って来ます」

「事によったらと仰しゃると」

「旅費の都合です。お金が十分なら帰って来ます。足りなそうなら一晩ぐらい泊まってもいいです」

「解りません」

「いや、それでよく解っているのです。慎重な考慮の結果ですから」

「ほう」

「それで、お金を貸して下さいませんか」

 気を持たせない為に、すぐに云っておくが、この話しのお金は貸して貰う事が出来た。あんまり用のない金なので、貸す方も気がらくだろうと云う事は、借りる側に起っていても解る。借りる側の都合から云えば、勿論借りたいから頼むのであるけれど、若し貸して貰えなければ思い立った大阪行をよすだけの事で、よして見たところで大阪にだれも待っているわけではなし、もともとなんにもない用事に支障が起こる筈もない。

 そもそもお金の貸し借りと云うのは六ずかしいもので、元来は有る所から無い所へ移動させて貰うだけの事なのだが、素人が下手をすると、後で自分で腹を立てて見たり、相手の気持をそこねたりする結果になる。友人に金を貸すと、金も友達も失うと云う箴言なぞは、下手がお金をいじくった時の戒めに過ぎない。

 一番いけないのは、必要なお金を借りようとする事である。借りられなければ困る

し、貸さなければ腹が立つ。又同じいる金でも、その必要になった原因に色々あって、道楽の挙げ句だとか、好きな女に入れ揚げた穴埋めなどと云うのは性質のいい方で、地道な生活の結果脚が出て家賃が溜まり、米屋に払えないと云うのは最もいけない。私が若い時暮らしに困り、借金しようとしている時、友人がこう云った。だれが君に貸すものか。放蕩したと云うではなし、月給が少くて生活費がかさんだと云うのでは、そんな金を借りたって返せる見込は初めから有りやせん。

そんなのに比べると、今度の旅費の借金は本筋である。こちらが思いつめていないから、先方も気がらくで、何となく貸してくれる気がするであろう。ただ一ついけないのは、借りた金は返さなければならぬと云う事である。それを思うと面白くないけれど、今思い立った旅行に出られると云う楽しみは、まだ先の返すと云う憂鬱よりも感動の度が強い。せめて返済するのを成る可く先に延ばす様に諒解して貰った。じきに返さなければならぬのでは、索然として興趣を妨ぐる事甚だしい。いずれ春永にと云う事になって、難有く拝借した。

お金が出来ていよいよ空想が実現する形勢である。このお金は私が春永に返した時に初めて私のお金であった事を実証するので、今は私のお金ではない。いくら私が浪費者であっても、若しそれだけのお金を自分の懐に持っていたとすれば、それを出して、はたいて、丸で意味のない汽車旅行につかい果たす事は思い立たないであろう。

私の金でなければ人の金かと云うに、そうでもない。貸してくれる方からは既に出発しているのでその人のお金でもない。丁度私の手で私の旅行に消費する様になっている宙に浮かんだお金である。これをふところにして、威風堂堂と出かけようと思う。
汽車に乗るには切符がいる。旅程がきまっていれば、予め切符を買っておく方がいい。しかし私に旅程はない。先に切符を買えば、その切符の日附が旅程をきめて、私を束縛するから、何日か前から切符を買っておくと云う事は考えなかった。前日に買っても、その翌日は必ず立たなければならないと云う事になるので、それでは今度の旅行の趣旨に反する。出かけて見て、切符が買えないので乗れなかったら、又今度にすればいいと云う事にしよう。
しかし、少しは気に掛かるので、外出した序に東京駅の八重洲口へ寄って、案内所で当日の切符が買えるかどうか尋ねて見た。係が二人いて、一人はそれは請け合えない。現に昨日の午の特別急行も一等が満員だったと云った。向かい合ったもう一人の係は、いや、一等なら大丈夫ですよと云った。初めの方のが、しかし旅程がおきまりになっているのだったら、前に買っておかれる方が安全ですねと云った。
二説に岐わかれたけれど、もともと先に買っておく気はなかったのだから、当日買えると云う方に与して、その日に、乗る時に買う事にきめた。
それからは毎晩、お膳の後で汽車の時刻表を眺めて夜を更かした。眺めると云うよ

り読み耽るのである。ヒマラヤ山系が新らしく改正になったのをくれたので、急行列車等の時間の工合が大体戦前の鉄道全盛当時に近くなって居り、くしゃくしゃに詰まった時刻時刻の数字を見ているだけで感興が尽きない。こまかい数字にじっと見入った儘で午前三時を過ぎ、あわてて寝た晩もある。

忘月忘日の日曜日に出かけようと思い立った。十二時三十分東京駅発の特別急行第三列車「はと」号で行くつもりである。切符その他何の制限もない様にしておいたけれど、今日起きて今日行こうと思うわけには行かない。矢っ張り支度をしなければならないし、ヒマラヤ山系に打合わせる必要もある。山系がいい工合にその次の週の初めは休暇を取っていると云う話を聞いたので、それに引っ掛けようと考えた。公務に携わっている者を、私用だか閑用だか無用だか、そう云う得態の知れない事由の為に休ませてはいけないと云う位の官僚的判断は私にもある。

当日はいつもより早く起きて支度をした。ふだんは大概お午近く起きるのだが、そんな事をしていたら、お午過ぎの特別急行が出た後で東京駅へふらふらと行き著いた様な事になる。平素の習慣を破るのは好まないけれど、仕方がない。

大体もう出かけられる様に支度が出来た。昨夜の残雨がまだ横降りに降っている。きれのボストンバッグの手の所そこへ山系がやって来た。泥坊の様な顔をしている。きれのボストンバッグの手の所がしゃくしゃくれて、糸がほつれて、千切れそうになったのをさげている。

「貴君は革の鞄を持って来ると云ったじゃないか」
「はあ」
「それは随分きたならしいね」
「あれはですね、革の鞄は手の所が千切れかけているのです」
「それで」
「鞄屋へ持って行って直させると間に合わないから、これにしました」
「まあそこへ置きなさい」
雨の中を傘をささずに来て、ぼさぼさっとして土間に突っ起っている。
「髭ぐらい剃って来たらよさそうなものだ」
「剃って来たんですよ」と云って突っ起った儘、頤を撫でた。
私はステッキの外に、何も持ち物はない。ちり紙やタオルは山系のバッグの中に入れて貰った。
雨は上がっている。それで出かけた。
市ヶ谷から省線電車に乗った。
釣り皮につかまって、小柄なヒマラヤ山系を見下ろしながら、訓示を垂れた。
「永年貴君とお酒を飲んで、どの位飲めばどうなるかと云う加減はお互によく知っている。相戒めて、旅先でしくじる事のない様にしましょう。しくじると云うのは人に

迷惑を掛けると云う事でなく、自分で不愉快になり、その次に飲む酒の味がまずくなると云う様な、そう云う事を避けようと云う意味なので、僕は六ずかしい事を云ってるのではない。いいですか」と念を押した。

山系は浮かぬ顔で、「はあ」と云ったきり、黙っている。

山系を相手に置いて、実は自分に云い聞かせているのだと云う事は解っているけれど、そう云う顔はしない。

「その心掛けでいて、しかし滅多にない機会だから、出来るだけおいしく、そうしてうんと飲んで来よう」と云ったら、さっきよりは少し判然した調子である。それから後は黙っていた。もともと私は用事があって山系を連れ出したわけではない。又山系は元来用事のない男である。省線電車の窓外の景色に興味もないし、釣り皮にぶら下がってぼんやりしている内に、市ヶ谷駅からの三粁半を夢の間に切符が売り切れる様な気がし出した。発車にはまだ一時間半ぐらい間があるけれど、こうしてはいられないと云う気がする。

そう云う気持で歩くと、東京駅の歩廊は無意味に長い。八重洲口の改札から出て、長距離列車の切符売場の出札口へ急いだ。私が余りせかせかするので、山系が気にして、僕が買って来るから、先生はここいらで待っていろと云った。それもそうだと思

ったので、中途半端な所で立ち止まり、片づかぬ気持で待っていると、じきに山系が曖昧な顔をして戻って来た。

どうしたと聞くと、顔附きは曖昧だが、云う事は非常にはっきりしている。一等も二等も三等も、各等全部売り切れで、一枚も買えません。

そうか。そうであったか。しかし、かねて期したる所なれば、この儘家路に立返り、又あした出なおすに若くはない。

本来そう云うつもりであったのだが、今ここで東京駅の中途半端な所に立ち往生して考えると、今までのはずみで、どうもそうは行かない。何が何でも是が非でも、満員でも売り切れでも、乗っている人を降ろしても構わないから、是非今日、そう思った時間に立ちたい。仮りに明日出なおすと観念しても、明日は明日で又売り切れているだろう。今日から明日の切符を買っておくのがいやだったら、今日立つより外に分別はない。

「駅長室へ行って相談して見よう」と私が云って歩き出したが、八重洲口から、駅長室のある表側の乗車口へ来るのに改札が二つあって、切符がなければ通れない。仕方がないから入場券を買って、駅の中を通り抜けた。山系は鉄道の職員だから、そんな物はいらない。

駅長室へ行く間に考えた。各等売り切れだったら、山系の三等の特別急行券は頼ん

で見るだけ無駄であろう。「はと」と「つばめ」は本体は二等急行と云うべき編成で、一等は一輛だが二等は五輛つないでいる。然るに三等はその半分の二輛半しかない。だから三等はきっとすぐに満員になり、一旦売り切れたら後からの取消しなぞは滅多にないに違いない。たまにあっても手軽にそれを手に入れる事は六ずかしいだろう。そう云う、無理にきまった事で駅長室を煩わすのはよくない。面倒だから、ヒマラヤ山系の国有鉄道職員である特権は利用しない事にして、普通の乗客として、切符が買えるものなら、一等に乗せてしまおうと決心した。お金は大丈夫である。しかしそう云う事にすると、帰りの私自身の一等寝台はいよいよ影が薄くなる。況や帰りもヒマラヤ山系を一等客として尊敬するなぞ思いもよらない。第一、帰りは帰ると云う用事があるのだから、三等で沢山であり、無駄遣いは避けなければならない。行きは一等、帰りは三等、一栄一落これ春秋で大変結構な味がする。

そう云う腹をきめて駅長室へ這入って行った。日曜日だから、駅長は出ていない。助役さんの様な人に頼んで見た。

「今日の第三列車の一等を二枚、お願い出来ませんでしょうか」

「少々お待ち下さい」

すぐにその場で電話をかけてくれた。一寸待ったら、どこからか返事が来た。

「御座いました。今、書附を書いて差し上げます」

傍の長椅子で固唾を嚥んでいた私は、ひとりでにお尻が浮いた程よろこんだ。書附は山系が請取ったから、何が書いてあったか、よく知らないが、それを持ってもう一度出札口へ行けば切符を売ってくれる筈である。

駅長室を出て、外を歩きながら、

「よかったなあ」と私が云った。

「はあ」と云ったきりで、山系は全く要領を得ない。

ところでもう一度切符を買いに行くには、又入場券を買わなければならない。そうでなければ外の道を高架線に沿って丸ノ内一丁目のガアド迄行き、それから呉服橋へ出て、外濠の縁を八重洲口まで引き返す事になる。大変な道のりで、ぐずぐずすれば汽車に乗り遅れてしまう。

入場券を買わなければならないと云うと、山系は考えて、その必要はないでしょう、僕が一人で行って買って来るから、先生はここに起って待っていろと、さっきと同じ様な事を云った。

ぼろぼろのボストンバッグを山系の手から預かり、その手をステッキの握りに引っ掛けて、乗車口の改札の所で待っていた。いくつもある改札口の、今使っていない所に靠れて、地下道で縺れ合っている人の

流れを眺めた。ろくな人相の男はいない。たまに女が混じって来る。女の人相は男よりまだ悪い。男も女も猿が風を引いた様な顔をしている。

「少し御免なさい」と云う声がしたと思うと、女の子が私を押しのける様にして、今まで閉まっていた改札口を開けた。この頃あまり見掛けなくなったが、矢っ張り女の駅員なのか知らぬ。それから若い男の駅員も出て来て、私の起っているうしろの方へ相図をしたと思うと、さっと足音が立って、一隊の修学旅行がその改札口を通り始めた。まだ子供である。この頃の新制度の中学生だろう。先生の様なのが出て来て、駅員の傍らに起っている。駅員が、「一人ずつ、一人ずつ。一列に列んで」と云ったが、中中云う事を聞かない。押し合いへし合いして改札口を通り抜ける。さっきの女の駅員が手を動かして人数を数えている。その手の下をすり抜けた子供達は、中へ這入って地下道の人ごみにまぎれ込み、一人としてじっとしているのはいない。先生があわてて、「先頭はそこに立ち停まって、後を待っていなければいかん」と云ったが、ちっとも向うへ徹底しない。厄介なものだなと思いながら、そっちを眺めたり、人混みの間に目を泳がせて地下道の先の方を見通したりしているが、ヒマラヤ山系は中中帰って来ない。

いろんなのが出て来る。日曜日のお午まえなのだから、勤めの用事でこうまで混雑するのか解らないが、どうせるのは少いだろう。何の為にどんな用件でこうまで混雑するのか解らないが、どうせこの改札を通

用事なんかないにきまっていると、にがにがしく思った。和服を著たおやじが、こっち迄聞こえる様な声で独り言を云いながらやって来て、独り言を止めずに改札を出て行った。変な気持になっている目の前へ、ひょっこり人のうしろから山系が出て来た。

「どうした」

「買えました」

「それはよかった。安心した」

「はあ」

「これでいよいよ出掛けられる。貴君、うれしいじゃないか」

「はあ」と云いながら私の手から、ボストンバッグを受け取った。

乗車口のだだっぴろいホオルの中頃の所に突っ起って、考えた。私は朝からまだなんにも食べていない。それは今頃の時間ならいつだってそうなので、今日に限った事ではないが、切符が買えて、発車を待つばかりとなって見ると、それ迄にはまだたっぷり時間はあるし、何となく腹がへっている様な気がしない事もない。汽車に乗ってから腹がへっていては忙しい気がする。食堂車へはお酒を飲む時の外は成る可く行きたくない。座席でボイにそう云って何か取り寄せてもいいが、それも面倒臭い。食べないよりは厄介である。だから今ここで、時間の余裕を利用して構内の食堂に行き、

簡単な食事を済ませておこうか知らとと考える。実はそれは自分に対する自分の取り繕った体裁であって、本当の所は切符が買えたので又出なおして来るなどと云う面倒もなくなり、うれしくて堪らないから、そこの食堂で一杯飲みたいと云うのが本音である。しかし、私の目の前に突っ起っているヒマラヤ山系に、こんな腹の中のいきさつを話して見たところで、相手になって話しに乗って来ないにきまっているから、こちらで省略して、
「まだ時間があるから、そこの食堂へ這入ろう」と云って私が歩き出した。
「はあ」と云って一緒に歩き出した。
　精養軒食堂でウィスキイを飲んだ。私はウィスキイは余り好きではないが、ほっと安心したところなので、こう云う時の一盞はうまい。山系もうまそうに舐めている。それで又杯を追加して取り寄せた。お午時なのでお客がこんでいる。隣の食卓にいる三人連れは景気よく麦酒を飲んで、三人共赤い顔をしている。私はお酒が好きで、麦酒はそれ以上に好きだから、だから決して真っ昼間から麦酒やお酒を飲む様な事はしない。人が飲んでいるのを見るのも嫌いである。にがにがしく思って、小さな声で、
「昼日中から麦酒を飲んで、そら。猿の様な顔をしてる」と云ったら山系がそっちを振り向いた。山系の顔が少し赤くなりかけている。そう云えば、私もウィスキイを飲

んでいる事に気がついたが、仕方がないから、これは旅中の恥の例外であって、旅の恥は掻き捨てだと云うことにした。尤も旅だと云っても切符は買ったけれど、汽車はまだ出ていないし、乗ってもいない。

腹ごしらえはトゥストだけで済ませて食堂を出た。

それから更めて改札を通って、長距離列車の歩廊へ出た。

私は汽車に乗る時、これから自分の乗る列車の歩廊の頭から尻まで全体を見た上でないと気が済まないのだが、いい工合に階段を登ってその歩廊へ出た所に、荷物半分三等半分のハニの第一号車があって、十輛編成の最後の十号車が一等であるから、そこ迄歩いて行く間に「はと」の編成全部を見る事が出来る。そのつもりで、その側ばかり見て歩いて行った。汽車に乗るのは随分暫くぶりである。この前乗ったのは戦争になる前であったから、間に十年近くの歳月が流れている。戦争になってからは、疎開という名目で逃げ出すのがいやだったから、じっとしていたので当時の混乱した汽車の実況は知らずに済んだ。

今こうして昔に返ったいい汽車に乗れるのも、足許に落ちた焼夷弾を身体で受けなかったお蔭である。一等車のステップの前には靴拭きのマットが敷いてある。私の靴は昭和十四年に誂えて造った上等品で、キッド皮の深護謨である。深護謨と云う靴の形に馴染みがない人は、昔の枢密顧問官が穿いた様な靴だと思えばよろしい。立派な

靴が古くなって、横腹に穴があいたから、大きなつぎが当たっているけれど、それは止むを得ない。その靴の裏をマットでこすって上がった。山系は南瓜を踏み潰した様な貧弱な恰好の靴を、同じ様にマットでこすって上がって来た。

ボイが出て来た。年配のおやじである。それで安心した。列車のボイは勿論男でなければいけないし、又何かの点で寝台ボイの様な少年でも物足りない。鉄道の時間改正後に出た時刻表の口絵写真には、洋装の美人が展望車のデッキの柱につかまって、あらぬ方を眺めやり、下卑た薄笑いをしているのが載っているが、大分前の新聞で、今後は特別急行のボイには男を廃して美人を乗せ、妍を競わしめるとあったのを読んだ後なので、特別急行もいいけれど、こう云う美人にかしずかれては、一等車も台無しだと思ったが、口絵のどう云う行き違いか、或はやって見て成績が悪いのでよしたのか、案じた事は杞憂に終って、年季を入れたらしい男のボイの出迎を受け、コムパアトに這入って落ちついた。ボイが山系の手からぼろぼろの、持ったら手がよごれそうなボストンバッグを恭しく受取って、「お鞄は網棚にお乗せ申して置きます」と云って、お辞儀をした。ボイが可笑しいのを我慢してやしないかと云う点が少し気の毒であった。

発車までにはまだ大分時間があるから、一服した。コムパアトの前の座席に秘書らしい男を連れた紳士がいる。手に書類の束を持って、何だかこまごまと云いつけてい

「それから、これを〆香に渡してだね、こう云っといてくれないか」と云って少し声を落とした。

「あっちの座席へ出て見よう」と云って、私は山系を促して展望車へ出た。お馴染みへのことづけかも知れないし、そうではないかも解らないが、遠慮した方がいいのか、わざと聞かされているのか、その判断はつかなかった。

肘掛椅子に腰を降ろして、山系と並んで歩廊の方を眺めた。最後部だから、窓の前に余り人が行ったり来たりしないから、うるさくない。

「何時だろう」と云ったら、山系が洋服の左の袖口をたくし上げた。借り物の腕時計の鎖の環がゆる過ぎるので、手頸でとまらないから、奥の方の、肘の近くに嵌めてあるのである。

山系が蚤でも探す様に自分の腕をのぞき込んでいる時、いきなり目の前に編輯者の椰子君が突っ起った。頭に乗っけたお椀頭巾を引っ千切るように脱いでポケットに捩じ込んでにこにこ笑っている。

不意なので山系が面喰って、びっくりした途端に肘掛椅子から起ち上がった。

「多分今日あたりの見当だろうと思って、お見送りにまいりました」

「それはどうも恐縮ですね」

「いえ」
「却って恐縮、と云うのはこう云う場合に適切だな」
「椰子さん、まあどうぞ」と山系が椅子を薦めた。
椰子君は人の前に仁王立ちになって、大きな声をしてこんな事を云い出した。
「お見送りを兼ねましてね、お見送り旁、先生が一等車の中で、どんな顔をして居られるかと云う、それを見にまいりました」
「それはどうも」
「こうして展望車におさまって居られる所をですね」
「どうも形勢がよくない。はたに人が居て、聞いている。山系のボストンバッグよりまだいけない。
「まあ外へ出ましょう」と云って私は椅子から起ち上がった。
椰子君と山系がついて来て、三人で歩廊に起った。
「どうも驚いたな。紳士たる者がきまりが悪くなってしまう」
「何、そんな事はありませんよ。実は先生がそうして一等車に威張っていられる所を写真に撮ろうと思って、フイルムがなくなっていましたのでね、今来る時、方方を何軒も聞いて歩いたのですけれど、どっこにもありませんでね」
「そりゃいい工合だった」

「残念でした。そうでなかったら、もっと早く来て、記念撮影をするつもりだったのですが」

「あぶない所だった。ねえ山系君、あすこでそんな事をされたら、生きたる心地もなくなるからね」

「はあ」と云って中途半端な顔をしている。後で聞くと、椰子さんは勿論僕が一等車に乗る様になった順序もいきさつも知らないでしょう。まさかそんな事とは思わないから、多分僕も見送りに来たかと思ったに違いないから、今すぐ発車する間際に、どう挨拶しようかと考えていたのですと云った。

私は何かと気を遣うたちだが、その時はそんな事に構っていなかった。私は昔からよく汽車に乗り遅れたが、ここにこうして立っている分には、乗り遅れる心配はない。

「椰子さん、僕はいつも汽車に乗る時、そう思うのですがね、汽車が走っている時は、つまり、機みがついて走り続けているなら、それで走って行ける様な気がするのだが、こうして停まって、静まり返っているこれだけの図体の物を、発車の相図を受けたら動かし出すと云う、その最初の力は人間業ではないと思う」

「先生は人が引っ張って行く様な事を云われますけれど」

「だれが引っ張っても同じ事なので、気になるのは、動いている汽車と停まっている汽車とは丸で別物だと云う事です。その別別のものを一つの汽車で間に合わせると云

う点が六ずかしい」

山系が愛想をつかした様な顔をして、「先生もうじき出ますよ」と云いながら、自分の袖の奥の時計と歩廊の電気時計とを見くらべた。

本当に発車のベルが鳴り出した。

マットを踏んでデッキに上がり、山系も上がって来た。椰子君がデッキから椰子君の方へ挨拶する内に動き出した。車室へ這入ってもとの肘掛椅子に腰をおろし掛けたが、さっきから手洗に行きたいのを延ばしていたので、それを済ませてから落ちつきたい。椰子君が来たから、その相手をして、行かなかったと云うのではなく、一体、汽車が動いていない時に行ってはいけないと云う事は子供の時から教わっている。学生時代にしょっちゅう休暇の帰省などで東海道線山陽線を往復した当時もそれは普通に守り、私だけの心得でなく、だれでもそうしていた様である。勿論それは当り前だと思う。そうして戸の前に起って開けようとしたら、赤いしるしが出ている。発車してから這入る暇はまだない筈である。じきに戸が開いて紳士が出て来たから、狭い廊下で身体を躱そうと思ったら、こっちへ来ないで、聯結のデッキを渡って、向うの二等車の方へ帰って行った。

戻って来てもとの椅子に落ちついた。汽車はすっかり別物になって走り出している。コムパアトに帰るのはよして、ここにいようと思う。山系が椅子から斜に身体を乗り出して、窓の外を眺めている。

「どう」と聞いたら、

「やれますね」と云った。

すぐに新橋駅をふっ飛ばし、それから間もなく、品川駅は稍徐行し、暗い歩廊の屋根の陰を車窓にうつしながら通過した。

品川を出て八ツ山のガアド下を過ぎれば、先ずその辺りから汽車は速くなる。座席の椅子のバウンドの工合も申し分ない。

さて読者なる皆様は、特別阿房列車に御乗車下さいまして誠に難有う御座います　が、今走り出したばかりで、これから東海道五十三次きしり行き、鉄路五百三十幾粁を大阪まで辿り著く間の叙述を今までの調子で続けたら、私はもともと好きな話だから人の迷惑なぞ構わずに話し続けてもいいが、それを綴った原稿の載る雑誌の締切りが迫っていて、うろうろすると間に合わない。雑誌の方が発車してしまう恐れがある。

汽車は今「梅に名を得し大森を、過ぐれば早も川崎の」辺りを走っていて、間もなく「鶴見神奈川後にして、行けば横浜ステイション」に著くのだが、鉄道唱歌はまだまだ余っ程先まで暗誦する事が出来る。それについて記述を進めて行っては道中手間取

って、埒はあかない。特別阿房列車の乗客のお疲れも顧慮して、これから先は特別急行列車が小駅も中駅も大駅もさかいなく飛ばしてしまう響みに傚い、大概の事は省略して驀らに大阪へ走る事にする。

漫然と煙草を吹かしていれば、汽車はどんどん走って行く。自分がなんにもしないのに、その自分が大変な速さで走って行くから、汽車は文明の利器である。辻堂茅ヶ崎の辺りの線路が真直ぐな所では、線路の切れ目を刻む音を懐中時計の秒針で数えて見ると、一時間四十三哩から四十五哩ぐらいの速さで走った。

丹那隧道に這入る時、山系を促して展望車のデッキに出て見た。いつぞや、十年ぐらい前に通った時、隧道のこっちの入り口の壁に蝙蝠が一ぱいいて、痒くなる程こびりついていたのを思い出したから、今日もいるかと思ったのだが、まだいてもいい時候なのにどう云うわけか、一匹もいなかった。車室の外にいても電気機関車だから煙は来ないけれど、隧道の中の風は冷たいし、何となく物騒だから中に這入った。中に這入る迄ボイが傍に起っていて、蝙蝠を見に出たとは知らないだろうから、どうするつもりかと少し心配していたのではないかと思う。

沼津に停まらずに突っ走って富士駅を過ぎ、由比興津の辺りでお天気になった。静岡を出てから焼津藤枝、掛川天龍川の辺は矢っ張り四十五哩前後の速さで走って行った。哩を今の計算の粁に直すのが面倒だから換算しなかったので、「つばめ」「はと」

の最高速度と云う事になっている九十五粁より速いのか遅いのかはわからなかった。何遍でも若い娘が食堂車の方から水菓子を売りに来た。手さげ籠の手に花を飾り、色色の果物を美しく盛ったのを片腕に掛けて、黙ってしずしずと足音を忍ばせて、前を通って行く。尤も床には絨氈が敷いてあるから、乱暴に歩いても音はしない。展望車の突き当り迄行って、廻れ右をして引き返してもと来た方へ帰って行く。いつ来た時でも、籠の中に姿のいいバナナがある。バナナはこの頃ではもとの様に出廻って来て珍らしくはなくなったが、私が髭剃りに行く近所の床屋の手前に水菓子屋があって、店先にバナナが列べてあるのを見ると、いつも買いたくなるのだが、いつでも床屋のお金しか持っていないのでその儘帰ってしまう。それで一たん帰って来れば、更めて家の者を買いにやるとか、外の序の折に買って来てくれと頼むとか、そう云う程にだわってもいないので忘れてしまう。そうしてその次に床屋へ行くと又店先のバナナが目について、買いたいなと思うけれど、矢っ張りお金は持っていない。

今汽車の中で用もなくぼんやりしている目の前を、バナナが頻りに行ったり来たりする。一寸一言そう云えば、すぐに食べられる。そして恐らくは冷蔵庫で冷やしたのを出して来たに違いない。皮の肌がそう云う色をしている。腹の中が退屈していない事もないし、うまいだろうと想像する。しかし、ここが我慢の仕所だと思う。なぜと云うに、バナナに限らない。何によらず食べるという事はお行儀が悪い。さっきか

ら同車の紳士でその女の子を呼び止めるのが一人二人あったが、買ったのはいつもバナナであって、一人の紳士は一どきに大きなのを三本食べた。だから買うのをよして、バナナの載った手さげ籠が丁度椅子に掛けている目の高さの所を、すうと通って行くのを眺めている。お隣りの山系君も退屈してやしないかと思わない事もないが、彼の意向をそう云う事に関して聞いて見たところで、要領を得たためしがないから省略してほっておく。

「いつもバナナを持っているね」

私がそう云うと、

「そうですね」と答えて、それでお仕舞である。

ぼんやりして窓の外の景色を眺めていると、汽車が何だか止まりがつかなくなった様に走って行って、そうして時間が立つ。遠くの野の果てに、見えないけれど荒い砂浜があって、その先に遠州灘がひろがっていると思われる見当の空に、どことなく夕べの色が流れている。

山系に向かって、「僕は学生時分から、度度東海道線を往復したので、汽車の中で居睡りをしていて、どこで目がさめても、目がさめた途端に見えた窓の外の景色で、ここは何処の辺りだと云う事が解る。そこに見える川の工合や、田圃の景色、向うの山の姿などに見覚えがあるのだね」と自慢した。うそではないので、今度乗って見て

も矢張り窓外の景色にそう云う馴染みはあるのだが、ちっとも眠くならないので、居睡りが覚めた途端にそう云う特技を披露するわけには行かなかった。車室でお行儀よくなんにも食べないと云うのは、一つには体裁もあるけれど、もっと大事な事は、後でお酒をうまく飲もうと云う算段である。初めのつもりでは、五時半に名古屋を出るから、それから食堂車へ行って飲み始め、大阪に著く少し手前まで飲み続けようと思ったのだが、気がついて見ると、その時分は食堂車の定食時間であって混雑するし、又次の番のお客を入れる為に、長くはいさしてくれないだろう。それならばその時間になる前に済まして来なければならないと思い立って、早速ゆらゆらする足許を蹈み締めながら、聯結デッキをいくつも渡って食堂車へ行った。

そう云う間の時間でも矢っ張りこんでいて、すぐには席がなかったが、通り掛った一等車のボイがパントリに近い窓際に二人席を予約して取ってくれた。お酒を飲んでいると、じきに日が暮れかかった。外のあかりが、ちっ、ちっと飛んで行こうとして、その度に音がしてる様な気がする。汽車は夕闇の中を、もっと暗い所へ突っ込んで行くらしい。杯を唇に持って行こうとしている私も山系も八十何粁だか九十何粁だかで走っているものを、ぐいぐい引っ張るのがこちらの身体にわかる。牽引する姿勢でも走らせようとして、ぐいぐい引っ張るのがこちらの身体にわかる。牽引する機関車はC62である。その汽笛の音は今日初めて聞くのだが、複音の物物しい響きを、人

が山系と一杯やっている窓の外へ、どうだい、どうだいと云うらしく響かせて来た。外が暗くなったので、なおの事そう思うのかも知れないが、何しろ非常な速さで走っている。そうか、外が暗いだけではない。こっちが酔って来たので、気持が大袈裟になった為もある。随分大きな駅をどんどん飛ばしているが、そう云う所のちらちらするあかりが、棒の様に長くなって飛んで行った。胸がすく様である。しかし汽車の窓から見るよりも、駅にいて通過列車を眺めた方が面白い。地響きが近づいたと思うと、大きなかたまりが、空気に穴をあけて、すぽっと通り過ぎてしまう。今の様に汽車に乗って胸のつかえ、頭痛動悸、そんな物が一ぺんになおってしまう。肩のしこり、いて窓から見るには、名古屋へ這入る前の熱田駅通過が印象的である。相当大きな駅の本屋の歩廊すれすれに走り抜けるのだから、大変な反響がする。通過した後を車窓から振り返ると、熱田駅の建物は砂塵の中に没し、砂塵の静まる頃は、乗っている汽車がもう遠ざかってしまう。「つばめ」の時間だとその光景が見られる筈だが、「はと」ではこの頃の季節はもう日が暮れている。それにすでに名古屋へ近づき、定食時間が迫って、食堂車の中がざわざわし出したから切り上げて車室へ帰った。来る時は汽車が揺れただけであったけれど、帰りはその上に足許が酔っ払ってふらふらしているから、一層歩きにくい。
肘掛椅子に落ちついて、ぼんやりしていると、汽車の震動で酔いが廻って来るのが

解る。どの位時間がたったか解らないが、少し咽喉がかわいて来た。さっきの切り上げがせわしなかったので、気持にしっくりしない所がある。

「おい山系君」

「はあ」

「お隣りの戸樋が漏っている様な声をして、こっちを向いた。

「麦酒を飲もうか」

「はあ」

ヒマラヤ山系との交渉談判はそれで済んで、ボイに麦酒を取って来させた。真暗な窓の外に、柱で頭をぶっつけた時の様な火花が、ちかちか散って行くのを見ながら、二三本飲んだら曖昧に大阪へ著いた。

歩廊へ降りて歩いたが、大阪駅はいくらか柔らかい様で、ふにゃ、ふにゃしていて、足許の混凝土がふくれている。山系がいやにしゃんしゃんし出して、これから駅長室へ行くからついて来いと云った。それとも、そこいらで待っているかと駄目を押す。輪郭のはっきりしない、何となくわんわん吠えている様な大阪駅の中に突っ起って、一人で待っているのはいやだから一緒に行った。どうするのだと聞くと、宿屋へ電話をかけて貰うのだと云う。泊まる事になった場合の為に、山系が東京を立つ前から一軒名指しの宿屋を聞いて来ている。そこへいきなり乗り込むよりは、駅から電話を

掛けさせておいてから行くと云うのである。

日曜ではあるし晩ではあるし、駅長はいなかったが、当番の助役さんの申し出を聞いてくれた。助役さんが云うには、その宿はそう云う先生のお泊まりになる様な家ではない。外に適当なのを御紹介します。

どう云う先生だと思っているのか知らないが、口を出す可き筋でないので黙って山系の後に控えていた。随分電話に手間が掛かって、初めに助役さんが考えた家は駄目だったそうだが、その次のが、詰まっているけれど何とかすると云ってくれたそうで、そこへ行く事になった。助役さんがわざわざ外まで出て来て自動車に乗せてくれた。

表の見かけはそれ程ではないが、立派な宿屋だと云う事であった。江戸堀なので、すぐに著いた。空襲で焼けなかった家で、何となく煤けている。案内されて上がって行ったが、中二階と云うのは知っているけれど、中三階である。

勿論もう宿屋の夕食の時間ではないし、食べたくもないが、寝る前にもっとお酒が飲みたい。そう云って、見つくろったお膳と、後になって銚子のお代りお代りと云うのは面倒であり、迷惑でもあろうから、一どきに十分過ぎる程持って来ておいてくれと云った。

今日ひる前市ヶ谷を出た電車の中で相戒めた通り、旅先でお酒を飲み過ぎてはいかん。しかしそこへお燗をして列《なら》べてあるお酒を飲み残すのも業腹《ごうはら》である。山系もその

意見であって、多過ぎたけれど片づけてしまった。しかし大した事もない。朝起きて見ると縁側の障子がすっかり煤けている。私の家の障子はりで出て来たから、なおの事目立つのだろう。障子の外の縁側の両隅に防空演習の遮蔽幕がぶら下がった儘になっている。

ここ迄来たからには、是非共帰らなければならない。もう冗談ではない。帰りの切符は買えるだろうかとし、私は昨夜から心配しているのだが、山系は大丈夫です、僕が明日の朝何とかしますと引き受けた。それで朝起きると大阪鉄道局の、今は名称が変っているが、山系の友人に電話を掛けて、矢張り「はと」の上りの二等を二枚約束したらしい。三等でも一等でもなくても、もう仕方がない。何しろ帰りは用件なのだから、帰れさえすれば我儘は云わない。

宿屋を出てぶらぶら大阪駅まで歩いて行った。帰りの切符を引き受けてくれた山系の友人のオフィスを訪ねたり、大分遠く迄出かけて行って珈琲の御馳走になり、交通公社では所長室にお邪魔をして、所長とも挨拶したり、帰りの乗車前は大分忙しかったが、これも止むを得ない。

大阪の上りも矢張り十二時半の発車で、お天気のいい東海道を走り出した。昨日と同じ汽車である。専務車掌も一等車のボイも、つまり乗務員ごとすっかり同じで、だから昔の人力車で云えば帰り車である。帰り車はお安くするにきまったものだが、こ

ちらが二等車に乗ってお安くしたのは余計なおせっかいかも知れない。

二等車のボイは女である。しかし時刻表の口絵写真で見て嫌悪の情を催した様な、そんなのではなかった。清楚で活溌で救世軍の女下士官の様な感じである。ゆらゆらする汽車の中を歩くのも大分訓練が出来たと見えて、乗合自動車の中の、踏ん張って女車掌はつりを出し、と云う様な所も見えない。

おんなじ汽車なのに、今度はちっとも水菓子を売りに来ない。来ないとなるとバナナが食べたくて仕様がない。昨日は売りに来ても買わなかったが、売りに来なければ買いたい。山系にどうしようと相談したら、もうじき浜松で、浜松は五分間停車だから、その時僕が買って来ますと云った。駅売りのはいやだと云うと、食堂車へ行って、昨日の娘から買って来ます。走っている汽車の中を歩いて行くより、歩廊から行った方がいいですと云った。

浜松駅に著いて、蒸気機関車を電気機関車につけかえている間、歩廊に出た。山系が食堂車の前まで走って行って、外から窓を敲いている。窓が開いて中からバナナを二本出した。一等車の昨日のボイが歩廊にいて、見ていたから、おかしな事をすると思ったかも知れない。こっちへ向いて私に挨拶した。

「もうお帰りで御座いますか。お忙しい御旅行で」

「ボイさんと同じだよ」

それから今度は電気機関車で走り出した。暮れかけている外を眺めていたが、頸のカラの外れの所に蕁麻疹が出来て、痒くて堪らない。山系が隣りからこんな事を云い出した。

「三人で宿屋へ泊まりましてね」

「いつの話」

「解り易い様に簡単な数字で云いますけれどね、払いが三十円だったのです。それでみんなが十円ずつ出して、つけに添えて帳場へ持って行かせたら」

蕁麻疹を掻きながら聞いていた。

「帳場でサアヴィスだと云うので五円まけてくれたのです。それを女中が三人の所へ持って来る途中で、その中を二円胡麻化しましてね。三円だけ返して来ました」

「それで」

「だからその三円を三人で分けたから、一人一円ずつ払い戻しがあったのです。十円出した所へ一円戻って来たから、一人分の負担は九円です」

「それがどうした」

「九円ずつ三人出したから三九、二十七円に女中が二円棒先を切ったので〆て二十九円、一円足りないじゃありませんか」

蕁麻疹を押さえた儘、考えて見たがよく解らない。それよりも、こっちの現実の会

計に脚が出ている。この旅行の為に施した錬金術のお金は、勿論そっくり持って来たのだが、みんな無くなって足りなくて、山系が用心の為に持っていたお金を随分遣い込んだ。予算したお金をつかえば脚が出るにきまったものだが、脚が長過ぎる。しかし止むを得ない。いつの間にか東京へ著いて、中央線の電車に乗り換えて、市ヶ谷駅で停まった時左様ならと云って、私だけ降りて、貧相な気持で家へ帰って来た。

区間阿房列車

　時候がよくなって、天も地も明るかるい。又阿房(あほう)列車を運転しようと思う。この前の特別阿房列車に続いて、第二阿房列車、第三阿房列車、第四阿房列車、第五第六ぐらい迄は心づもりが立つ。鹿児島へ行ったり、そのついででなく、一旦帰って出なおして長崎へ行ったり、そんな無駄な事をしないで、用事は道順で済ませたらよかろうと云われても、もともと用事がないのだから、仕方がない。それから青森へ行って、秋田の方へ廻って、つまり東北本線から奥羽本線へ這入(はい)って見てもいい。北陸線や山陰線に阿房列車を運転する事も出来る。

　しかし北海道へは今のところ行く気がしない。大分前に一度行った事があるので、車窓から眺めた沿線の景色をもう一度見て見たくない事はないが、今はいけない。津軽海峡を渡るのがこわい。なぜこわいかと云うに、この頃日本海には機械水雷がふかりふかり浮流している様だから、潮の加減で或(あるい)は津軽海峡の方へやって来ないとも限

らない。潮流の事はよく知らないけれど、海峡の北海道寄りには千島海流の支流があって西に流れているそうだから、つまり日本海の方へ流れているのだから大丈夫らしいと思う。しかし海峡のこっち側の本州寄りには対馬海流の分流が這入って、東に流れていると云うので、だから日本海から太平洋に流れて行く潮流があるらしいから油断は出来ない。潮流に乗って来た機械水雷の角角を、私の坐乗した聯絡船が押して、それからどうかなる事を私は好まない。

　戦前に、矢っ張り何の用事もなく臺湾へ行った時、郵船会社の船室の洋服箪笥の上に、袋に入れた救命衣が載せてあった。著て見た事はないが、その下に、使用法を細細と記した説明書が貼りつけてあって、それから又航海中には船客がその救命衣を著用して甲板に集まり、実際の訓練を受けなければならぬ事になっていたが、私が乗った時は沈没演習はやらなかった。要するに船が沈んだ時、それを著て波の上に浮いていようと云う趣向で、私がぶくぶく沈んで死んでしまうよりはましだけれど、どっちを見てもなんにもない波の上に、ぼんやり浮いているのは退屈な話である。

　臺湾の事を云ったので、その時臺湾で運転した阿房列車を思い出した。用事がないのに臺湾へ渡ったと云うが、用事がないと云うその用事とは、金談、調査、葬式、婚礼と云う様な事ばかりでなく、どこかを見物すると云う事になれば、それも私には用事の中に這入る。だから大概の観光者が見に行く所へは、どこへも行かなかった。

日月潭も訪ねず鵞鑾鼻へも行かず、臺北の宿屋にいる時、誘われたけれども大稲埕へさえ出かけなかった。ただ阿房列車を運転して、臺湾本線、別名縦走線の起点基隆駅から、私は臺南の近くの蔴荳へ行くので蕃子田と云う駅で降りる筈なのを降りずに、終著駅の高雄駅まで行き、更に乗り継いで潮州線のどんづまりの渓州まで行って見た。渓州駅は終点だけれど小さな駅で、機関車庫もなかった様に思う。私の乗って来た汽車の機関車だけが離れて、牽いて来た客車をそこに残した儘、向うの方へ行った。それから転轍で引き返する事になった。その汽車に乗って、だから機関車の向きは来た時の儘なので、うしろ向きに列車を牽引する事になった。その汽車に乗って、つまり今乗ってここ迄来たばかりの汽車の同じ車室に這入り、すいていたから来た時の同じ座席に坐って引き返した。渓州ではその汽車が支度が出来るまで、機関車がうしろ向きに食っつくまで、待っていただけなので、勿論どこへも行かない。駅の前の茶店の庭に榕樹の木があって、地面に垂れた枝が、枝ではない気根と云うのであろう、それが地中に這入っているのを見たのと、道が向うへ曲がる所に何と云う樹か知らないが、恐ろしく大きな樹が空からかぶさっているのを見ただけである。

それで渓州から帰って来たが、臺湾本線、更にその先の潮州線の始発駅から終著駅迄、私は中断した所なく乗って来た。そうして何の得る所もなかったと云う事になる。

これが阿房列車である。

行き帰りの車窓から、遠くの空に食い込んで何処までも連なっている山脈が見えた。明かりの工合か知らないが、黒ずんだ色に濃い紫色が混ざり、下りの汽車で京都に近づく時の真昼の車窓に見る比叡山の色に似て、それよりもっと濃い。その山脈の続いている中に、富士山より高い山が五つ、一萬尺以上の山を数えると四十八座ある。私はこう云う事まで知っている。物知りであって、阿房どころの話でない。尤も教員室なぞには何でも知っている馬鹿がいるものである。その山の中にキョンと云う、痩せた猫ぐらいの小さな鹿がいる筈で、随分前に日比谷公園の動物舎にいたのを見た事がある。脚が細くて金火箸の様であった。紫色の山の腹を見て、キョンの姿を思い出したら欲しくなったので、蕨苺に帰ってから、私を臺湾へ誘って来た東道の主に、キョンを一匹貰って帰る事は出来なかった。ンを一匹東京へ帰る時の土産に戴きたいと頼んだら、目をぱちくりさせるばかりで、飛んでもない、と云うよりはそんな事を考えて見るわけにも行かないと云う風で、ことわられたと云うのでもなく、丸っきり話しにならずにお仕舞になってしまったから、

さて、初めの内から話がそれては困る。話の筋を元へ戻さないと、区間列車の運転に差し支える。そう云うわけで、と云うのは波に乗った浮流水雷がこわいから、今のところ北海道へ行く気はない。行かないときめたら、車窓の向うを馳け出して行く、そこいらの犬の脚を長くした位の小馬の姿を思い浮かべたりして未練があるけれど、

そう気が散っては話が纏まらない。

それで青函聯絡船に乗って、津軽海峡を渡る事は見合わせた。だから北海道へは行かない。津軽海峡を渡るのに、必ず船に乗らなければならぬと云う事はない。飛行機と云う物があって、学生航空の餓鬼大将をして来た私には、近い内に民間航空が再開せられると云う話が気にならぬ事もないが、阿房飛行の事は又別に考える事にしないと、話が散らかって取りとめがなくなる。

北海道はあきらめたけれど、関門海峡を隔てた九州は海底隧道でつながっているそうだから、問題はない。まだその隧道を通った事がないので、抜ける時どんな気持がするか知らないが、津軽海峡の様に気を遣う必要はなさそうである。だから長崎へも鹿児島へも行くつもりでいる。

第二阿房列車以下の遠距離阿房列車の事を先ず考えた。尤も今すぐに運転すると云っているのではない。それから用語の上で気になる事がある。第二、第四、第六と云う様に偶数の数字を上に冠した列車番号は、時刻表では上り列車に限ったものなので、それによって第二阿房列車を上りだけの列車だと思われては困る。阿房列車に冠した数字は、ただ運転の順序を示すだけであって、どれでもみんな下りで行き、上りで帰って来る。特別阿房列車で説明した如く、行ったら行きっ放しと云うわけには行かないので、必ず帰って来なければならないから、どの阿房列車でも往復の組み合せであ

それはそうとして、しかし東京から鹿児島だの、そんな遠い所ばかりへ出かけなければならぬ筈もない。もっと近い所へ区間列車を運転する事も考える。今回はそれにしようと思う。どこへ行くかと云う事は、まだいくらか迷っているのだが、発車までには決定する。

長距離阿房列車でなく、区間阿房列車にすると考えたら、もっと手近な所で、阿房電車も運転する事が出来ると思いついた。電車と云うのは浅川へ行ったり沼津まで走ったりするあの電車ではない。チンチンゴウと走るチンチン電車の事である。玉の宮居は丸ノ内、近き日比谷に集まれる、電車の道は十文字、先ず上野へと遊んでもよく、どこかの車庫まで自動車で出掛けて、そこから乗って終点へ行ってもいい。大分前の話だが、車庫から出る電車を一台借り切ると、その線の終点まで、つまり一系統の全線の運賃が、小学校の遠足などだったら三円五十銭で、そうでない普通の貸切りでも四円いくらであった。今のお金に直したところで、大した事はない。貸すか貸さないかは知らないが、貸すものならそれに一人だけ乗って、前と後には無論運転手と車掌がついている、チンチンゴウと走りながら、その中で何をしても構わない。阿房電車はこれに限る。しかし今の事ではない。

さて区間列車を運転するとして、見当はどの辺にしようかと考えた。考えつめるの

でなく、ただ何となくそんな辺りで聯想繊維を伸ばしたり、緩めたり、ぼんやりしていると、春先の宵にしては珍らしく風のない静かな家の外から、近くの土手の下の中央線を走るD51機関車の汽笛の音が聞こえて来た。朝夕急行電車を走らせている貨物線に、時時D51が這入って来るらしい。

いつだったか下落合で御馳走になって、一杯機嫌で目白駅まで帰って来た。一緒によばれた若い鉄道の職員が、私を家まで送ってくれる筈で傍に起っている。当夜の主人も鉄道の職員で駅の出這入りは自由だし、その家から近くもあるので、私達を電車まで送って来て、矢張り傍に起っている。

歩廊の風に酔顔を吹かれながら、中中来ない電車を待っていると、電車の線路の向うにある貨物線の薄闇の中に、池袋の方から恐ろしく大きな機関車がそろそろ這入って来た。私なぞ滅多に見る事のない間近かの所を、物物しく徐行しているので、つづくその偉容に見とれる事が出来た。

機関車の前面に、歩廊の電燈の光が届いて、数字が読める。
「ははあ、D51だな」と私が感歎して云った。
「そうです。貨車専用の機関車です」と今夜の主人が呑み込んだ調子で云った。
「こんなに近くで見た事はないので」
「そうですか。我我の方では、Dの51だからデゴイチと云うのです」

傍にいた若い方が口を出した。「そんな事を云うのはおよしなさい」
「なぜ」
「そんな事をいって、いいですか」
「だから、なぜいけないんだ」
「いかんと思うな、僕は」
「変な事を云うね。どこがいけないと云うんだ」
「デゴイチだなんて、いけませんよ」
「どういけないんだ」
「僕達、鉄道の者でしょう。機関車をつかまえて、そんな事云うのは、云ってもいいと思いますか」
「思うよ。何でもないじゃないか。デゴイチと云うのは愛称だよ」
「愛称じゃないですね。そんな愛称があるものですか。デゴイチだなんて、ひどい侮蔑です」
「侮蔑だって、いいじゃないか。君の云う事は意味はないよ。余計な事を云うな」
 主人は余りお酒を飲まないので、酔ってはいない筈だが、むきになって怒り出した。若い方は酔っ払っていて、少々くだを巻こうとしている所へ、いい工合に相手が腹を立てて来たから、ますます絡んで、おんなじ事をいつ迄も繰り返している。傍で聞い

ていて、わけが解らない口喧嘩を続けながら、二人共次第に真剣な顔になって、青ざめて来た。よしなさいと云って見たところで仕様がないから、ほって置いたら、私共の乗る電車が這入って来たので、お仕舞になった。

デゴイチのD51だったのか、外の形式の機関車だったのか知らないが、何年か前、今の所よりもっと土手に近い掘立小屋で暮らしている時、早春の寒い風が吹き募った晩に、土手の下を通る貨物列車の機関車から落とした燃えさしの石炭の火が、線路沿いの枯れ葦に移って、土手の腹一面の枯れ草と葦と笹が一斉に燃え上がった事がある。つまり大きな土手が燃え出したのである。

小屋の中にいて、何だかちがった気配がする様なので、起ち上がって外を見たら、そこいら一面の火でびっくりした。初めは何の火事だか解らなかったが、土手の枯草や葦が燃えているのだと云う事が解ってからでも、風がこっちへ吹きつけるので安心は出来ない。空襲の夜は、辺り一面の白光りがする大火事の中から、目白の鳥籠と、底にお酒が一合許り残っている一升罎をさげて、雨下する焼夷弾の間をあわてずに立ち退いた大勇無双の私だった筈なのだが、その晩は草の焼けている火を見て度を失い、がたがた慄えて歯の根が合わなくなった。その線には電気機関車も走っているのだが、時時蒸気機関車が這入って来て、燃えさしを落としたりするから、そう云う事になる。

区間阿房列車の事を考えていたら、D51の汽笛が聞こえたので、そんな事を思い出した。汽笛の音だけでなく、微かな煤煙のにおいがして来た。煤煙のにおいは、余り強くない風がこっちへ吹いている時、よくにおって来る。夜なぞ丸で風がないと思っている時にも、におって来る事がある。煤煙のにおいを嗅いた聯想はすぐに旅情につながる。尤も煤煙と云っても工場や風呂場の煤煙では駄目であって、どう違うのか知らないけれど、機関車から出た煙でなければ、においに趣がない。

D51の汽笛を聞き、煤煙のにおいを嗅いで旅情をそそられたけれど、D51は貨物列車の牽引機関車であって、私が貨物列車に乗って行きたいと思っているわけではない。今までも貨物列車に乗った事はないが、戦争で兵隊に取られた若い者は大概貨物列車に乗せられた経験を持っているだろう。代々木の山ノ手線の貨物線の蹈切(ふみきり)で、兵隊を一ぱい詰め込んだ貨物列車をD51が重重しく引っ張って通過したのを見た事もある。阿房列車もその内には貨物列車まで及ぼさないかも知れない。阿房電車と共にそれは又今度の事として。

さて、そんな事を考えて、いろいろ思いを馳せているのだが、次ぎ次ぎに阿房列車を運転しようとするに就いては、その内にきっと運転の上に障礙(しょうがい)が起こるだろう。予想する事の出来る障礙の第一は、特別阿房列車の時にお金を借りたその同じ筋から、今度も今後も借りようと思っているのだが、そうそう何本も阿房列車を仕立てると云

事に就いて、或は難色を示さないとも限らない。そう云う事になると、もともと、うたたかたの如き阿房列車に、それを押し返し、押し通すだけの張りなぞあるわけがない。それでお金が出来ないと云う事になれば、阿房列車にお金がなかったら、電気機関車に電気がないとか、蒸気機関車に石炭や水がないとか、そんな比喩を持ち出しても何の意味もないので、お金を電気や石炭に例える方が、余っ程よく通じる位のものだ。阿房列車の癖に取り越し苦労なぞするのはよして、錬金術に取り掛かる事にしよう。

それに就いては、矢っ張り行き先をきめなければ、こちらの気持がはっきりしないし、切り出すにも話しが曖昧になる。どこへ行くかと云う、その方角や行き先はどこだって構わないので、手近かでさえあればいい。それで区間列車は成立する。尤もどこだって構わないと云う内に、行き度くない所が東京の近くに三つある。函根と江ノ島と日光と、この三ヶ所だけは避けたい。なぜかと云うに、私は笈を負って古里を出てから四十幾年この東京に住み馴れたが、その間まだ一度も日光、江ノ島、函根へは行った事がない。尤も、今までに出かけて行った所よりは、行かない所の方が多いのは勿論である。ただそう云う所は、人がみんな行くから気になるだけの話で、人の事なぞ考えない事にすれば、取り立てて云う程の事もない。

函根、日光、江ノ島の事に就いて、私の旧著の中から少々引用する。
『だれでも知っている事を、自分が知らないと云うのを自慢らしく考えるのは、愚の至りである。そうは思うけれど、人が大勢行く所へ行きそびれて、そのまま年が経つと、何となく意地になる。そんな所へだれが行くものかと思う。
東京に居住する事何十年、私は未だに日光も江ノ島も函根も知らないのである。函根は、飛行機で大阪に往復する度に、何度も空から眺めた事はある。芦ノ湖の紺碧や、双子山の山容は知っている。大湧谷の上を通る時に、烈しい硫黄の臭いのする事も知っている。しかし函根の土を踏んだ事がないのだから、函根に行ったとは、云われない様である。

小石川富坂の教会の中にいたフンチケルさんから、度度御馳走によばれて、家の人達と一緒に西洋料理を食べた。食事の初めから、紅茶茶椀に紅茶をついで、がぶがぶ飲みながら、御馳走を食うのである。その中に砂糖を入れた日には、到底御馳走が咽喉を通らないので、にがいなりに飲んでいると、御主人側では、無暗に砂糖をしゃくり込んで、がぶりがぶりと飲みながら、私の手許を見て、何故砂糖を入れないか、と問い質す。私の独逸語(ドイッ)の会話力では、そう云う風な、相手と全く反対した自分の嗜好について、向うを怒らせない様に説明するなどは、中中面倒だから、申しわけに少しばかり砂糖を入れて、その方の忍耐によって、会話力の不足を補っておこうとすると、

先方では、それを私の遠慮と解し、奥さんが自分で私の茶椀に砂糖をしゃくり込んだ。食事がすんでから、麦酒を飲むのである。いい加減、腹がふくれているから、平生の様に牛飲するわけには行かない。抑も食事と一緒に無暗に酒を飲みたがる我我の習慣の方が、へんなのだそうだけれども、昔からそう云う癖になっているので、世界民族の多数決に従うわけには行き兼ねる。それでも飲んでいれば、段段に愉快になり、酒の酔が廻って来ると、私の独逸語が急にうまくなる。

ある晩、いつもの様に、御招待があったから、出かけて見ると、フンチケルさんの郷里の瑞西（スウィス）からやって来た女客が二三人いたので、面喰った。女の西洋人と話しをする事は、私の苦手である。男の先生にばかり教わった所為で、女の相手は、やりにくいのだと思うし、それよりも、洋の東西を問わず、女は多弁である。やっと常用を弁ずる程度に間に合わしている私を捕えて、無用の饒舌を弄せられては、言葉数が多いだけ、疲労が増すのである。

一番年上らしい、品のある婦人が、日光の話をし出した。景色のいい事をぺちゃちゃ饒舌（しゃべ）りたてて、私の賛成をもとめた。

「私はまだ日光に行った事がない」

「思考し難き事である」

「いつか行って見たいと思っている」と私はお世辞を云った。

「最も近い機会に、あなたは訪れなければならない」その婦人は、私に忠告を与えておいて、瞼を二三度ぱちぱちと瞬いて、それきり黙ってしまった。今度は、若い綺麗な婦人が云った。あなたはそう思わぬか。私達は昨日江ノ島に遊んだ。美しく可愛らしい景色である。

「私はまだ江ノ島に行った事がない」

「おお」と若い婦人は大袈裟な顔をした。

「何故あなたは、そう云う美しい景色を訪ねないか。景色を見る事を好むか」

「景色を見る事を好むけれども、まだ機会が私に幸いしない」

「機会は禿げ坊主である。その一房しかない髪の毛を、お摑みなさい」と六ずかしい事を云い出した。

幸いその文句を知っていたので、

「そうです、そうです。しかし手が辷って、私には中中摑めないから、走り去る」と胡麻化して、ほっとしかけたら、またさっきの婦人が、

「函根について貴君はどう思うか」と云い出した。

フンチケル夫婦もその話しに這入って、函根をほめ出した。丁度私の知らない所ばかり見物して廻ったと見えて、その感想を地元の私に質すつもりらしかった。

「遺憾ながら、函根についても、私は知らない」

「おお」
その婦人は苦い顔をした。
「旅行のきっかけが、私を恵まないのである」
その場をつくろって置くつもりで、そう云ったけれど、みんなが、遠来の女客達は勿論、フンチケル夫人まで、いやな顔をして、黙ってしまった。私が片意地になって、女客達の話しに乗らないか、或はみんなを、からかっているとでも、邪推した様である。

御馳走が始まってからも、何となく座が白けて、気づまりな思いをした。
そう云うにがい経験があるから、矢っ張りだれでも人の行く所へは行っておかなければいけないとも思う。しかし、だから却って、今更だれが行ってやるものかと云う気もする。何しろ今度の区間阿房列車で、そんな所へ立ち廻ったら、折角の旅行にしこりが出来て、面白くない。今後も行かないつもりだが、差し当り今度も行かない事にする。その三ヶ所、暫らくどこそこの道を通らないなぞと考えるのは意味がないものだが、そう思って見ると随分長い間、御殿場線を通らない。滅多に旅行をしない様なものだが、現に去年の秋は特別阿房列車で大阪へ行った。昔から、その時も勿論丹那隧道を抜けて沼津へ出たから、御殿場線は通らなかった。

学生時分の帰省の行き帰り、その後も昭和九年の暮に丹那隧道が竣工する迄は、何度通ったか数も知れない程馴染みの深かった御殿場線である。

　出でてはくぐるトンネルの
　前後は山北小山駅
　今も忘れぬ鉄橋の
　下行く水の面白さ

鉄道唱歌の文句ばかりが頭に残っている。しかしその御殿場線は廃線になったわけではない。国府津乗換えで矢張り沼津まで行っている。今の時刻表では、乗換えでなく東京から真直ぐに御殿場線へ這入る列車は、一日の内に一本しかないが、無理にその列車を選ばなくても、国府津で乗り換えるのも亦一興である。御殿場線を通って沼津へ出て、沼津からもう少し先をほっついて見てもよい。

昔国府津から御殿場へ上がって行くには、どの急行でも皆山北駅に停まって、汽車の尻にもう一つ後押しの機関車をつけた。山北駅は山間の小駅なのに、大きな機関庫があって、逞しそうな機関車が幾台も並び、短かい煙突からもくもくと煙を吐いていた。夜になって山北駅に掛かる時は、窓から見ると、その幾つもの煙の筋が構内の照明燈の明かりをおおい、辺りを暗くして山の腹に流れた。うしろへもう一つ機関車をつけて、後から押しても、余程勾配が急だったと見えて、

のろのろと、人が歩く位しか走らない。そうして隧道に這入る。いきなり窓がみんな蒸気で真白になって、耳が蓋をした様な感じがする。急に気圧が変る為なのだろう。やっと出たと思うと、又這入る。だから「出でてはくぐるトンネルの」なのだが、隧道の数がいくつあったか、今は思い出せないけれど、複線の上り線路と下り線路とで隧道の数が違い、どちらかが一つ少なかった事だけは覚えている。上りの時に、汽車の最後部の車が隧道を出るのを待ち兼ねた様に、片手に信号旗を巻いた棒を持っているおばさんが、隧道の口にさっと幕を引くのを何度も見た。何しろ私は暇さえあれば、暇と云うのは隧道の中でないとか、滅多に外へ首が出せないから、そんな事がわかるのである。下りの時は、つまりこちらから山を登る時は、煙は多いし、窓を開けたり閉めたりするのが間に合わないので、煙がまともに吹きつけて来ないと云う事なのだが、そう云う時はいつでも窓から顔を出して、汽車の前後を眺めているから、汽車が出切った後の隧道の口に幕を引くのか引かないのか、見た事がないから知らない。

鉄道唱歌にある「前後は山北小山駅」の小山は今の駿河駅の事である。何かの都合で改名したのだろうと思う。隧道の続くのはそこ迄で、だから夏はそれから窓を開け放つ。御殿場駅が近くなると、大した海抜でもないのだが、風が急に涼しくなるのが、はっきりわかる。

それから御殿場駅を通過する。いつも急行列車で通ったから、御殿場には停まらな

い。駅を通過する時、必ず前の機関車が汽笛を鳴らす。すると それに答える様に、後押しの機関車が汽笛を鳴らす。その相図で走りながら、後の機関車を切り離すのである。カアヴになった所で、窓から首を出して見ると、切り離された機関車が段段に遠ざかって行く。その機関車の前部に、いつでも人が一人起っていた。
そんな事を思い出す。その方へ今度は行って見よう。しかし、もう出掛ける事にしなければ埒があかない。それで錬金術もすませた。ただその前にもう一つ大事な事は、私は一人旅が出来ない。忙しそうな所を気の毒だけれど、この前の特別阿房列車のヒマラヤ山系君を又頬もうと思う。その相談を持ち掛けた。
「だって僕はその時ですね、先生がもうそう云ったじゃありませんか」
「何て」
「今度の時、又行くかって」
「それで」
「だから、もう云ってあるんですから」
ヒマラヤ山系の要領は、この程度である。
それでいよいよ出発する事にした。忘月忘日土曜日の午前十一時に東京駅を出る第三三九列車米原行の三等車で立つつもりである。尤もわざわざ三等車とことわらなくても、その列車は三等編成で、三等車しかないのだから三等で行く。ただ、午前十一

時と云うのは、ちと早過ぎて、私にはつらいのだが、用事がないのに出掛けるのだから、その位の我慢は止むを得ない。

　朝十時少し前に家を出た。今度はヒマラヤ山系が迎えに来てくれる打合せはしていない。一人でふらりふらりと出掛けた。荷物はなんにもない。竹のステッキを振り振り、いつも歩き馴れた近所の道を、市ヶ谷駅へ降りて行った。薄曇りの青空から、少し冷たい風が吹き降りて来る。

　切符は昨日の内に山系君に買って貰ってある。東京市内、大阪市内はどこの駅から乗っても、どの駅で降りても、構わない扱いになっている。だから、これから東京駅へ行くのに、いつもの様に電車区間の切符を買う必要はない。持っている三等切符に鋏を入れさせればいいのである。その事を承知しているに拘らず、私は出札口で東京駅迄のへらへらした軟券切符を五円出して買った。これには多少の下心があって、つまり一寸した不正をたくらんでいたのだが、今貰った五円のへらへら切符は常に似ず、日附の印が非常に判然と捺されている。これでは駄目かなと思った。折角の謀略が成り立たないかも知れない。改札を通って、その事を案じ煩いながら、陸橋から歩廊へ降りる階段に曲がろうとしたら、下から今著いた電車を降りたらしい交趾君が上がって来るのに会った。

　交趾君は一寸意外な顔をした様である。昇りかけた階段に起ち止まった。何が意外

かと云うのは私の方によく解っているので、彼は私が早暁午前十時にふらふらと駅の階段まで出て来ていると云うのが不思議なのである。

「おや」

「お早う」

交趾君は階段の一段下から見上げて、私の顔を眺めている。

「お出かけですか」

「そうなんだ」

「どちらへ」

「どちらと云う程の事もないけれどね」

「それでは」

「何、阿房列車だよ」

「ああ、そうですか」

口ではそう云ったけれど、顔は、「なあんだ」と云う面持であった。交趾君は大分えらいそれから一二、外の話をして、階段の中途半端な所で別れた。交趾君は大分えらいので、これから出勤して威張るつもりか、揉み苦茶にされる覚悟か、それはわからないが、毎日こう云う時間から御苦労様な事である。

階段を降りたら、すぐ電車が来たので乗った。大変混雑している。真直ぐに起って

いられない位である。滅多に外へ出ないから、いつ頃の時間がこんで、どう云う時にすいているかと云う様な事をよく知らないが何しろ息苦しい。もともと寝不足なので頭が重いところへこう云う目に遭う。昨秋の特別阿房列車の時は、腰は掛けられなかったけれど、通路は閑閑と空いていて、だから釣り皮につかまりながら、ヒマラヤ山系を見下ろしてお酒に関する訓示を垂れる事も出来たが、今日は若し一緒に乗っていたとしても、この混雑の中でそんな事は思いもよらない。

人いきれの為だけでなく、気分が悪い。それは寝不足の所為である。今朝は七時に起きて、一体私はそんな時間に起きた事がないので勝手がちがって、目がぱちぱちする様だったが、それから今こうしてここまで出て来る間、わき目も振らずせかせかと、一心不乱に出かける支度をしたのだが、上厠したのと顔を洗ったのと、洋服を著たので三時間が経過した。勿論御飯を食べるなどと云う、私の一番好きな状態だから、御飯を省略したのは一向構わないが、何しろする事なす事一一にひどく手間が掛かって、何事もさっさと埒があかないのが困る。

だから午前十一時の汽車に遅れない様に乗ると云う事は、私に取って難中の難事なる事を自分で承知しているから、今日の出発をきめて以来、昨日も一昨日も、朝は無理をして早く、八時に起きた。二三日の練習で癖をつけようと考えたのである。しか

し何のたしにもならなかった。ただ眠かったばかりで、何にそうした事が翌日の助けなぞになるものではない。朝は無理をして起きたけれど、起きる方には無理を強行したけれど、夜寝る時に無理をして眠ってしまうと云う事には無っ張りいつもの通りなんにもしないで、いつ迄も何となく起きていて夜更かしをするから、朝早く起きただけ損をした事になる。それが一日じゅう残って、寝不足で気分が重い。二三日早起きして癖をつけるなどと云うのは、丸で意味のない思いつきだったと云う事が、後になってよく解った。寧ろその前日まで、何日間はふだんよりも、もっとよく寝ておいて、当日一日だけの寝不足にした方が余っ程利口であったと思う。どこかへ出かけるのもいいが、朝の支度や寝不足や、そう云う事がつらいので、つい億劫になり出不精になる。人に頼まれたって引き受けるものではないが、阿房列車は自分で思い立ったのだから、少々眠くても仕方がないだろう。

何年か前、郵船会社の嘱託をしていた当時、桑港やヴァンクウヴァから帰って来た鎌倉丸や氷川丸が、横浜に寄って神戸まで行くのに時時乗せて貰った。矢っ張り何の用事もないのに乗って行くので、阿房航海である。こっちに用事はないけれど、船の方には予定がある。何日の正午に解纜すると云う事になっていれば、それ迄に行って乗り込まないと、船が出てしまう。しかし横浜の正午は、東京から行くとすればいよいよ大変である。私には到底その時間に間に合う見込みがないのだが、それだからやめ

ると云うのは業腹である。一策を案じて本社のその係に話し、了諾を得て前の晩から横浜に出かけて船の中へもぐり込んだ。そんな事をすれば人が迷惑する事は承知しているけれど、知っていながら止めないのだから、なおいけないだろう。晩の食事は途中で汽車弁当でも買って行って、自分の船室で済ませるからいいと云って置いたのに、行って見たら私一人の為にわざわざ食堂を開けてサアヴィスしてくれた。本当に済まない事だと思ったが、お蔭で翌くる日の正午は船中で迎えたわけだから、ちっとも騒ぐ事はない。汽車ではそうは行かない。発車の前晩から車中に泊まり込んでいるなぞと云う事は、いくら私が考えて見ても順序がつかない。だからこうして、寝不足で瞼が重いのを我慢して、満員の電車で揺られている。

水道橋の駅についたら、私のうしろの方から、

「少少おろして下さい」と云うおばさんの声がした。それで隣りの人と食っついている身体を少し捩じたら、その隙を小さなおばさんが擦り抜けて、やっとドアに近づいて降りて行った。挟まれやしないかと心配していたので、ほっとしたが、少少おろして貰って、後の残りはどうするのだろうと気になった。抑もおろして下さいと云うのは、何をおろすのだろう。自分の身体をおろして下さいと云うのなら、傍の者がだれかおばさんを抱くなり、引っさげるなりして車外へ出さなければならない。

おろして下さい、でなく、おろさして下さいならいいかと考えて見る。それでは自分の手に持っている物をおろす様にさせろと云う事で、電車の中から自分がおりると云う事にはならない。つまり自動詞と他動詞の混用でこんな事になると考えたが、こんな事になっても、実はどんな事にもなっていない。それで立派に通用している。自分が降りるのだから自動詞を使って、おりさして下さいとこう云わなければ降りられないわけのものでもない。

市ヶ谷駅から三粁半の鉄路差なく、東京駅に著いた。第三三九列車の出るのは、一番向うの端の十番歩廊である。その歩廊の階段の下には、更にもう一つ改札がある。その事はこの前の特別阿房列車の時に知っている。入口出口の改札の外に、その中に更にもう一つ改札があると云う所を利用して、私は一つの不正をたくらみ、市ヶ谷駅でへらへらの軟券を買ったのである。

不正、不正と云うので、読者の中に数多い君子達は厭悪の情を催すかも知れない。私の企てた不正は、鉄道規則の裏を掻いて自分の思う事を遂げたいと云う、その規則を破ろうとする点だけが不正なのであって、その事によって何の利得をしようなどと云う、そんな事を考えているのではない。阿房列車の運転を終って帰って来た時に、その切符を阿房記念として私の手許に残したい。つまり改札を出る時に、その切符を渡さずに出る様な分別をめぐらした迄の話である。若しそれが成功したとしても、そ

の切符をもう一度使って、どうするなぞと云う様な事を考えてはいないのである。し かし私は考えていなくても、切符があれば使う事が出来るだろう。だから規則はその点を取り締る。その裏を掻いて切符を手に残そうとするのが私の不正なのである。
ところが地下道を通って、十番歩廊の階段の下へ出て見ると、意外な事には、今日はそこに改札がない。呆然としたが、あの改札は急行列車の時だけ設けるのかも知れない。三二九の様な、三等車ばかりつないだ、各駅停車の列車などには、そんな手間は掛けないのかも知れない。
そこに改札がないとすれば、私の考えて来た事は水泡に帰する。昨日ヒマラヤ山が買って来た、第三二九列車に乗る為の切符に、ここで鋏を入れさして、へらへらの軟券をポケットの中に残して置こうと考えたのであるが、改札がないからそれが出来ない。この儘では市ケ谷駅から東京駅迄の軟券で遠方へ行く汽車に乗る事になる。その為の硬い切符を持っていても、改鋏を受けてなければ無効な事を承知している。後で、車中で、検札に来た時面倒な事になる。
仕方がないから、階段の下まで来たのに、わざわざ又引き返して、八重洲口の改札口まで行き、内側から改札係に軟券を渡して、更めて硬い方の切符に改鋏を受けた。これで折角たくらんだ謀略が、跡形もない事になった。それから階段を上がって行った。

十番線には未だ列車は這入っていないが、這入って止まった時の昇降口(デッキ)の見当に、大勢の人が行列をつくって起っている。それが何列もあるので、ヒマラヤ山は先に来ている筈なのだが、どこにいるか解らないなと思いながら、当てもなく先の方へ歩いて行ったら、歩廊の中程にあるもとの皇族通路の地下道の昇降口を囲った柵に靠(もた)れて、どの行列にも関係なく、ぼんやり向うの空を眺めている。
うしろから近づいて行って、ステッキの握りで頭を敲(たた)いたら、振り返った。澄まし返って、にこりともしない。人が来て自分の頭を敲くと云う事を、初めから計算に入れて向うを向いていた様な様子である。
「どうした」
「どうもしません」
「こんな所に起っていては駄目だろう」
「はあ」
「そら、あんなに、よその人は行列してるじゃないの」
「僕の方はですね、僕の方は、僕の友達が駅にいるのです」
「それで」
「それで、二人来てくれますから、いいのです」
「なぜ」

「そう云う事になっているのです」
「席が取れるの」
「そうだろうと思うのです。しかし、なぜ来ないんだろう」
「甚だ心許ないから、行列に外れたこんな所に、便便と起ってはいられない。
「僕達も列ぼう」
「列びますか」
ヒマラヤ山が赤皮の鞄をさげて歩き出した。この前の特別阿房列車の時は、犬が死んだ様なきたならしいボストンバッグをさげて来たので、大いに面目を潰したが、今日の鞄は普通である。
私が先に立って、そこいらの成る可く長くない行列の尻についた。
十番線の向うに、新しく敷設する高架線の地形工事をやっている。汽罐を据えつけて、その動力で、えんやこらの仕事の代りをしている。煙突から真黒な煙を吐いて、その煙が歩廊に行列している私共の方へ流れて来るのだが、同じ駅の中の煙でも、局地機関車の煙突から出たのは旅愁のにおいがするけれど、地形工事の汽罐の煙突から出た煙には、何のにおいもなく、けむっぽいばかりである。なぜそう云うちがいがあるのは、私に解らない。
ヒマラヤ山系の友人が二人、やって来た。来ましたと云ったかと思うと、行列を離

れて、山系はそっちの方へ行ってしまった。

間もなく第三三九の空車が十番線に這入って来たが、歩廊に待っている人達をみんな乗せ終っても、まだ座席に余裕があるらしいので安心した。しかしヒマラヤ山の友人は、先に中に這入って、座席を取ってくれたので、私共はそこへ腰を下ろした。

そうして置いて、二人は用事があるからと云うので帰って行った。その後へ夢袋さんが現われた。お見送りなのである。

「改札を通ろうとしたら、パスを役所へ置いて来たので」と云った。夢袋さんも国有鉄道の職員である。

「仕方がないから、入場券を買おうと思って出札口へ行った迄はいいのですが、今度は蟇口を忘れているので、それから方方のポケットをさぐって見ましたけれど、どっこにもお金が這入っていないのです。弱りましたね。役所まで引き返していては、発車になってしまうし。そうしたら、いい工合に知った男が向うの方を歩いているので、そいつを呼び止めて、十円借りて、やっとお見送りに間に合いました」

「それは、それは」

「ところが、後で見たら、お金は別のポケットにあったのです。どうも、ついあわてたものだから」

夢袋さんは、私達二人だけ向き合って掛けている座席に余裕があるので、そこへ腰

を落ちつけて一服し出した。時計を見ると、もう発車時刻が迫っている。蒸気機関車が動き出す時と違い、電気機関車で発車したとなると、迚り出しが早いから、すぐに速度を増して、愚図愚図していれば降りられなくなる。心配だから、夢袋さんにもう出ていなければいかんと注意するのだが、泰然として腰を上げない。

「何、まだまだ大丈夫です。発車ベルが鳴り出さない位ですから」

そう云いながら、自分の懐中時計を出して眺めた。夢袋の時計は真黒で文字盤まで黒いから、針が見えにくい。夜光時計なのかと思ったら、そうでもないそうで、製作者は出来るだけ時間がわからない様に意匠を凝らし、夢袋はその見えにくい所が気に入って買ったのだろう。利害得失を明かにする方針の私などには、その料簡は解らない。或は、夢袋は少し前にモヴァドのいい時計を掏摸にすられたのに懲りて、掏摸に見えにくい真黒けな時計を買ったのかも知れない。

やっと発車のベルが鳴り出した。

その音を聞いて夢袋さんは漸く御輿をあげ、車外に出て窓の前に起った。

ベルの音に負けない様に、大きな声で、

「そう云えばさっき、こちらへ急いで来る時、下で駅長に会ったのですが、駅長はいるのですよ。然るにやって来ませんね。どうして出て来ないのだろう」

窓の中から私が云った。「三等編成の普通列車に出て来る事はないでしょう」

「いやそうじゃない。先送のお見送りに来ないのはおかしい」

冗談だが、しかし夢袋さんは我武者羅な所があって、冗談である筈の中に、本気が混ざっていないとも限らない。大きい声だから、周囲の人にみな聞こえている。次に何を云い出すかと、はらはらした。

はらはらなぞする事はない様にも思うけれど、この前の特別阿房列車の時の椰子君にひやひやしたと同じ気持ではらはらする。なぜそんな事に気を遣うのか、人が発車前に何と云っても構わぬではないかと思い返す事は出来ない。しん底の心事が人前をつくろいたいのが私の本性なのだから、仕方がない。

「知っているのでしょう。知らないのか知ら。一寸行って、呼んで来ましょうか」

話しの勢いで私の名前なぞが飛び出しては面白くない。

「どうしたんだろう、山系君」

「そうですね」と云って、又黒い時計を見た。

「随分長い、発車ベルだなあ」

「はあ」

そう云ったきりで、ヒマラヤ山はベルの音に感心して、聴き入った様な顔をしている。

「こわれたのか知ら。それで止まらなくなったのじゃないか」

「そうかも知れませんね」
「ベルが鳴り止まなければ、汽車は出られないだろう」
窓の外の夢袋さんが云った。「変ですね、見て来ましょうか」
「どこへ」
「そうですね」

ジリジリ、ジリジリと鳴り続けて、いつまで経っても止まない。発車の定刻はとっくに過ぎている。六分間ぐらい鳴り続けた時、歩廊を隔てた向うの九番線に、空っぽの列車が這入って来た。その列車の為に、転轍の都合か何かでこっちの発車が遅れたのだろう。発車ベルが鳴り止み、それからすぐに発車した。

東京駅で、出る前にヒマラヤ山が買ったお茶の土瓶が二つ、窓枠に並んで乗っている。汽車が走り出しても、余りびりびり震動しない。余程線路がよくなっているのだろう。飲みたくもないけれど飲んで見たが、うまくなかった。新橋に停まり、品川に停まり、その度に人がどやどや乗り込んで来て、起っているのもあり、すっかり三等車らしくなった。

もうそろそろお午である。お午になったから何か食べなくてはならぬと云うわけはないけれど、又ふだん私はそんな時間にお膳に坐る様な事もないが、家にいるのでなくて、旅にしあれば旅先ではあり、朝起きてからまだ何も食べていないと云う事を

思い出す。それに道連れがある。道連れ山系の腹の中にも思いを馳せて見る要がある。お茶もあるし、そろそろ午飯にしようかなと思う。

この汽車に食堂車はない。それはもとから解っているので、今度は出掛ける前から外食券を手に入れて来た。横浜で御飯のついた汽車弁当を買って食べようと云う事にヒマラヤ山と話しが纏まった。

窓の外へ売りに来るのを待っていては埒があかないので、横浜に停まるのを待ち兼ねてヒマラヤ山が座席を離れて買いに行った。

随分手間取って、発車間際に戻って来たが、御飯の弁当はなかったそうで、買って来たのは函の表に「代用米」とことわってある支那料理風の焼飯である。無い物は仕方がない。我慢する事にして箸をつけたけれど、甚だうまくない。外米をふやかしたのを油でどうかした様な、丸で飯粒の姿のない代物である。みんなは食べ切れなかったが、食べただけが腹の中に落ちついていない様で後味が悪い。

横浜を出てからは、保土ヶ谷、戸塚を飛ばして、大船まで一走りに走った。同じ線を電車が走る様になって、そう云う小さな駅は電車だけの停車駅になったのである。大船駅を発車して、相模平野の広い空の下を走り出してから、薄曇の雲が次第に低く垂れて来た。窓外の景色が曖昧になった。汽車は好い調子で走り続ける。大磯には停まらなかった。

「大磯に停まりませんね」
「そうらしいね」
ヒマラヤ山系は時刻表を出して見ている。
「大磯の次の二ノ宮にも停まりませんね」
「そうかね」
暫（しば）らく間をおいてから、感心した様な顔をして、「はあ」と云った。歓声を洩らして、何を感心しているの
「いや、何でもないのです。何でもないのですけれど、僕、こないだ湯河原に行く用事がありまして」
「湯河原へ何しに」
「それはですね、湯河原に用事があったのです」
「そうか」
「土曜日だったもんですから、女房のおふくろが二ノ宮にいるのです」
「わからないね」
「いえ、それはもとからいるのですから」
「それで土曜日がどうしたのだ」
「土曜日ですから、それで女房をつれまして」

「女房が土曜日でどうしたのか、貴君(きくん)の話しは全くわからない」
「土曜日は僕の土曜日ですけれど、女房のおふくろが二ノ宮に居るものですから」
「それで」
「それで女房をつれまして、しかし僕は湯河原に用事があるのです」
「じれったいね、それでどうしようと云うのだ」
「だから途中で女房を二ノ宮に降ろして、僕は湯河原へ行くのです」
「それならそれで、いいではないか」
「そのつもりで女房をつれまして、汽車に乗ってそのつもりでいたら、走り続けて二ノ宮に停まらなかったのです」
「よく調べないで、乗るからさ」
「仕方がないから、湯河原まで行ってしまいました」
「女房とかい」
「そうです」
「新婚旅行だな」
「そうじゃありません。僕は湯河原に用事があるのです」
「用事は用事さ」
「そうは行きません。だから僕はその用件の所へ行きました」

「女房はどうした」
「女房はそこいらへ置いときました」
「まあいいさ」
「いいのです、そっちの事は。僕は用件に行きましたけれど」
「何の用なの」
「それがです。有名な画家なのです。僕は初めてお会いしたのですが、その先生が大分疲れて居られた様でして、だまっているのです」
「それでは用が弁じないね」
「少しは口を利かれました」
「要するに、どうなったのだ」
「お茶を引っくり返しましてね」
「だれが」
「その先生がお茶を引っくり返しまして、僕がふいたのです」
「よく解らないね」
「拭く物がなかったので、そこいらの紙で拭いときましたけれど」
「用件はどうなったのだ」
「用事は済みましたけれど、だまっているのです」

「用事が済んだら、さっさと帰ればいいじゃないか」
「その時分から、外が少し暗くなりまして、雨が降り出しました」
「それは困ったな」
「先生はだまっているし、雨は段段ひどくなるし」
「結局どうなったのだ」
「結局なんて、そう云うわけには行きません。その先生がだまって起ち上がって、僕のうしろの押入れから傘を取り出しました」
「番傘か」
「蝙蝠傘 (こうもりがさ) です。それをテーブルの上に置きまして、僕にさして行けと云う事なのです。しかしそうすると、後で返しに来なければならないので、考えていましたら、後からもう一人若い人が来まして、そこに起っているのです」
「それはだれだ」
「僕はそこに置いてある傘を返す事ばかり考えていましたから、そこへその人が起っているものですから、僕と一緒に来て、傘を持って帰ってくれるのだろうと思いました。ところがそうではないのです。その人は後から来た別のお客なのです」
「貴君 (きくん) はもういい加減で、おいとましたらいいだろう」
「しかし、雨が降っているものですから、そこのお宅は高台になっているので、向う

が見えるのです。そっちの方に雨が降っているのが見えるので」
「兎に角傘を借りて行ったらどうだ」
「はあ」
「ちっとも埒があかない」
「その向うの方に家が列んでいるのです。あの辺の温泉宿なのです。そう云う屋根がずうっと列んで居りまして、雨が降って」
「それでどうしたのだ」
「その屋根に雨が降っているのです。沢山屋根が見えますけれど、どの屋根にもみんな雨が降っているので」
「そら、もう国府津だ」
「本当だ」
「乗り換えだよ」
あわててステッキを持って、脱いだ外套を抱えて、山系は赤皮の鞄をさげて、車外に出た。

雨を催した薄暗い空の下に灰色の歩廊が伸びている。どことなく何かの裏を見る様な気持で、国府津の駅には光沢がない。丹那隧道が出来る前の、昔の国府津駅は東海道線の大駅であって、その時分の事を覚えているから、そう思うのかも知れない。

歩廊の上に、今著いた汽車から降りた人が散らばっている。帯を持った駅員に、御殿場線の乗り換えは、あれかと山系が尋ねた。山系が指差した線路の向うの歩廊に、五六輛聯結の短かい列車が停まっている。

「乗り換えですか。早く早く、この列車は遅れて著いたけれど、あっちのは、それを待っていないから、すぐ出ますから早く早く」と駅員が云った。

そんな馬鹿な事があるものかと思いながら、むっとして歩き出した。ヒマラヤ山が気を揉んで、走りましょうかと云ったけれど、いやだと云った。抱えている外套を持ってやろうと云ったけれど、いいと云って渡さなかった。私を身軽にして、どたどたしているおやじを、少しでも早く連れて行きたいと云うつもりなのは解っているが、接続する列車が、前の遅れた分を無視して発車すると云う法があるものかと考えているので、ヒマラヤ山系の焦躁に同じない。それで山系はあきらめて、私と同じ歩調で歩いている。

しかし、私だって、遅れてもいいつもりで、ふらりふらり行っているわけではない。走り出すのはいやな事だが、出来るだけ足を早めて歩廊を急いだ。歩廊の突き当りに地下道へ這入る階段がある。降りかけると、後から走って来て、私達を追い越す人もあった。

地下道を通り、向うの歩廊に出る階段を五六段上がった所で、もう一寸でその歩廊

に出るという所で、頭の上あたりにいた機関車が、ぼうっと云う、汽船の汽笛の様な調子で、発車の汽笛を鳴らした。

「あっ、発車する」と思ったら、階段の途中で一層むっとした。

その音を聞いて、あわてて階段の残りを馳け登るのはいやである。人がまだその歩廊へ行き著かない内に、発車の汽笛を鳴らしたのが気に食わない。勝手に出ろとは思わない。乗り遅れては困るのだが、向うが悪いのだから、こちらに不利であっても、向うの間違った処置に迎合するわけには行き兼ねる。

歩廊に出たら、その列車は動き出している。まだ徐行だが、歩廊の縁をすうと云っている。階段を上がり切った所の前は荷物車だけれどデッキがある。乗れば乗れない事もないが、荷物車に乗らなければならぬ因縁もないし、何よりも動き出している汽車に乗ってはいけない。乗ろうと考えてもいけない。昔からそう云う風に鉄道なり駅なりから、しつけられている。山系は曖昧だったが、私が乗ろうとしないので、あきらめた様である。

動き出しているけれど、余り速くはならない。その時階段を馳け上がって来た男が、私達の後を走り抜けて、中程の車のデッキに飛びついた。自分の事を忘れて、見ていてはらはらした。前部の方では、その男と同時に階段を上がって来たらしい女の人を、助役と駅務掛と二人がかりで、動き出しているデッキに押し上げた。そこへ又一人、

上がって来たのか、前からいてうろうろしていたのか知らないが、まだ乗らずにいるのを、その時はもう男だか女だか解らなかったが、助役が荷物車のデッキに押し上げた。

気がついて見ると、機関車から機関士らしいのが半身乗り出して、こっちを見ている。歩廊の様子を見、助役の相図を待って、徐行を続けているらしい。列車の最後部の歩廊に起っていた駅員がこっちを向き、機関車の近くにいたもう一人の助役がそっちを見て、それから半身乗り出している機関士に相図したら、機関士が身体を引っこめて、目の前にのろのろしていた列車が急に速く走り出した。

最後部が行ってしまったので、私共の前が豁然（かつぜん）と明かるく広くなった。何となく目がぱちぱちする様な気持である。考えて見ると、面白くない。考えて見なくても面白くないにきまっているのだが、こう云う目に遭うと、後でその事を一応反芻（はんすう）して見た上でないと、自分の不愉快に纏（まと）まりがつかない。

「仕方がない」と私が云った。「ベンチにでも掛けようか」

だれもいない歩廊の中程にあるベンチに二人で腰を下ろした。

「前の列車の、もっと前部の車に乗っていたら、間に合ったのですね」とヒマラヤ山が云った。

それはそうだけれど、そんな事で間に合いたくない。だれが間に合ってやるものか

と云う気持である。暫らくだまっていた。股の間に立てたステッキに頤を乗せて、向うの何でもない所を見つめて考えた。段段に不愉快がはっきりして来る。

「行って、そう云って来ようか」

ベンチから立ち上がって、歩廊の端に近い所にある駅長事務室へ歩いて行った。一緒に来た山系に向かって、私が云った。

「何か云う事があるなら、今頃になって、少し気が抜けてから云いに行くよりは、さっき汽車が本当に動き出して、歩廊を離れかけた時、あの時はまだ助役が二人共そこに起っていたのだから、そこで、なぜ汽車を出したかと云えばよかったのだけれどね」

そうすれば、後から駅長事務室へ出頭して文句を云うより、どれだけ適切だったか知れない。それは前からわかっているのだが、しかし私には第一に戦闘的精神が欠如している。腹が立つ時には立つのだが、それを人に向かってぶつけると云う気魄に乏しい。次に、そうでありながら、又こんな事も考える。こちらに理があって相手に迫る場合、相手をのっぴきならぬ条件に置いて責めるのは、君子の、或は紳士の為す可き事でない。兎に角自分を優位に置いて考える事の出来る側の為す可きすをいさぎよしとせざる所である。だから私はそうしなかったと考える。今の事で云

えば、私と山系と二人の乗客を歩廊に残して、汽車が動き出した時、まだその場を立ち去らない二人の助役をつかまえて面詰すれば、こちらの云う事に理のある限り、先方には逃げ道がない。逃げ道をなくしておいて責めては可哀想だと云う優越感がある。同時に、逃げ道がないから歯向かって来たら厄介だと云う警戒心も働く。口論や喧嘩で歯向かわなくても、

「そうでしたか、相済みません、一寸お待ち下さい」と助役が云って、機関車に相図し、動き出している汽車を停めて、「さあどうぞお召し下さい」と云う事になれば、「御手数でした」と澄まして乗れるものではない。そんな羽目になったら、理がありながら、こちらの敗北である。

駅長事務室の硝子戸をノックして中に這入った。さっきの助役が二人いる。

「一寸お邪魔します」

「何か御用ですか」

「私共は今の沼津行に乗り遅れたのですが」

「おや、それはどうも」

「さっきの三二九で東京から来たのですが、向うのホームで降りて、こっちへ歩いて来る間に、その接続の列車を出しておしまいになるのは、どう云うのです」

「いや、皆さんが乗られてから、出したのです」

「しかし僕等二人が乗れないでそこに起っている前を、今の列車は行ってしまったのです」
「乗れなかったのですか」
「乗れば乗れたかも知れないけれど、その前に汽車は動いていました。動き出している列車に乗ってはいけないと云う事になっているでしょう」
「御尤(ごもっと)も」
「一体あの列車は、さっきの三三九は、東京を出る時から、六七分遅れているのです。それを無視して、それに接続するこっちの列車を出してしまうと云うのは、随分無茶な話ですね」
「いや、それはそんな事はありません。遅れて這入(はい)りましたから、こちらもそれに合わして発車を待ったのです。あちらのホームに、もう乗り換えのお客さんは残っていないと云う駅長の確認を得てから、こちらを発車させたのです」
「あちらには残っていなくても、こっちにまだ乗れない人がいるのを構わず発車させたではありませんか」
「ですから徐行させて、みんなお乗せした筈です」
「動き出している列車に、あなた方がお客を押し込んでいるのを、僕は目撃しました。ああ云う事はいけないと思う」

黙ってしまった。しかし、もう余り云うのはよそうと思う。
「お乗りになれなかったのでしたら、それは相済まん事でした。何しろこの線には列車の数が少ないのでして、随分間があきますから、そう云う事がない様に心掛けているのですが。さっきの発車の際にも、我我が前部に起っていまして、後部の相図を受けて、皆さんお乗りになったと思ったから、発車させたのです。真ん中辺りにいられたお二人を、それでは見落としたのかも知れません」
「もうしかし仕方がありません。次の汽車まで待ちます」
「以後気をつけなさい、と云うつもりで、それで話しをよして、部屋を出ようとしたら、
「沼津へいらっしゃるのですか」と尋ねた。
「そうです」
「それでしたら、熱海線からいらっしゃれば、いくつも列車はありますけれど」
「いや、御殿場線から沼津へ出るのです」
「ははあ、するとこの線の途中に、御用がおありになるので」
「用はどこにもないのです」
「成る程」
一揖して駅長事務室を出た。あらかじめ自分の頭の中で独り喧嘩が済んでいるのだ

から、それから更めて出掛けて行って談じて見ても、花が咲くわけがない。もとのベンチに戻って、ヒマラヤ山系と並んで腰を下ろした。
　雨を含んだ空が次第に下りて来て、到頭本降りに降り出した。降り出したら、辺りがいくらか明かるくなった。
「ステッキでなく、傘を持って来ればよかった。出る時どっちにしょうかと、迷ったのだけれど」
「そうでしたね。しかし今ここで降っていても、この雨が沼津でも降っているかどうか、解りません。これから僕達は山を向うへ越すのですから」
「尤もらしい事を云うね」
「行って見なければ解らないでしょう」
　ベンチの頭の上辺りの戸樋がどうかなっていると見えて、溜まった雨がそこから溢れ出し、水の棒を立てた様になって、腰を掛けて足を投げ出している爪先へ、音を立てて落ちて来た。顔に繁吹きが掛かって来る様である。しかし、起ち上がって、外のベンチへ移るのは億劫だから、落ちて来る水の棒を眺めながら、じっとしている。
　ヒマラヤ山系は、もともとそう云う事には動じない。
「汽車に乗り遅れたけれど、だれに関係もなく影響もない。僕達自身の事としても、その為に何も齟齬する所はない。いい工合だ」

「何がです」
「長閑(のどか)で泰平だ」
「はあ」
「乗り遅れと云う事が、泰平の瑞兆(ずいちょう)だ」
「大分流れて来ますね」と云って、ヒマラヤ山は足を引っ込めた。歩廊のたたきに落ちる水が、段段に筋になって、こっちの方へ寄せて来る。
「これから、どの位待つのだろう」
「丁度二時間です」
「二時間だって」
「さっきの列車は、いくらか遅れて出たかも知れませんけれど、正規の時刻では十二時三十五分発なのです。この次の沼津行は十四時三十五分ですから、丁度二時間です」
「その間、こうやってぼんやりしているのか。まあいいや、ほっておこう」
「何をです」
「何も彼もさ」
「はあ」
繁吹(しぶ)きの霧の中へ煙草の煙を吹いたり、線路に落ちる雨の脚を見つめたり、全くな

んにもする事がない。難有い様な退屈な様な工合である。
じっとしていると、時間の方が動いて、もう一時を過ぎた。
二時間の内、三十分以上経過している。今までひっそりして、だれもいなかった歩廊に、人の足音がし出した。地下道の階段から、荷物を抱えた男や女が、三人五人と上がって来て、別のベンチに腰を下ろす。
山系が感心して、「あの人達、みんなこの次の僕等と同じ汽車に乗るのですよ。一時間も一時間半も前から来て、待つのですねえ」と云った。
「汽車に乗るより外に用事がなかったら、そうするより仕方がない」
「はあ」
それから又長い間待っていた。こちらから口を利かなければ、ヒマラヤ山はいつ迄も黙っている。
すぐ前の、つまりさっき沼津行が出て行った線路に貨物列車が這入って来て、だから私共が腰を掛けているベンチの前が狭くなり、人が行ったり来たりして、廻りが忙しくなった。
私達の前に停まった貨車の扉を開けて、中から空き籠を投げ出し、空き樽をころがし、それがこちらの足許まで来るので、大分物騒になって来たが、泰然として逃げなかった。その内に藁の様な、繭の様な、多分海草だろうと思うけれど、何にする物か

解らないが、人の胴体を三つ合わせた位の束にしたのを、いくつも貨車の外へ投げ出した。今度は大変な埃で、少し辟易したけれど、我慢した。逃げるよりは埃を吸っていた方がこっちの勝手である。その内にその束の一つが、丁度戸樋から溢れて歩廊のたたきを敲いている水の棒の真下にころがったので、水が跳ねるのをみんな吸い込んでくれたから、大変助かった。

私共のベンチの後の線路に、十三時三十三分著の国府津止まりの列車が這入って来た。だから、あともう一時間である。

こうして二時間近くの間、雨垂れの水が足許へじゃあじゃあ落ちて来るベンチで、いい加減のおやじと、蔓の立った若い者がじっとしている。する事がないから、ぼんやりしている迄の事で、こちらは別に変った事もないが、大体人が見たら、気違いが養生していると思うだろう。二人並んで、同じ方に向いて、いつ迄も黙っているのは、少しおかしい。そう云うのは二人共おかしいのだが、或は隣りを刺戟すると後が悪いから、私の方がつき合って、黙ってじっとしているのかも知れない。その気違いは私の方かと思ったが、そうでないとは云わないけれど、年頃から云うと山系の方が気違いに適している。

さっきから雨垂れの水を吸い込んでいるけむくじゃらの藁束が、水ぶくれがして来た。

「光陰は箭の如しだね」
「はあ」
「しかし歳月、人を待たずと云う事はない。お互に待っている」
「はあ」
山系はちっとも面白くないらしい。もそもそした手つきで、又煙草に火をつけた。
「あれがもう一時間したら、今来た方向と逆に走って、僕等を乗っけて行くのでしょう」
「うしろに来た汽車は何だろう」
「そうなのか。成る程そうらしいね。しかしだね、僕は今、腹がへっていると云うのではないが、夕方までこの儘にして置くと云うのは、どうかと思う」
「向うのホームにいますね、あのおじさんの所へ行って、何か買って来ましょうか」
ヒマラヤ山は起ち上がり、地下道の階段を馳け降りて、どこかへ行ってしまった。稍暫らく経ってから、サンドウィッチを買って来た。その函をヒマラヤ山が手に持って、こっちへ帰って来るすぐ後から、さっき迄向うの歩廊にいた駅売りのおやじが歩いて来た。
「向うまで行かなくても、よかったのではないか」
「そうなのです。今度のこの列車へ売りに来たのです」

「待っていればよかったね」

「何、構わないです。あっちの階段の所で買って、それからあのおじさんと一緒に帰って来ました」

一時間以上も前から来て、今度の発車を待っていた連中が、そこいらにいなくなったと思ったら、もううしろの汽車に乗っているらしい。僕達も乗って待つ事にしようかと云って、お尻から根が下りる程長い間掛けていたベンチを起ち上がった。今度の汽車も矢っ張り短かい。五六輛しかつないでいないその最後部の車の一番後の座席に著いたのは、勿論展望車なぞはないが、最後部のデッキから景色を眺めて、そこでサンドウィッチを食べてしまった。お茶も牛乳も買ってなまだ出ない内に、そこでサンドウィッチを食べてしまった。お茶も牛乳も買ってないけれど、そんな物はいらない。大変まずかったが、それでもおなかに入れてしまった。ただ、三等の背中合わせの区切りにいる小さな子供が、私の後の靠れにつかまって起ち上がり、サンドウィッチの折の中を見て、何か云い出したので、気になって可哀想な様でもあり、きたない様でもあり、早早に食べて片附けた。段段に人が乗り込んで来て、発車までには大体一ぱいになった。二三人通路に起っている人もある。それから発車した。更めてはっきりしたのだが、御殿場線は電化されていない。発車の汽笛を聞いて、更めて発車した。

つまり電気機関車が引っ張るのでなく、昔ながらの煤煙を吐き出す蒸気機関車である。さっき私共に、おいてきぼりを喰わせた列車も、汽笛を鳴らして出て行った。電化されていると計り思っていたから、隧道の出這入りには車窓の硝子が曇る事もなかろうと考えたのは間違いで、矢っ張り這入ればぱっと白くなり、出てからその曇りが取れかけた頃には、又次の隧道に這入って行くと云う事になりそうである。

走り出してから、駅の構内を離れた時に、展望車代用の後部のデッキから眺めて、もう一つ意外な事を知った。御殿場線は単線になっている。いつからこんなみじめな事になったのか知らないが、東海道の幹線であった時分、馴染みの深かった私に今昔の感を催させる。線路を取り去った後の道に、青草が筋になって萌え出している。線路の傍の崖の裾から、黒い肌の岩が露出している。その岩の形を遠い昔の学生時分の行き来に見覚えた様な気がする。秋はそう云う崖に昼間でも虫が啼きしきって、虫の音が轟轟と走り過ぎる汽車の響きを消したのを思い出す。

三つ四つの駅に発著した後、鉄道唱歌にある山北駅に停まったけれど、昔の様にそこで後押しの機関車をつける模様もない。つければ一番うしろの車にいるのだから、すぐに解る筈だが、編成が短かいので、その必要もないのであろう。又山北駅にその機関車の持ち合せもなさそうであった。

山北駅を出てから、「出でてはくぐるトンネルの」と云う景色になる。しかし煤煙

で窓が曇るから、外の景色は半分しか見られない。漸く窓が明かるくなって、向うが見え出したと思うと、又隧道に這入ってしまう。

窓の晴れ間に、「今も忘れぬ鉄橋の、下行く水の面白さ」を眺める。汽車の通るすぐ下を流れたり、向うの山際に離れたり、細い小さな滝がその川に落ちているのを見ると、その滝の姿にも若かった時の自分の記憶が残っている様な気がする。ごろごろした石のころがっている磧の間を水が走っている。水勢の急な所は白い筋がちらちらする様に見える。ふと昔、ここを行き来した頃には、あの磧の石ころの間に居坐った様な恰好で所所に黒い肌を出している岩の面に、汽車の窓からはっきり読める様な大きな白い字で、「咳止め飴」と書いたのが方方に散らばっていたのを思い出したが、今はどこにも見当らない。雨と風が何十年の間にその字を消してしまったのだろう。

谷峨と云う、昔はなかった駅を過ぎて、駿河駅に著いた。昔の小山駅である。それから先にはもう隧道も鉄橋もない。間もなく御殿場駅に著いた。

まだ雨が降っている。山系はそう云ったけれど、山を越しても、雨らしい。雨雲が低く降りて、裾野を包んでいるから、なんにも見えない。御殿場辺りから暫らくの間、富士山の西側の山裾に流れている美しい曲線を眺めるのを楽しみにしていたが、そんな物は雨と霧の奥の方の、どの辺に当るのか見当もつかない。

さて、阿房列車の乗客なる読者諸彦は、今回もまた区間阿房列車に御乗車下さいまして誠に難有いが、運転時間も大分経過したから、そろそろ先を急ごうと思う。今度のは何ぶん区間列車なので、この前の特別急行列車よりはのろのろしているのも当然の話ではあるけれど、已に御殿場駅を出て、これから先は沼津まで一瀉千里の下り勾配である。その勢いに乗ってどんどん先を片づけようと思っていると、汽車は、普通った時知らなかった富士岡と云う小さな駅に著いた。
　もとは御殿場を出てから、間に裾野と云う駅があったきりだと思うのだが、いつの間にこう云う新駅が出来たのだろう。停まった汽車の窓から、ぼんやり外を眺めていたら、何だか脳貧血を起こした様な気分になった。今まで目の前にあった小さな駅の建物が、少しずつ迫り出した。見ている内に、変な方へ行ってしまう。くなら普通だが、建物が前へ動き出した。
「あらあら、おい山系君、汽車が逆行し出した」
「はあ」
「後戻りしているよ、おい」
「スウィッチ・バックでしょう」
　山系は澄ました顔で私を馬鹿にしている。
「スウィッチ・バックとは何だ」

「山国の勾配の急な駅によくあるじゃありませんか」
一旦停まって、少し引き返して、又出直す。所謂折り返しなら私だって知っている。
しかし御殿場駅から沼津駅へ降りて行く間の勾配に、そんな物はなかった。丹那隧道が出来る迄は、この線を当時の特別急行が走っていた。スウィッチ・バックをしては、急行列車は走れないだろう。
「おかしいなあ」と云っておいた。しかし今は現にそうなのだから、仕方がない。
次の岩波と云う駅でも、又スウィッチ・バックをした。阿房列車の乗客の為に話しを急ごうと思ったけれど、線路の設備がこれではそうも行かない。
漸く沼津に著いたが、土砂降りの抜け降りで、バラックの駅の本屋は雨の中に浮いている。歩廊から駅長のいる部屋へ這入って行こうと思ったが、一寸した屋根の切れ目から滝津瀬の雨が降り灑いで、すぐにはそこを渡れなかった。
やっと中へ這入って、駅長の在否を尋ねたら、駅長はこちらへ転任して来たばかりで、お家はまだ品川にある。今日は土曜日なので、先程帰って行かれた所だと云う話であった。
紹介を貰って来たからお訪ねしたのだが、それでは仕方がない。しかし別に用事があるわけではなく、駅長に限った事もない。こう云うお天気だから、どうにもならないが、時間が早かったら千本松原へ行って見ようかと思っていた。千本松原に馴染み

はなく、私は初めてなのだが、ヒマラヤ山には曾遊の地だそうで、景色がいいと云うから、ぶらぶら出掛けて、松が何本あるか数えて見てもいいと思った。そうして今晩は沼津に泊まる事にしてもいい。助役さんに宿屋の紹介を頼んだ。助役さんが一二の心当りを挙げてくれたけれど、どうもこちらの気持が纏まらないあんまり雨が降っているので、宿屋へ行くのも億劫そうな気がする。
「興津だったらいい宿屋がありますが、いっそそうなすったらいかがです」と助役さんが云った。
忽ちその気になって、これから興津へ行く内には、雨も小止みになるかも知れないから、そうしようと思い立った。すぐに鉄道電話で興津に聯絡をつけてくれて、興津駅から宿屋へ座敷を取っておく様にしたと云う返事まで貰う事が出来た。
沼津に著いたのが四時四十分で、五時十六分に沼津から門司行一一一列車で興津へ向かった。三等車はきらいではないが、あんまり人が乗って来て、前後から人いきれがして、むしゃくしゃする。沼津の出札口で静岡までの二等切符を買い、その途中下車で興津へ降りる事にした。門司行一一一は普通列車なので、二等車はすいていた。
沼津で降りたり又乗ったり、うろうろしているので、阿房列車の乗客がお金の事を心配するかも知れないけれど、ここ迄は三等旅行でもあり、東京駅でお茶を買って横

浜で焼飯を買って国府津でサンドウィッチを買って、みんな食べて飲んで、お茶の土瓶のあきびんは山系のふがふがの赤鞄に入れて、お金を使ったのはそれだけで、何の無駄もなくここ迄来た。しかしそう云う点に無駄がなくても、抑も出掛けて来たと云う事それ自身が無駄ではないかなぞと云う事は無駄って貰いたくない。お金は無駄に使っていないとしても、時間は随分無駄に使っているぞと云われると、時は金であったり、なかったり、又そんな事に引っ掛かれば話しがスウィッチ・バックする。何しろ少しは先を急がなければならない。

興津に著いた。雨は上がって、だんだらになった雲に夕方の明かりが残っている。駅長がそう云ってくれたので、若い駅員がついて来て、駅前の通を曲がる角まで道案内をしてくれた。別れてから山系が馳け出して、帰って行く駅員を追っ掛けて行き、向うの方の道ばたで立ち話しをしている。

じきに又馳け出して帰って来た。

「駅長さんはお酒が好きだそうです」

「そりゃいい工合だ」

「どうも、そう云う風だと思いました」

「繰り合せがつくか知ら」

「九時半頃までなら、いいのじゃないかと思うと、さっきの駅員がそう云っていまし

た」

それから教わった道を真直ぐに歩いて行った。歩道と車道の分かれた立派な舗装道路だが、昔の東海道に違いない。雲の垂れた低い空に夕明かりが漲っている。真直い道の遠い向うの方が明かるくなって、松の黒い影が鮮明に浮かんでいる。その辺りは空の色だけでなく、往来に近い海の水明かりが射しているらしく思われた。

間もなく教わった宿の水口屋の前まで来た。爺やが一人、門先まで迎えに出ていた。興津（おきつ）へ降りたのは初めてで、勿論水口屋も初めてだが、二二六事件当時から名前は知っている。西園寺公の坐漁荘が近いのでこの辺りは大変だったに違いない。

座敷に落ちついてから、駅長さんの都合を聞いて見たが、今日は自分の当番の日であり、又先程構内に一寸（ちょっと）した事故があったりしたので、手があけられないから失礼するとの事であった。

それでは仕方がない。駅長宛の紹介を貰って来たので、繰り合せがついたら、席を設けて待ちたいと思ったのだが、そう云う事なら、縁側の外に浪の音を聞きながら、ヒマラヤ山系のお相手をして一献する。ヒマラヤ山はお酒を飲むと少し何かしゃべり出す。ふだん滅多になんにも云わない男だから、それも酒の一徳と云う所かも知れないけれど、折角ながら、そう云う時の話しは頭も尻尾もなく、だから話しがどっちを向いているのか解らない。尤（もっと）もこちらだって朦朧（もうろう）たる聴き手でない事もないから、相

手の曖昧を指摘して見ても埒はあかない。いい加減にして、しかし女中が感心する程飲んで、枕に通う潮騒を聞くともなしに聞きながら眠った。

朝起きてから見ると、庭先に清見潟の海が光っている。庭下駄を突っ掛けて、裏門から出て見た。雨は昨日の夕方から上がっているけれど、海の水と同じ色をした雲が一面にかぶさって、海の蓋をしている。海鳥が飛び、磯馴の松が枝を垂れて、いい景色だと思う。しかし子供の時に見馴れた瀬戸内海の浜辺の趣きはない。松は青いが砂が白くない。富士山の火で焦げた灰がそう云う色なのなら、止むを得ない。

景色なぞに構っていないで、しかし別に用事があるわけではないが、兎に角少し先を急ごうと思う。先を急ぐと云う、その一番の目的地は東京であって、つまり出て来たもとの所へ帰ればいいのだが、東京へ帰るにはここから更に静岡迄行くつもりである。静岡に何の所用もないが、ここいらには急行列車が停まらないから、急行列車に乗る為に静岡まで行こうと思う。東京へ帰るのに逆に静岡まで行って急行列車に乗らなくても、沼津まで引き返して、沼津でそうすればその方が道順である事は知っているけれど、沼津からだと東京までが近過ぎて、急行列車に乗っている間が短かいから矢っ張り静岡まで行く。

東京へ帰るのに、興津から静岡までスウィッチ・バックをして、もう一度この興津

駅を通過するわけである。しかし、そうするとしても今すぐには静岡へは行かない。静岡へ行くに就いては、静岡へここから行くより一駅遠くなる由比駅へ一たんスウィッチ・バックをして、つまり興津の東にある由比へ逆戻りして、それから、由比から西の静岡へ行こうと思う。この儘東京へ帰るのだったら、興津から由比へ行くのは逆戻りではないが、東京へ帰る為に静岡へ逆戻りしようと考えていながら由比へ引き返すのは、逆戻りの上に更に逆戻りを重ねるのである。スウィッチ・バックの妙、ここに極まれりと感心しながら、お午過ぎに興津から上りに乗って由比へ向かい、一駅だからすぐに著いて由比駅に降りた。

由比の駅長宛の紹介も貰って来た。しかし今日は日曜日だから出ていない。駅の人が、駅長の公舎はすぐそこだから、伝えてやると云って名刺を持って行った。間もなく帰って来て、じきにこちらへ来ると云う事だったので、お休みの日に済まないなと思いながら暫らくして駅長さんがやって来た。

駅長と年配の駅員と私達二人と、四人連れ立って駅の構内から海岸へ出た。由比の風景は興津に劣らない。浪に近い所を汽車が走るのは、私なぞに取っては一層の風情である。

駅長が思い出した様に、今日は大謀網がある。三時頃にあすこの突堤から船が出る筈だ。御案内しましょうかと云い出した。

丸で知らない経験なので、乗せて貰おうかとも思った。山系は行きたいのか、いやなのか、例に依ってその意向は解らない。しかし私は駅長の勧誘を受けながら考えて見たが、面白そうではあるけれど、行けばそれだけ経験を豊富にする。
先で、今更見聞を広めたりしては、だれにどうと云う事もないけれど、阿房列車の標識に背く事になるので、まあ止めにして置こう。駅長の厚意を謝して、そこで二人に別れて、私と山系とは海岸へ降りて行った。

今夜はここで泊まる事にする。宿屋の事はさっき駅の事務室にいた時、そう云っておいて貰う様に頼んで来た。先を急ぐけれど、それは明日の事である。何事によらず、明日にのばせる事は、明日にのばした方がいい。

海岸を歩いたが、歩いて行く向きから風が吹いて来る。少し強過ぎて面白くない。足許には黒い色をした小石がごろごろしていて歩きにくい。富士山から噴き出した物かどうか知らないが、こう云うのが沢山散らばっているから、折角見晴らしのいい浜の景色が暗くなる。波打際で波をかぶっている岩も黒い。地元の人はそこいらの岩をごしごし洗って見たらよかろうと思う。

街道に上がって引き返し、追風を受けながら由比の町をぶらぶら歩いた。今は裏道になっている東海道の旧国道には、昔風の建て方の家が残っている。路地の入口に黒い犬がいて、こちらを見ていた。往来に面した戸袋の上に目白籠がおいてあって、目

白が囀っている。猫がかからないか知らと心配しながら、通り過ぎた。屋根越しに見えるうしろの崖には、夏蜜柑がぼんやりした燈火をともした様に点点と生っている。海でとれた桜蝦を茹でるにおいがする。その外にはなんにもない。又線路の見える所へ出た。今出た所は駅の上手である。

浜辺が彎曲して、その先が出鼻の様になっている方から、下りの汽車がやって来た。汽車が近づいて来るのを見る位うれしい事はない。場内信号機の辺りに近づいた時、丁度私共が眺めている目の下の転轍に起っていた男が、不意にけたたましい叫び声をした。何と云ったのか解らないけれど、悲鳴に似て、聞いたこちらで、はっとした。それに続いて、近づいた列車が非常警笛を鳴らした。機関車の前を走り抜けるおかみさん風の女が、大きな平たい笊を抱えて線路を渡っている。桜蝦を干す笊だろう。

「あの転轍手は、さっき駅長さんと一緒に出て来たおじさんですね」と山系が云った。そうらしい。しかし寧ろ低い話し声の人だったので、今の様な甲高い叫びは別人の様な気がする。

汽車が通り過ぎた。

「おいおい、山系君、今の列車をどう思う」

「はあ」

「あれは昨日の僕達のお召列車だよ」

ヒマラヤ山は腕時計を見た。この前の特別阿房列車の時よりは少しふとったと見えて、腕時計の輪が大分手頸に近い所まで下りている。
「そうらしいですね」
「そうだよ。今のは米原行の三二九だ。三三九列車思えらく、昨日たしかに乗せて出たのに、国府津で降りて、それから今迄、どこで何をうろうろしているんだろう。そう思っているぜ、きっとあの汽車は」
「はあ」
「貴君はそう思わないか」
「僕ですか。僕がどう思うのです」
ポケットから煙草を出して、山系は線路を越した向うに見える海の方へ煙を吹いている。
「もう一遍、海辺に出て見ようか」
「はあ」
笊を抱えたおかみさんの渡った所から、線路を横切って渚に降りた。海に向かって伸びた低い突堤があって、その陰にいれば海風が当たらない。煙草に火をつけて、方方を見渡している内に、又下りの汽車が来た。来たなと思って見ていると、さっきの三三九列車が非常汽笛を鳴らした同じ箇所で又けたたましい非常汽笛を鳴らした。今

度はその向うの線路が汽車の陰になっているので、こちら側からは見えないが、きっと又だれかがすれすれに機関車の前を横切ったのだろう。
　非常汽笛を鳴らした丈で、姿のいい列車が通り過ぎている。一番後に黄色い筋の帯をした一等車を聯結(れんけつ)し、一等車の後部は展望車になっている。その前の特別阿房列車の時のお召列車、特別急行「はと」である。「はと」は十一時の米原行三二九より一時間半遅れて、十二時半に東京を出るのだが、三二九列車が殆んど各駅に愛想をして通る普通列車で、ここ迄来る間に二十回以上も停車しているのに比べて、二度しか停車していない。だから殆んど追いつきそうになっている。目の前を通り越して、もう少し先のどこかの駅で追い越して、静岡では「はと」の方が先に発車する。
　なってから間もなく、今度は上りに又姿のいい汽車が現われた。夕方五時に東京に著く「つばめ」である。海を背にして、目近(まぢか)に次ぎ次ぎといい汽車を眺められて運がよかった。昔から何十遍も、数が知れない程この辺りを通り過ぎる度に、汽車の窓から眺めて馴染みになった磯から通り過ぎる汽車を眺める。若い時の事が今行ってしまった汽車の様に、頭の中を掠める。命なりけり由比(ゆひ)の浜風。
　汽車が行ってしまったから、海の方に向いて、そこいらの岩が段段にへって来て腰を掛けた。半晴の海風に乗って、潮が満ちて来るらしい。波打ち際の岩がつい目の前にある、人の丈ぐらいの岩は隠れない。しかし次第に波が高くなって、岩の頭を越

し出した。じっと見ていたら、この岩の姿にも見覚えがある。学生の時分から通る度(たび)に、気にとめるともなく見馴れた形を覚えている。そう思って見れば今も同じ姿で、何十年も過ぎた思い出が、満ちた潮の波をかぶって、今日の事の様に新鮮である。足許(あしもと)にころがっている大きな石ころを靴の爪先で蹴って云った。

「これは石だろう」

「はあ」

ステッキの先で、別の石ころを敲(たた)いて云った。

「これも石だろう」

「はあ」

「こっちの、小さいのでも、あれも岩だろう」

「そうです」

「今、波をかぶった、あれは岩だね」

「はあ」

「これは石だぜ」

「何ですか」

「石と岩の境目(さかいめ)はどの位の所だ」

「解りませんね」

「しかし石は石で、岩は岩で、だれもそう思っている。だから境界はあるんだよ」
「そう云う事は解りませんね、僕は」
「気ちがいと神経衰弱とは違う。極度の近眼でも目くらではない。吃りと啞を一緒くたにしてはいかん」

ヒマラヤ山は黙って返事をしない。彼はひどく酔っ払うと吃る癖がある。波の繁吹(しぶき)が足許(あしもと)にかかって来る迄じっとしていて、それから起ち上がった。又線路を渡って町に帰り、まだ早過ぎるのでもう一度さっきの道を歩いた。旧国道の路地に矢っ張り犬がいて、もう人の顔を覚えたのか知ら、真黒な尻尾を少しばかり振った。

駅に戻って、駅長さんを待ち、一緒に連れ立って、少し早目に、山寄りの坂の上にある宿屋へ出掛けた。駅長さんは余りお酒を飲まないそうだが、お休みの日の晩だし、私の為に繰り合わせてくれた。宿屋は昨夜の水口屋と違い、余っ程鄙(ひな)びていて、亦(また)その趣がある。

私が汽車の話ばかりする。駅長さんはそんな話しはもう沢山と思っているだろう。ヒマラヤ山も鉄道にいる癖にちっとも反応しない。少しお酒が廻ったら、駅長さんは何か話している続きに、汽笛一声の鉄道唱歌を歌い出した。掛川、袋井の辺りから天龍川を歌った前後の何節かであったが、その辺は私の記憶に残っていない。合唱する

わけに行かないから謹聴する。それから今度は私の都合のいい所を大きな声で歌い出す。おかしな宴会だと宿の者が思ったか思わないか、そんな事はどうでもよくなった。ヒマラヤ山は鉄道唱歌なぞ知らないので、ぽかんとしているかと思ったら、頻りに杯をあけて、人の唱歌で御機嫌になりかけている。

それでその晩はすんで、兎に角もう早く阿房列車の埒をあけなければならない。朝は半曇の味爽七時に起きて、それから支度をした。宿屋の身のまわりに、何も面倒臭い物はないのだが、早く早くと思うだけで、何に引っ掛かっていると云うわけもなく、はかが行かない。お午頃になって、やっと宿屋を立つ段取りになった。

早速駅へ行って、静岡迄の切符を買った。京都行の一二七列車で、二等車を聯結しているから二等に乗った。一昨日の夕方、沼津で静岡行の二等切符を買っておいたのだが、間で二晩過ごしたから、通用期間が切れてもう使えない。汽車の事なら何でも知っている様な顔をしながら、こう云うへまを演ずる。

由比を出たら、その次の昨日の興津を又通って、後二つで、三つ目が静岡である。だからすぐ静岡に著いた。著いたのは十二時四十八分で、一時一寸前だが、東京に帰る上りの発車は三時三十四分である。だから国府津の二時間よりもっと長く、これから便便と二時間半待たなければならない。そんなに待たなくても、その間に上りは幾本かあるかも知れないが、私の乗ろうと思っている鹿児島仕立ての第三四列車一二

三等急行が這入るのが三時三十二分だから、それ迄待たなければならない。ヒマラヤ山にその間の時間をどうしようと相談した。鉄道の友人が静岡駅にいるから、それを訪ねましょうと云うので、歩き出したからついて行った。駅の本屋の並びの別棟に、静岡地方経理事務所と云うのがあって、山系がその中へ這入って行った。入口の玄関の受附の所から、あっちへ行ったり、こっちへ来たり、うろうろしている。要するで待っていたが、もっと奥の方だと云うので、今度は一緒に這入って行った。にいなかったので、又駅へ戻って来た。

「バスがあるらしいね。行って見ようか」

どこかへ行って見ましょうかと云うから、駅前の広場に立っている名所案内の地図を眺めた。どこへも行って見たくない。城内のわきに税務署があるらしい。地図にちゃんとそう書いてある。行って見るとすれば、先ず税務署ぐらいなものだろう。

「そうですね」と山系は考えている。

それでその話しもお仕舞で、何の当てもなくそこいらを歩き出した。蕎麦屋が何軒もある。蕎麦が食いたい。しかし面倒だから、よす。山系がレモン・ジュウスが飲みたいと云った。それはそうかも知れないが、飲みに這入るのが面倒である。よそうじゃないかと云うと、そうですねと云うので、それも止めた。

駅の待合所に這入って、ベンチに腰を下ろした。

「これからどうしよう」
「そうですね」
しかし、ヒマラヤ山がこれからどうするかと考えている様子でもない。
「何しろ、荷物を預けようか」
「そうしましょう」と云ってヒマラヤ山は忽ち起ち上がり、窓口へ行った。用事が一つ出来たので、活気づいたらしい。
戻って来て、聞いて見たら一時預けは駅の外だそうです。そう云ったかと思うと、荷物を持ってすたすた歩き出した。だから後からついて行った。荷物と云うのは、東京駅で買った駅売りのお茶の土瓶のあきびんなぞが這入っている赤皮の鞄と、由比で買った桜蝦の色をつけずに干したのを包んだ小さな風呂敷包みと二つだけである。預り料は一箇十円宛だそうである。またもとのベンチへ返った。もうなんにも用事がない。駅の玄関口にバスが幾つも並んでいる。みんなこっちへお尻を向けている。そう向いているのは、走り出して行く時の都合もあるかも知れないが、醜態である。
「僕が駅長だったら、こっちを向かせる」
「何ですか」
「バスの話さ」
代燃車が多いから、そこの所が複雑で、見っともない。

「はあ」
「そこの、右の窓口に何と書いてある」
「遺失物取扱所です」
「何をする所だろう」
「遺失物を取り扱うのです」
「遺失物と云うのは、落として、なくなった物だろう。なくなった物が取り扱えるかい」
「拾って届けて来たのを預かっておくのでしょう」
「拾ったら拾得物だ。それなら実体がある。相手にならぬつもりらしい。拾得物取扱所の間違いかね」
 ヒマラヤ山系はだまっている。駅の玄関口から真向いに見える空が晴れて、白い千切れ雲が浮いている。町の屋根のうしろに連なった山の峯が空に食い込んで、白い雲を追っ掛けている。雲の方が動くのだと云う事を確かめるのに、手間がかかった。
「眠いか」と山系に聞いて見た。
「そうですね、そうでもありません」と云って目をこすった。
 気を長く持って、我慢していれば、時間は経過する。結局二時間半と云う一纏りの時間をやり過ごして、三四列車の改札の時刻になった。

そうなると、さっき預けたばかりの鞄と風呂敷包みを請取りに行かなければならない。厄介な事をしたものだと思う。駅の外まで出掛けて行って、あんな所に預かって貰わなくても、どうせじっとしているなら、ベンチの横においとけばよかった。切符と急行券はさっき降りた時にすぐ買っておいた。帰りは一等である。歩廊に出て待っている間に、気がついて見ると、向うに停まっている下りの三等編成の列車は、丁度時間から考えて、又一昨日の米原行三二九列車である。偶然ながらも同じ汽車に三度も会って、少しきまりが悪い。

すっかりお天気になった。春の日影が燦々と溢れて天地が明かるい。西日を受けて金色にきらきら光るレールの上を走って、第三四列車が這入って来た。

一等車のデッキに、この前の時の特別急行のボイよりもっと年配の老ボイが出迎えた。座席に落ちついたが、スチイムが利き過ぎて、少し暑い位である。上著を脱いで一服して見たら、空腹である。朝、由比の宿屋で食べたきりで、それからなんにも口に入れていない。ただ時間を過ごすのに気を取られていたが、ヒマラヤ山のおなかだって、そうだろう。

少し早いけれど食堂車へ行こうかと相談が一決して、興津由比を通過する時分から、食堂車に腰を据えた。それからお酒を飲んでいる内に、いつの間にか窓の外で日が暮れた様である。

急行列車だからと云っても、それにしても馬鹿に速い。夜だから丹那隧道は気がつかなかった。お酒の所為で時間が逆に後へのびている所を、汽車はしらふで構わずに走って行くから、案外する。どの辺りかで、一二度、おやおやと思ったが、よく解らない内に横浜が近くなった。
酒を飲んでいても、利害得失の判断は出来る。それで熟ら考えて見るに、高いお金を出して一等車に乗り、えらそうな顔をして老ボイに会釈を与えたが、一服しただけで食堂車へ来てしまった。それでもう横浜だとすると、何の為の一等だか解らない。二等車だって三等車だって、どうせそこにいないのなら同じ事であった、と云う事を考えた。

鹿児島阿房列車　前章

ちっとやそっとの

　六月晦日(みそか)、宵の九時、電気機関車が一声嘶(いなな)いて、汽車が動き出した。第三七列車博多行各等急行筑紫号の一等コムパアトに、私は国有鉄道のヒマラヤ山系君と乗っている。二重窓を閉め切って、カアテンが引いてあるから、汽車が動き出しても外が見えない。歩廊の燈が後へ流れて行く景色はわからないが、段段勢いづいて来る震動で、もう東京駅の構内を離れようとしている見当はつく。この列車は新橋には停まらない。
　昔の各等列車は一等車が真ん中にあったが、今はそうでない。一等車二等車三等車の順に列(なら)んで、下りの時は進行方向の先の方に一等があるから、従って機関車に一番近い。だから発車信号の吹鳴が手に取る様に聞こえた。電気機関車の鳴き声は曖昧(あいまい)である。蒸気機関車の汽笛なら、高い調子はピイであり、太ければポウで、そう云う風に書き現わす事が出来るけれども、電気機関車の汽笛はホニャアと云っている様でも

あり、ケレヤアとも聞こえて、仮名で書く事も音標文字で現わす事も六ずかしい。巨人の目くらが按摩になって、流して行く按摩笛の様な気がする。巨人と云うのは日本の大入道の事ではない。ゴヤの描いた巨人の絵を写真版で見た事がある。半裸の巨人が大きな山脈の上に腰を掛けて、うしろの空に懸かっている弦月を半ば振り返って眺めている。その巨人は目くらではない。出目で、ぐりぐりした目玉に月の光が射している様な気がした。同行のヒマラヤ山系君は、柄は小さいが少し出目である。

「出目でない、奥目には、利口な人が多いですね」と或る時意味ありげな事を云った。窓にカアテンが垂れていて面白くない。まだまだ寝るどころの話ではないから一方に片寄せて、硝子越しに外を眺めた。有楽町と新橋の間の高架線を走っている。走って行く方向の右側は、ドアがあって廊下を隔てているから、見えない。左側の数寄屋橋辺から銀座裏にかけて、ネオンサインの燈が錯落参差、おもちゃ箱をひっくり返した様に散らばって輝いている。

これから途中泊りを重ねて鹿児島まで行き、八日か九日しなければ東京へ帰って来ない。この景色とも一寸お別れだと考えて見ようとしたが、すぐに、そう云う感慨は成立しない事に気がついた。なぜと云うに私は滅多にこんな所へ出て来た事がない、銀座のネオンサインを見るのは、一年に一二度あるかないかと云う始末である。暫し

の別れも何もあったものではないだろう。こないだ内から、抜けかかった前歯がぶらぶらしている。帰って来る迄にどこか旅先で抜けるだろう。行く先は鹿児島だから遠い。鉄路一千五百粁、海山越えてはるばる辿りついたら、折角の事だから、抜けた前歯を置き土産にして来ようか知ら。宿は城山の中腹にあると云う話しなので、そこはもう立つ前からきまっている。城山に前歯を残して帰る亦可ならずやなどと考えながら、舌の先で押して見たら、思ったより大きく動いた。行き著く前に落ちない方がいいから、そっとしておく。

係りのボイが来て、菓子折の包みの様な物と手紙をそこに置いた。お見送りの方から、と云ったので驚いて尋ねた。

「だれか見送りに来たのか」

しかし汽車はもう走っている。

ボイが云うには、お見送りにいらした方が、これを赤帽にお託しになって、赤帽が持ってまいりました。

腑に落ちないけれど請取って、手紙を見た。

夢袋さんの手紙である。表に麗麗しく私の名前が書いてある。ボイがどうして見当をつけたか解らないが、手紙の宛名通り、私は私に違いないから止むを得ない。しかし困った事である。これから明日の午頃まで世話になり、その間にいろいろ我儘をし

ようと予定している矢先に、そのボイにこちらの正体を見破られたくなかった。

手紙には、「御命令にしたがってお見送りはいたしませんが、プラットホームを通って、車中の先生のお元気なお姿をひそかに拝し」とあるけれど、カアテンが下りていて、発車前の寝台車は外から見ると霊柩車の様である。中身は拝見は出来なかったが、きっとそのつもりで、手紙はうちで書いて来たのだろう。

御命令に従って、と云うのは、抑も最初の特別阿房列車の時は、見送りに来てくれた椰子君が車室に侵入し、先生が展望車でえらそうな顔をしている所を写真に撮ろうと思って、写真機はこの通り持って来たけれど、フイルムがない。途中二三軒聞いて廻ったが、どこにもないので、残念ですと云った。

フイルムがなかったので虎口を逃れたけれど、そんな事をされたら、同車の紳士の手前恥を搔いてしまう。

夢袋さんはこの前の区間阿房列車の時、三等車の窓際に起って、先生がお立ちになるのに、駅長はなぜお見送りに出ないのだろう。行って呼んで来ましょうか、と大きな声で云ったので胆を冷やした。

二件とも物騒な前例であるから、今度はあらかじめ両君に別別の機会に、お見送りの儀は平らに御容赦下さる様頼んだ。夢袋さんはそれでも是非にと云う事なので、事わけをわって話した。僕は体裁屋で

ある。車中ではむっとして澄ましていたい。そこへ発車前にお見送りが来ると、最初から旅行の空威張りが崩れてしまう。僕は元来お愛想のいい性分だから、見送りを相手にして、黙っていればいい事を述べ立てる。それですっかり沽券を落とす。どうでもいい事で、もともと沽券も恰好もあったものではないのだが、そこが体裁屋で僕の心事を憐れんで、見送りには来ないで下さいと頼んだ。

夢袋さんが私の話を納得したので、安心していると、顔を出さない見送りを敢行して、鞄にぶら下げた名刺にはヒマラヤ山系君のを使ってある程気をつけて隠した私の正体を、手紙の名宛で暴露してしまった。私がそれ程有名だと考えているわけではない。ただ商売柄、世間のどの筋かに私の名前を知った者がいないとは限らないから、用心したに越した事はない。現に係りのボイは私が心配した筋の一人だったと見えて、忽ち私を認識し、手紙を取り次いだ後は、人の事を「先生、先生」と呼び出した。夢袋さんの諒解しない意味で私は肩身の狭い思いをした。

手紙に添えた包みには、サントリのポケット罎と私の好物の胡桃餅が這入っている。

しかし、旅中ウィスキイは飲まない方がいい。

「ねえ山系君」「はあ」「旅行中ウィスキイは飲んではいけないだろう」「飲まなくてもいいです」「その鞄の中に気附けの小罎も這入っているけれど、それは勿論飲む可き物ではない。夢袋さんのこれも、飲むのはよそうね」「はあ」「旅行中ウィスキイを

「飲んではいかん」

山系に申し渡したのか、自分に申し聞けたのか、その気持は判然しないが、今度の旅程八日の内、前半の四日目辺りには、どちらの罎も空っぽになっていた。

夢袋さんの手紙の最後には、こう書いてある。「ラジオが颱風ケイトの来襲を告げておりますので心配いたしております。ケイトに向かって雄雄しく出発する阿房列車のつつがなきことを切にお祈りいたします」ケイト颱風の事は、出る前から心配しているのであって、必ず無事だと云う確信はない。しかし旅先のどこかで、きっとぶつかるともきまっていない。うまく行けば、颱風が荒した後に行き著く事になるかも知れない。どうなるか解らないが、凡てはその場の風まかせと云うつもりで出かけて来た。

もうとっくに品川駅を出て、段段速くなっている。汽車のバウンドの感触は、いつ乗っても気持がいい。そろそろ車中の一盞を始めようと思う。

三七列車は、各等聯結の急行であるが、食堂車がついていない。それは前から解っているので、魔法罎を二本買って、お燗をした酒を入れて来た。夜九時の発車でそれから始めれば、いつもの私の晩のお膳が大概九時から十時頃に始まるのと同じ時刻である。その癖になっているから、腹がへってはいない。山系君はそうは行かないかも知れないけれど、いい工合に彼は腹がへった顔をしない男だから、それでいい事にし

てほっておいた。

それでこれから始めようと思う。今晩の晩餐の用意には、二本の魔法罎の外に、有明屋の佃煮と、三角に結んだ小さな握り飯とがある。テーブルの代りには、片隅の洗面台に蓋をしたのがその儘使える。しかしそれに向かって腰を掛ける場所は、後で寝台になる座席しかないから、そうすると私は山系と同じ方を向いて並び、気違いが養生している様な事になる。そっち側で一人腰を掛けられる物を、何かボイに持って来て貰おうと云う事になって、そう云ったら、丁度高さの工合のいい空の木箱を持ち出して、古いカアテンを幾枚もその上に重ねてくれた。それでクッションのついた腰掛けが出来た。山系君が木箱に腰を掛け、私は座席の上に坐り込んで、

「さあ始めよう」と云う段取りになった。

燈火(あかり)は窓枠の上の蛍光ランプである。

魔法罎から、持参の小さな杯に注ぐのは中中六ずかしい。揺れているから、手許(てもと)がきまらない。しかし暫(しば)らくすると、手の方が車の震動に順応して、調子が合わせられると見えて、もうちっともこぼれない。

カフェやバアに行けば、蛍光ランプは普通かも知れないけれど、私は知らないから珍らしい。しかし目が馴れれば別に変った所もない。ただ窓の外の燈(ひ)がへんな色に見える。今まで東海道本線の右側を走っていた桜木町線の電車が、東神奈川に近づく前

から跨線で本線の左に移っているので、カアテンを片寄せた窓越しに上り下りの電車が走っているのが見える。電車の燈火の色が変で、赤茶けて、ふやけている。それを見た目を車室内へ戻すと、明かるくて美しいと思う。
「蛍光ランプのあかりで見ると、貴君は実にむさくるしい」
「僕がですか」
「旅に立つ前には、髭ぐらい剃って来たらどうだ」
「そうだ」
「僕がですか」
「丸でどぶ鼠だ」
「はあ」
「鹿児島へ行ってから剃ります」
自分で鼻の下を撫でて、「そうします」と云い足した。
暫らく散髪にも行かないと見えて、頭の毛が鬱陶しくかぶっている。襟足が長いので、その先がワイシャツのカラの中に這入って、どこ迄続いているか、外からは解らない。熊の子に洋服を著せた様でもある。胴体は熊で、顔はどぶ鼠で、こんなのはヒマラヤ山の山奥へ行かなければいないだろう。
しかし、無理を云って、繰り合わせて同行して貰ったのだから、もてなさなければ

悪い。

魔法罎を持ち上げて、「さあ一つ」と云ったが、思ったより軽かった。

「あんまりなさそうだな」

「あまり這入りませんからね」

山系君は杯を前に出したが、いつもの癖で猪口の縁を親指と中指とで持ち、その間の使わない人差指は邪魔だから曲げている恰好が、人をあいつは泥棒だと云っている様である。

「またそんな手つきをする」

「はあ」

しかしそう云われても、持っている杯が邪魔になって、人差指を伸ばす事は出来ないらしい。

間もなく二本目の魔法罎に移った。横浜はもうさっき出た。

「我我は、どうも速過ぎる様だ」

「お酒ですか」

「事によると、足りないぜ」

「それはですね、つまり、汽車が走っているから」

「汽車が走っているものですから、どうするのだ」

「走っていますので、ちっとや、そっとの」

云いかけて、つながりはなかったらしい。後は黙って勝手に飲んでいる。

保土ヶ谷の隧道を出てから、それは夜で外が暗くてもこちらで見当をつけているから、隧道は解るのだが、隧道を出たと思うと、線路の近くで蛙の鳴いている声が聞こえて来た。蛙の鳴く時候ではあるし、夜ではあり、そうだろうと思った。放心した気持で、聞くともなしに聞いていたが、暫らくすると、或はそうでないかも知れないと思い出した。蛙の声にしては、あまりいつ迄も同じ調子である。又その調子が規則正しく繰り返しているのがおかしい。蛙の声でなく、車輪の軋む響きが伝わって聞こえるのかも知れない。そう思って聞くと、そうらしい。そうだろうと思った。

車輪の音を放心した儘で聞きながら、その間に大分お酒を飲んだ。無口なヒマラヤ山系を相手にしているので、杯の間に議論の花を咲かせると云う事もない。しかし、何の話しもないけれど、何となく面白くない事もない。外の音に気が散って、また耳を澄ました。さっきから聞こえているのは、矢っ張り田の中の蛙らしい。車輪の軋む音ではないだろう。尤も蛙だとしても、さっき保土ヶ谷の隧道を出た所で鳴いた蛙ではない。なぜと云うに汽車は走り続けている。違った蛙でも同じ声をしている。しかし本当に同じ声だかどうだか解らない。確かめようと

思って気がついて見ると、汽車が動いているから、それは出来ない。はっきり聞いたと思う声は、実は幾つの声がつながっているのか、見当もつかない。どうも少し酔って来たらしい。総体に物事が、はっきりしない。蛙で面倒なら、車輪の音にして置こうかとも考える。そうは行かない。車輪なら車輪、蛙なら蛙、それはそうだが、ちッとやそッとの、と不意にさっき山系が云い掛けた文句が口に出た。

大船を出て、線路の真直い、汽車が速くなる辺りへかかっていると思う内に、その儘の拍子で刻んで走る歯切れのいい音が、たったッたッたッと云っている。線路の継ぎ目を「ちッとやそッとの、ちッとやそッとの」と云い出した。

汽車に乗っていて、そう云う事が口に乗って、それが耳についたら、どこ迄行っても振るい落とせるものではない。「ちッとやそッとの、ちッとやそッとの」もう蛙もいない。今度著くのはどこだろう。お酒がないだろう。

ちッとやそッとの、ちッとやそッとの「山系君」

「はあ」

ちッとやそッとの「お酒はどうだ」

口に乗り、耳に憑いたばかりでなく、お酒を飲み、佃煮を突っついている手先にその文句が乗り移って、汽車が線路を刻むタクトにつれ、「ちッとやそッとの」の手踊りを始めそうになった。

「ちッとやそッとの、こう手を出して」

「何ですか、先生」

「ちッとやそッとのボオイを呼んで」

ボイがノックして這入って来て、

「お呼びで御座いますか、先生」と云った。

それでいくらか調子が静まった。お酒が足りなそうだから、買ってくれと頼んだ。熱海で買いましょうと請け合って、出て行った。

ちッとやそッとは薄らいだが、まだ幾らか残っている。しかし線路の工合が変り、カアヴが多くなったと見えて、さっき程切れ目を刻む音がはっきりしなくなったので、自然にそちらから誘われる事もない。

いつぞや一人で汽車に乗った時、線路を刻む四拍子につられて、ふと口の中で「青葉しげれる桜井の」を歌い出した。どこ迄行っても止められない。幸いだか、運悪くだか、私はその長い歌を、仕舞までみんな覚えている。それで到頭最後まで持って行って、済んだら、気が抜けた様な気持がした。

青葉繁れるをみんな覚えている馬鹿はいないだろうから、従って一番仕舞の所を知っている人も少いだろう。念の為に記して置く。

緋縅ならで紅の

血汐たばしる籠手(こて)の上
心残りは有らずやと
兄の言葉に弟は
これ皆かねての覚悟なり
何か嘆かん今更に」
さは云え口惜(くや)し願わくは
七たびこの世に生れ来て
憎き敵をば亡ぼさん
左なり左なりとうなずきて
水泡(みなわ)と消えし兄弟の
清き心は湊川

兄弟の兄は云う迄(まで)もなく正成(まさしげ)、弟は正季(まさすえ)である。汽車が熱海を出ると、ボイがお酒の罎(びん)を持って来た。

「先生、買ってまいりました」

何か嘆かん今更に、さは云えお酒は買ったれど、これ皆夢袋さんの成せる業(わざ)なり。

「先生」なぞと云わなくてもいい。不用の呼び掛けだが、魔法罎の中身はお燗がしてあって、駅売りは冷酒である。後口(あとくち)に冷(ひや)も悪くないか知れないが、まだ魔法罎にいくら

か残っているし、多分丹那隧道を出て、暫らくしてから冷酒に代ったと思うけれど、わざわざ買い足した程うまくもない。結局お行儀が悪く、意地がきたなくて、無くても済む物がほしかったのである。

二合罎を半分程飲んで御納杯にした。その残りの一合許りをばかり廻り、どこの宿屋でも、それをお燗して出せと云うのを云い忘れて、には又持って行った。到頭八日の間荷物にして、家に帰ってから九日目の晩に、家で飲んで、それでやっと片づいた。大きな顔をして一等車に乗っていても、根がけちだから、そう云う事でお里が知れる。そう思うけれど、実はそうではないとも思う。お酒と云う物は勿体ない。おろそかに出来ないと云う事が腹の底に沁み込んでいる。空襲の晩には、焼夷弾の雨下する中を、一合許りのお酒が底に残っていた一升罎をさげて逃げたが、その時のお酒と、コムパアトで飲み残したお酒と、勿体ないと云う味に変りはない。

それで今晩はお仕舞にした。洗面台のお膳を片づけ、臨時の木箱の腰掛けもボイが持って行って、もう寝るばかりになった。今どの辺りを走っているのか解らない。何しろ大分夜更けである。

寝台は上段と下段に別かれている。ヒマラヤ山系が、お休みなさいと云って、小さな金の梯子を登った。どぶ鼠が天井裏に這い上がり、上でごそごそしている。何か

かじっているのではないか。上と下の境の天井は木の板だから、酒の勢いでかじって穴をあけて、落ちてこられては困る。その内に、うとうとして、天井の上は鼠が一ぱいいる様な気がし出した。いらいらし掛けたが、その儘寝てしまった。

古里の夏霞

朝になってから通る京都も大阪も丸で知らなかった。姫路を出て上郡を過ぎ、三石の隧道が近くなる頃に漸く目がさめて、気分がはっきりした。郷里の岡山が近い。顔を洗って朝の支度をした。

三石の隧道を出て下り勾配を走り降り、吉井川の川中で曲がった鉄橋を渡ってから、備前平野の田圃の中を驀進した。

瀬戸駅を過ぎる頃から、座席の下の線路が、こうこう、こうこうと鳴り出した。遠方で鶴が啼いている様な声である。何年か前に岡山を通過した時にも、矢張りこの辺りからこの通りの音がしたのを思い出した。快い諧音であるけれども、聞き入っていると何となく哀心をそそる様な気がする。

砂塵をあげて西大寺駅を通過した。じきに百間川の鉄橋である。自分でそんな事を云いたくないけれど、山系は昔から私の愛読者である。ゆかりの百間土手を今この汽車が横切るのだから、一寸一言教えて置こうと思う。

百間川には水が流れていない。川底は肥沃な田地であって両側の土手に仕切られた儘、蜒蜒何里の間を同じ百間の川幅で、児島湾の入口の九蟠に達している。中学生の時分、煦煦たる春光を浴びて鉄橋に近い百間土手の若草の上に腹這いになり、持って来た詩集を読んだと云うなら平仄が合うけれど、私は朱色の表紙の国文典を一生懸命に読んだ。今すぐその土手に掛かる。少しくゴヤの巨人に似た目が上がりかけている。

「おい山系君」と呼んだが、曖昧な返事しかしない。

「眠くて駄目かな」

「何です。眠かありませんよ」

「すぐ百間川の鉄橋なんだけれどね」

「はあ」

「そら、ここなんだよ」

「はあ」

解ったのか、解らないのか解らない内に、百間川の鉄橋を渡って、次の旭川の鉄橋に近づいた。

車窓の左手の向うに見える東山の山腹の中に、私はさっきから瓶井の塔を探しているが、間に夏霞が罩めて、辺りがぼんやりしている所為か、見つからない。子供の時

いつも眺めて育った塔だから、岡山を通る時は一目でも見たい。瓶井と云うのは、本当は「みかい」なのだが、だれもそうは云わない。訛りなりに、「にかい」の塔と云うのが固有名詞になっている。岡山では何でも「み」が「に」に訛ると云うのではないけれど、私なぞ子供の時に云い馴れたのは、歯にがき、真鍮にがき、玉にがかざば光なし、と覚えている。抑も先生がそう云って教えたかも知れない。

旭川の鉄橋に掛かる前、やっと霞の奥に塔の影を見つけた。

旭川の鉄橋を渡ると思い出す話がある。岡山の人間は利口でいやだと他国の人がよく云う。その実例の様な話なのだが、小さな子供を負ぶったお神さんが鉄橋の上を渡っていると、汽車が来て逃げられなくなった。非常汽笛を鳴らしている機関車の前で、お神さんは手に持った傘をぱっと開き、ふわりと下の磧に飛び下りた。尻餅ぐらいついたかも知れないけれど、背中の子供も共に無事だったので、車窓からのぞいて固唾を嚥んでいた乗客が一斉に拍手したそうである。私の子供の時の事で古い話だが、傘をひろげて飛んだのは、後の世の落下傘と同じ思いつきである。

もっと古い、私などの生れる前の話に、傘屋の幸兵衛と云う者があって、瓶井から飛行機の様な物に乗って空に飛んだそうである。発動機がついていたのではないだろうから、滑空機（グライダア）の趣向だったのだろう。瓶井の塔は高いから、暫らく宙を飛んで、原尾島と云う村まで行き、毛氈をひろげてお花見をしてる所へ落ちた。落ちても無事

だったのだと思われる。お花見の人人が驚いたのは云う迄もない。後でお上から、人ノ為サザル事ヲ為シタル廉ニ依リと云うわけで叱られて、お国追放に処せられた。
汽車が旭川鉄橋に掛かって、轟轟と響きを立てる。川下の空に烏城の天主閣を探したが無い。ないのは承知しているが、つい見る気になって、矢っ張り無いのが淋しい。空に締め括りがなくなっている。昭和二十年六月晦日の空襲に焼かれたのであって、三萬三千戸あった町家が、ぐるりの町外の三千戸を残して、みんな焼き払われた晩に、子供の時から見馴れたお城も焼けてしまった。
森谷金峯先生は私の小学校の時の先生であった。金峯先生の御長男は今岡山の学校の校長さんである。空襲の晩、校長森谷氏は火に追われて、老母を背中に負ぶって、旭川の土手を鉄橋の方へ逃げた。そのうしろで炎上するお城の大きな火焔が天に沖し、振り返れば焔の塊りになった天主閣は、下を流れる旭川の淵に焼き落ちて、土手を伝って逃げ延びる足許をその明かりが照らした事であろう。背中の老母は金峯先生の奥様である。よく覚えていないけれど、子供の時にお目に掛かった事があるに違いない。
もう一度車窓から眺めて見ても、その辺りの空は白け返っているばかりである。
鉄橋を渡ったら、じきに岡山駅である。ちっとも帰って行かない郷里ではあるが、郷里の土はなつかしい。停車の間、歩廊に出てその土を踏み、改札口の柵のこちらから駅前の様子を見たが、昔の古里の姿はなかった。

呉線経由

　三七列車は博多行であるから、この儘乗っていれば、今晩九時五分に博多へ著く。しかし立つ前から、行きがけに呉線を通って、あの辺りの瀬戸内海の海波と島を見たいと思っているので、それには尾ノ道か糸崎で乗り換えなければならない。三七列車は呉線を通らない。

　戦前にその辺を通った事がある。日本郵船の嘱託をしていた当時で、門司から新造の八幡丸に乗って横浜まで帰って来る為に、夜十一時に東京駅を出る下ノ関急行で出掛けた。その急行は呉線経由だったので、翌日の午後車窓から小雨に煙った瀬戸内海を眺めて、うっとりする様であった。それが何時間に亘って、仕舞に頸の筋が痛くなる程、白砂青松の浜が続いた。

　その景色がもう一度見たい。人を先生、先生と呼ぶボイに別れて、尾ノ道で三七列車を降りた。今度乗るのは、東京を昨夜の九時半、つまり今乗り捨てた三七列車より三十分後に発車した第三九列車呉線経由広島行二三等急行安芸号である。東京を出る時の差は三十分だが、同じ急行でも速さや停車時間が違うと見えて、尾ノ道で待つ時間は五十分以上である。

　歩廊へ降りて、ぼんやりした。出歩く当てはなく、面倒でもある。しかしこの儘こ

こに一時間近くじっとしているのも、じれったい。一時間ぐらい、区間阿房列車の国府津乗換の時の事を思えば、何でもないけれど、その時はその時、今はそんな悠長な気になれない。お天気がよくて、少し暑いからかも知れない。山系君が一寸出て見ましょうかと云うのに同じて改札を出た。

駅の前の広場のすぐ先に海が光っている。その向うに近い島がある。小さな汽船が島の方から這入って来たところである。潮のにおいがして、風が吹いて、頭から日が照りつけた。

僕は尾ノ道に泊まった事がある、と山系が話し出した。向うの四国から汽船に乗って帰って来たのですが、鉄道の関係の講演会に東京から同行した二人の先輩が、四国で喧嘩を始めて、それから二人共お互に口を利かなくなった。海を渡って、尾ノ道に著き、宿屋に落ちついてからも、だまっている。一人の方はお尻が痛くて、布団を敷いて寝ている。もう一人の方がもっと怒っているのだが、そっちの方は一滴もお酒を飲まない。一人は寝て目を開いてむっとして居り、一人は起きてそっぽを向いてむっとして居り、一言も口を利かないなりに晩になって、夜になって、その間に介在した山系君の苦心談らしかったけれど、余り面白くなさそうだから相槌を打たなかったら、止めてしまった。

駅のすぐ前の、海を背にした広場に、小さな見世物小屋があって、看板の前で黒眼

鏡を掛けた男が口上を述べている。口の前に拡声機を立てているが、調節が悪いと見えて、があがあわめき立てるばかりで、何を云っているか、ちっとも解らない。解らないなりに、その声が四辺を圧し、駅の中まで響き渡っている。

山系君とその前を通り、一寸立ち停まって見たが、何だ下らないと云う気持で、多分山系君も、ふんと云う気持でその前を通りすぎた。看板は色色出ていたが、蛇女、蜘蛛娘と云うのが目についた。

小屋の前を通り、小屋の横から又海辺に出て、引き返した。小さな小屋のまわりを一まわりして、もとへ戻ったら気が変って、這入って見ようかと思い出した。

山系は不服そうな顔をして、見るのですかと云ったが、彼にも差し問えがある筈はない。不承不承と云う程でもなく、一緒に這入って来た。

若い女の胴から下は蛇だと云うのが、蛇女である。這入って行った取っつきの、竹の柵で檻の様に囲った台の上に、白粉を塗った若い女がこっちを向いている。乳の辺りから下は、頼戸物や水菓子の詰めにする木毛を散らかして隠し、盛り上った木毛の中から、張り子の蛇の尻尾がのぞいている。女が頻りに目ばたきして、見物人の顔を見ている。

山系が、多くを談らずと云う風で、その前を離れて歩き出した。

蜘蛛娘は、高い所へ宙に釣るした梯子の途中に腹這いになっている。まだ若い娘で、

矢張り白粉を一ぱいつけているが、蛇女の様に目をぱちぱちさせない。じっと一所を見ているらしいが、その目が光っている。肩の辺りから先は張り抜きの蜘蛛の胴体になり、蜘蛛の脚を方方に出しているけれど、その装置は兎に角、本人の肩から先はどこに隠したのだか、台の上の蛇女と違って宙の梯子につかまっているので、一寸解らない。

鏡を使っているのでしょうと山系君は云うけれど、私もそうだとは思うけれど、どこにどう使ってあるのか、見極める事が出来なかった。

「どうだって、いいじゃないか」

「いいです」

出口で山系君がお金を払っている。看板にいつわり無し、代は見てのお帰りと云うわけなのだろう。私共より前から這入っていた見物が十人位はいたが、だれも出て来ない。どこが面白いのか解らない。事によると蜘蛛や蛇の女の顔や、そう云う芸当をしている様子に味わいがあったのかも知れない。しかし山系君は沢山お金を出している。表へ出てから、いくらだったのかと尋ねたら、三十円、二人で六十円ですと云ったので、おやおやと思った。

その内に漸く三九列車の這入る時間になった。三九は二三等編成で、特別二等車の海の側の座席を立つ前からこの列車に乗り換える予定にしていたので、特別二等車の海の側の座席を

二つ予約して置きたいと思ったが、その手順がつかなかった。今これから乗って見て、もしその側がふさがっていたら、わざわざ三七列車を捨てた甲斐がない。反対側では海を間近に眺める事は出来ないからである。
その懸念を抱きながら、三九列車を待った。這入って来て、乗り込み、ドアを開けて見ると、お誂向きに海寄りの側の座席が二つ並んで空いていたので、ほっとした。鞄なぞを棚に上げ、汽車はすぐに発車したが、その人は動き出した窓の外を見たり、起ち上がったり、坐ったり、ちっともじっとしていない。特別二等車のリクライニング・シイトは釦を押すと靠れが浅くなったり深くなったりする計りでなく、その座席の向きを反対に向け変える事も出来る。みんな汽車の走って行く方向に向いて腰を掛けている中に、その人の座席だけは、反対にこちらを向いている。だから、間は大分離されているけれど、私と顔を合わす位置になっている。
その人が妙な物を著ているので、初め私は男だか女だか解らなかった。どっちだか解らないけれど、おばさんの様な気がした。野上彌生子さんが乗っているとは思わないし、似ていると思ったわけではないが、何となく野上彌生子さんを聯想した。その人がこっちを見ているらしいので、段段不安になった。大きな黒眼鏡を掛けている。私を見ているのか、いないのか、それも解らない。

山系君に云った。「気になって仕様がない。男か、女か」山系は言下にその人の名前を云った。有名な紳士である。名前を云われて、私もはっきりした。それにしてもその人の名前を云った。有名な紳士である。名前を云われて、私もはっきりした。それに違いない。一度だけ会った事がある。或はそれで向うも私の方を見ているのかも知れない。

起ったり、坐ったり、道づれがあると見えてその席の方へ向いたり、いろいろしている内に望遠鏡を取り出して、窓の外を見出した。それから起ち上がって、望遠鏡をこちらへ向けた。私は出来るだけ浅く腰をかけて上半身をずらし、頭を低くして桑原桑原を唱えた。人中で半知りの人に会うぐらい気をつかう事はない。しかし汽車の中では、コムパアトに這入らない限り止むを得ない事だから、観念する。

そちらに気をとられている内に、汽車は海辺に出て、向うの近い島の姿を刻刻に変えている。明るくなった車窓に海波の光りが反映する。磯がもっと近くなった時は、高さが一寸にも足りないと思われる縮緬波が、白い砂を嚙んで走るのが見える。お天気がいいので海面が明かる過ぎるから、戦前に通った時の雨をふくんだ眺めよりは見劣りがするけれど、それでも見たいと思った景色を見て堪能した。ただ一つ、忘れていたのは、景色のよかった事ばかり覚えていたけれど、この線には隧道がうるさい程沢山ある。勿論蒸気機関車だから、煤煙が捲き込む事もある。呉に著く迄に三十幾つもあったので、うんざりした。

もうじき広島に著く。著は四時十三分である。広島駅にはヒマラヤ山系の国有鉄道

関係の好意で、広島管理局の甘木君が出迎えてくれるそうである。今晩の宿も甘木君の配慮に任してあると山系君が云った。

そこで私が思った。

「今晩の晩餐に、甘木君を招待しようではないか」「はあ」「いいだろう」「多分来ないでしょう」「なぜ」「甘木さんは几帳面な人で、遠慮深くて、鬚面です」「鬚面がどうしたのだ」「それは鬚が濃いからですけれど、遠慮深くて、几帳面な人で、多分来ないでしょう」

山系は甘木君を知っているのだから、彼が、そう云うなら、そうかも知れない。しかし何だかわけが解らない。

暫らくして、もう一度持ち出した。

「はあ」と云って、考えた挙げ句に、「甘木さんが遠慮しなければ、招待して見ましょう」と云った。

「貴君（きくん）、それは無理だぜ」

「なぜです」

「招待を受ける前に遠慮するのは困難だ」

山系は、私がそう云う事を云うと、いつでも返事をしない。

広島見物

甘木君の案内で、広島駅の改札を出ないで、歩廊伝いに宇品線のホームへ行き、ぼろぼろの、走り出すと崩れそうな汽車に乗った。汽笛を鳴らして、こわれもしないなりに走って行った。町中の裏道の様な所ばかり通る。線路の傍に古ぼけた小さなお堂があって、屋根に青い夏草が生えている。この辺りは戦火で焼かれなかったのであろう。

わびしそうな駅をいくつか過ぎて、上大河と云う所で降りた。宿はすぐその近くの丘の上にあった。山系のすすめで、甘木君は今晩つき合ってくれる事になっている。立つ前から気にしている颱風が、大分近づいた気配である。落ちついた座敷の窓越しに眺める空は、雲の行き来があわただしく、そこいらの大きな木の樹冠が時時、ゆさゆさと揺れて音を立てた。

昼間の内は半晴半曇のお天気であったが、暮れかける時分から頻りに通り雨が来た。豊後水道を颱風が通るので、広島はその余波を受けるだろうと云う話であった。甘木君は一旦お役所へ帰ってから、夕方更めて出直して来た。それからお膳に請じたが、山系の云った通りの人柄らしい。しかしお酒を飲めばだれだって面白くなる甘木君も朦朧として来て後先のつながりはよく解らないけれど、少し赤い顔をしている甘

木君をつかまえて、山系が頻りに論じていた。「山椒魚や海鼠は消極的だ」暗くなった外で、雨の音と風の音が断続して、何となく物騒である。女中にそう云って、寝る時枕許に蠟燭をおいて貰った。

遅くなって帰って行った甘木君が、駅の予報係に聞いた颱風の模様を知らしてくれようとしたけれど、電話が通じなかったと云う事を明日になってから聞いた。

結局何事もなく夜が明けて、いいお天気になっている。甘木君の役所の好意で自動車を廻してくれて、見物に出掛けた。もう午過ぎである。一まわりして、その儘駅へ出ようと思う。

甘木君が説明役の若い人を連れて来た。その人が色色の事を教えてくれた。先ず比治山へ登った。大変見晴らしがいい。向うに山があって、川が流れていて、海が見える。山裾のどこかで犬が吠えていた。

それから町中へ降りて、繁華な街を通り、太田川の相生橋の上で自動車を降りた。相生橋は丁字形に架かっていて、こんな橋は見た事がない。橋の上に起って見る川の向うに、産業物産館の骸骨が起っている。天辺の円塔の鉄骨が空にささり、颱風の余波の千切れ雲がその向うを流れている。物産館のうしろの方で、馬鹿に声の長い雞の鳴くのが聞こえる。又自動車へ乗ってそこいらを廻り、それから駅へ出た。

今日これから乗る汽車は、十四時三十六分発の博多行三七列車であって、昨日尾ノ

道で乗り捨てたのと同じ列車である。間もなく這入って来た。発車に間があるから、歩廊に立っていると、駅売りがいろんな物を売りに来る。その中に耳に立つ声があって、頻りに「麦酒にウィスキイに煙草」と呼び立てた。三つ共みんな不都合な物ばかりであるから、矯風会に云いつけてやろうかと思う。

海底隧道

間もなく発車して、又昨日の様に、一昨日の様に走り出した。岩国の辺りへ来ると、田植えを終ったばかりの水田に雪のかたまりの様な姿で降り立ち、長い頸をまわして汽車を見ている。白鷺があっちにも、こっちにもいる。

又海が見え出した。海は見飽きないけれど、お天気のいい午後、汽車で走ってばかりいると、時間の間が延びて来る。

柳井の手前の海面に、大きな巌が立っていて、その巌をかこう様に短かい防波堤が二本、各の鼻に小さな燈台を立てて、海面を仕切っている。

「あれは何だろう」

「はあ」

「合点が行かないね」

「船が岩にぶつからぬ様に、防波堤でかこってあるのでしょう」

「それだったら、岩にぶつかる前に、防波堤の石垣にぶつかるじゃないか」

汽車がその前を走ってしまったので、話しはそれきりである。薄暮になって下ノ関に著いた。随分長く、十五分ぐらい停車した。その間に今までの蒸気機関車を電気機関車につけ代える。海の底の関門隧道を通る為であって、隧道を出て門司に著いたら、又はずす。

停車中歩廊に出て、辺りを眺めた。下ノ関には今までに一度しか来た事がないが、その時の模様は覚えている。どうも様子が違う様で、丸で見当がつかない。同じく歩廊に出ているボイに、駅から直ぐ行かれる所にあった山陽ホテルはどうなったのか、聞いて見た。

あれがもとの山陽ホテルですと云って指したのは、随分離れた向うの方である。関門隧道が出来て、列車が従前の路線よりは別の所を通る様になり、駅もその時出来た新らしい建物だと云う事を教わった。

この前来た時、山陽ホテルに一泊して、翌朝目がさめて見たら、窓の向うに新造の八幡丸が、真白に塗った一萬七千噸の巨体に美しい朝日を浴びて、狭い海面を圧する様に浮かんでいたのを思い出す。八幡丸も、姉妹船の新田丸も、日本の海運の新らしい希望だったが、前後して海の底へ沈められてしまった。

電気機関車の笛は、下ノ関まで来て聞いても曖昧あいまいである。曖昧ななりに一声嘶いていなな て、

走り出した。

じきに海底隧道に這入った。私は初めてである。矢っ張り海の底の響きがする。頭の上の離れた所に海波が躍っているのを感じる。電気機関車だから、開いていた窓はその儘になっているので、向う側の窓の青いカアテンが、隧道の風にあおられて動いているらしい。こっちの窓から暗い隧道の壁を一生懸命に見ている横目に、その動く影がうつり、海の底の水が揺れている様な気がした。

鹿児島駅

海底隧道も初めてだが、隧道を出て走って行くこれから先は、どこもみんな初めてである。九州を走っても、沿線の景色は別に変った所もなさそうだけれど、初めての所を通るというのは新鮮な感じである。

折尾を過ぎて、日が暮れかけた。低い山が線路に近く迫り、山裾の皺になった所に、真黒な丘があると思ったら、石炭殻の山である。真黒な丘の頂上に青草が生えている。山裾を包んだ暮色の中に、その草の葉の色が、目に沁みる程青かった。

それから窓の外に日が暮れて、知らない真暗な所を汽車が走り続けた。そうして九時五分過ぎに窓の外に博多へ著いた。ホームの屋根裏に大きな提燈がともっていたりして、馬鹿に賑やかな所らしい。

博多の宿は山系君が紹介を貰って来ている。駅の案内所でその見当を尋ね、おいた。駅の案内所でその見当を尋ね、車を呼んで貰おうと思ったところが、紹介の名刺に書いてある様な所の名前はないと云うので、何だか解らなくなって来た。その家の名前を電話帳で調べてくれたが、それもないと云うし、電話局へ問い合わせても解らない。駅のタクシイの取締を呼んで聞いてくれたけれど、知らないと云うので少し当惑した。電報を打った話をすると、その電報は多分著かないでしょうと云った。

仕方がないから案内所で宿屋を紹介して貰い、小型のタクシイで揺られて随分遠くの方まで行った。幅が一間余りのどぶ川があって、両岸に暗い柳の垂れた幽霊の出そうな所へ行き著いて、宿屋の玄関に迎えられた。

御馳走を食べさしてくれて、何の不足もないが、食塩を持って来いと云ったら、小さな容器の蓋に緑青が一ぱい吹いていたのと、壁を隔てた隣室の泊り客が、大きな声で独り言を云うのが気になった。

翌朝十時五十五分、博多駅から第三三列車霧島号で鹿児島へ立った。三三列車は東京を出る時は各等編成であるが、博多まで来て一等車と二等寝台を切り離すから、こからは二三等編成である。

今日もいいお天気である。颱風にぶつからずに済んだらしい。知らない所を驀進して、久留米、熊本を過ぎ、八代を通って、もっと行くと、水俣の辺から沿線の田圃の

縁や、道端に野生の棕櫚の樹が生えていて、暑い国の風景になった。暑い所へ、より暑い所へ入るのを待ってやって来た。まだ走り続けて、同じ側にもっと大きな遠い海が展けた様であった。車窓から不知火の八代湾を眺め、夏の六時だから、まだ明かるい。向うに洗った様な綺麗な色の山が見える。駅の歩廊に降り立った場所と、その山との間に海がある事を知らなかったから、それが桜島だと云う事はわからなかった。

鹿児島駅には、本線の上下二本、岐線の到著と発車前の各一本、〆て四本の列車が停まっている所へ爆弾が落ちた事があるそうで、その時に焼かれたのかどうか知らないが、今の駅は押し潰された様な感じのバラックである。歩廊の足もとも侘びしい。出迎えてくれる筈の人は、私も山系も先方もお互に顔を知らない。心許ないなりに人の後から改札へ歩いて行った。

鹿児島阿房列車　後章

改札の外

　段段歳を取ると、話しが長くなって、自他共に迷惑する。
　状阡君は大分えらいらしいが、それは近年の事で、その前はえらくなかったし、もっと以前は私の麾下の学生で、私について歩いた。
　余程寒くなってから、或る晩京王線の笹塚駅の近くに用事があって出掛けた時、状阡がついて来た。ついて来たと云っては悪いかも知れない。私がついて来いと云って、連れて行った様な気もする。
　その時分の私の用事と云うのは、大概きまっていて、お金を借りる相談か、他から借りられる様にして貰う依頼か、已に借りているお金を、もう暫らく返さずに置く言い訳か、大体そんな事を出でなかった様である。
　そう云う用件で行くのに、状阡なぞを連れて行って、どうすると云う利用法はない。

今から思うに、きっと私は行くのがいやで、いやだからせめて途中の道連れにして、往復の間だけでも自分の気持を胡麻化そうとしたのだろう。

だから笹塚で一緒に電車を降りたけれど、勿論先方の家へ連れて行くつもりはなく、じきに帰って来るから、駅の中で待っていなさいと云い捨てて、薄暗いホームの片屋根の、待合小屋の腰掛けに残して行った。彼は寒いから、腰掛けの隅の方へ寄って行った様であった。

その時分の笹塚駅に改札口なぞはなかった。駅と名づけられるのは、上り下りにホームがあって、各片屋根の小屋が建っているからで、降りる時の切符は車内で車掌が受取り、乗ったら車掌が切符を売りに来る、つまり市内電車と同じ風だったのだと思う。

行った先の用件に手間取ったとは思わないが、状阡を置いて来た時に考えたよりは、いくらか遅くなったかも知れない。もとの駅に戻って来て、帰りの上りのホームで状阡を探したけれどいない。探したと云っても、片屋根の小屋の中は一目で見えるし、小屋のまわりの暗がりを一廻りしたがいない。少し遅くなったと思う腹があったので、待ち草臥れて先に帰ったかも知れないと、はっきりそう判断したわけではないらしいが、あの辺には狐がいると云う話だったので、或は薄っすら致されたのかも知れない。間もなく向うの暗闇の中から、明かるい塊りが近づいて、その電車は狐ではなかった。

それに乗って帰って来て、新宿で降りて、矢っ張り心配になって来た。状阮は牛込の焼餅坂の上に下宿していたので、家へ帰る途中、寄って見たら、まだ帰っていないと云うので、飛んだ事をしたと思ったが、もう電車がないから笹塚へ引き返す事は出来ない。

翌日の朝、私は当時士官学校へも出ていたので、その方が本職だったのだが、俥に乗って出掛ける途中、もう一度下宿へ寄って見たら、今朝帰って来たと云って、状阮が現われた。

昨夜は降りた儘のホームの待合小屋の片隅で、いつまでも私を待っていたのだそうで、これからまだその先へ行くのではあるまいし、なぜ帰りの上りのホームへ来ていなかったかと、彼の落ち度にして極めつけたけれど、内心私がそっちのホームを見に行かなかったのはいけないと思った。

それで段段夜が更けて、寒くはあるし、私は帰って来ないし、先へ帰ってしまったなどとは露知らず、少しこわくなって、がたがたしていると、どこからか小さなおばさんが出て来て、この夜更けにそんな所に一人で何をしているとと尋ねる。一緒に来た人を待っているのだと云うと、そんな人を待っていても、仮りに戻って来たところで、もう電車はない。この辺は物騒である。その上悪い狐もいる。家へ来て泊まりなさいと云って連れて行ってくれた。

すぐ裏の煙草屋で、おじさんもいた。寝床を敷いてくれたから布団に這入って寝ようとすると、隣りの部屋で、話し声はしないのに、いつ迄も大きな紙を折ったり切ったりするらしい音が、がさがさ聞こえて眠れない。その当時、新聞を賑わした人殺しがあって、屍体を幾つかに切り、新聞紙だか厚紙だかに包んで始末したと云う話がある。状阡は今夜自分が殺されて、今用意しているあの紙に包み分けられるのではないかと、それが心配だったのだそうである。

私はその日の午後、学校から帰ると、新宿で大きなカステラを買って、笹塚の駅のうしろの煙草屋へ御礼の挨拶に行った。

こう話しが長くなると、全くの所、自他共に迷惑する。途中で切るわけにはいかないし、その状阡に妹さんがあって、妹さんは郷里の鹿児島にいる。妹さんの御主人は、大きな保険会社の鹿児島の支店長である。状阡からの聯絡で、支店長が駅まで私を迎えに来る事になっていると云う、その話の前置きが長くなった。

しかし会った事のない人だから、こちらは支店長の顔を知らないし、先方だって私を知らない。状阡が私の人相、風体などを、ある事ない事を云ってやったかも知れないが、私に向かっては義弟の面貌を紹介していない。

立つ前に状阡と、鹿児島駅頭の出合いで相互の認識を確実にする方法を協議したけれど、いい分別がなかった。何か旗を立てさせましょうと彼が云った。自動車に社旗

を翻す事にすればいいでしょうと云った様だが、お互に一杯飲み合っていたので、話しに結末をつけると云う観念がなく、寧ろそんな事は念頭にない様な工合で有耶無耶の儘になった。

今、山系と二人で鹿児島駅の歩廊を歩きながら心配になった。

「会社の旗を持って来るのでしょう」

「わかるか知ら」

「考えて見たら、僕はその保険会社の旗章を知らないんだ」

「はあ」

「旗に字が書いてあればいいけれどね」

「鹿児島であまり旗を立てる事もないでしょうから、何でも旗が立っていたら、そこへ行きましょう」

そうして改札の向うが見える所へ来て、前の広場を見たが、自動車は幾台もいるけれど、旗を立てたのはいない。

改札口まで来て、手近かの外へ目を移したら、すぐその前に、棒の先へ馬糞紙を挟んで、白い紙を貼って、麗麗と大きな字で私の名を書いたのを捧げる様に持った紳士が起っていた。

御座所の狐

　城山と云う地名は、子供の時西郷隆盛の名を教わった時から馴染みがある。支店長が案内してくれた宿は城山の山腹にあって、先年巡幸の砌、陛下のお宿になった家だと云う。大変な事になったと思う。

　四代目小さん生写しの番頭が、玄関先に出迎えた。大きな玄関で靴を脱いで上がる間に、女中が鞄と空の魔法罎を二本包んだ風呂敷包を持って行った。

　今度の鞄は女中がさげても大丈夫である。去年の秋の特別阿房列車の時、大阪駅の助役さんに紹介されて、助役さんが差し向けてくれた自動車で乗りつけた宿の座敷が案外きたなく、むさ苦しく、お膳の上も甚だ貧相であった。そのわけを後で自分で判断して判明した所によると、玄関でお神や女中の出迎えを受けた時、先方は商売だから、こちらの人相、風体、持ち物などを見るだろう。人相は、私自身の事は棚へ上げて置くとして、山系はどぶ鼠で、持ち物は二人共通の小さなボストンバッグが一つ。その外に私が竹のステッキを持っていただけで、後はなんにもない。そのボストンバッグが甚だきたならしく、死んだ猫に手をつけてさげた様で、丸で形がない。女中が、はいお荷物はお持ちしますと云って引っさげてくれても、いくら大阪駅の助役さんが紹介してくれても、持ったら手がよごれそうであった。

れからこちらの腹の底には、今特別急行の一等車からボイの見送りを受けて、えらそうな顔で降りたばかりだと云う、大紳士の後味(あとあじ)が残っていても、こう云う出で立ちのお客さんでは、先方は一考を要するに違いない。きっと私達のわからない目くばせかお図をして、初めに助役さんの電話で用意した座敷よりは別の、適当な部屋へ押し込んだのだろう。その三階の部屋へ落ちついてお酒を飲んでいたら、後でお神が顔を出して、下にもお座敷が取ってありますのに、と曖昧(あいまい)な事を云った。これ皆ヒマラヤ山系のきたならしいボストンバッグのなせるわざなり。

だから今度はその点に意を配った。同じ愚を繰り返す様な馬鹿ではない。交趾(こうし)君は大学の幹部教授で、文部省に関係があって、大変えらい。文部省の委嘱を受けて方々の大学所在地に出張する。だから鞄(かばん)を持っている。その鞄に目をつけた。洋行用の鞄だそうで、文部省の伝手(つて)で買ったと云う話である。それを借りて来た。総体柔らかい皮で光沢(つや)があって、手ざわりが良くて、返したくない程立派な鞄である。

だから今回は持ち物で宿屋の女中や番頭に気おくれするという事はない。
女中が鞄と魔法壜(ほうびん)の風呂敷包を持って行った後で、靴を脱いで上がった。それ迄気がつかなかったけれど、脱(ぬ)ぎ捨てた靴のざまが甚(はなは)だよくない。特別阿房列車の乗車前に紹介したキッド革の深護謨(ゴム)の紳士靴である。別誂えの三越調製で、倫敦(ロンドン)市長が穿く様な立派な型であるが、昭和十四年の春三十三円払って穿き始めて以来星霜十三年、

少し年数が経ち過ぎている。横腹に穴があいたからそこの所へ大きなつぎを当てたが、それはそれで構わない。当てたつぎが離れてはいないから、見っともないと云う事はない。ただ気がつかなかったのは、足頸を締める深護謨（ドイツ）の護謨がささくれて、けば立っている。大分前に取り換えたいと思ったけれど、独逸製の護謨に限るそうで、今は独逸からの輸入がないから駄目だと云われて、その儘になった。穿いていればずぼんの裾にかくれるから気にする事はない。それで忘れていた。今鹿児島まで来て、立派な玄関の式台の前に脱いで見ると、全くのぼろ靴である。死んだ鼠の毛をむしり掛けた様に気がひけたが、止むを得ない。大きな顔をして、上がって行った。

二階の二間続きの立派な座敷に通された。二間続きと云っても、廊下から這入った所に、もう一つ小さな部屋がついているから、結局三間続けて占拠したわけである。東京の私の家は三畳の間が三つ〆て九畳であって、ここの座敷は、今落ちついた一番奥が十畳敷だから、私の家より広い。続いた二間を加えると、私の家の倍よりまだ広い。しかし広くても、広い座敷一ぱいに膨脹れられるものではない。方方に空いた所があると云うだけの事で意味がない。私の家ぐらいで丁度いいと思うけれど、家にいれば間える鼻を草枕、旅にしあれば游がして置く事にする。

見晴らしのいい座敷で、眼下に青い帯の様な海を隔てて桜島を眺める。頂上は横に流れた雲を冠に戴いているから雲から下の山肌の色が美しい。夕日を受

けると桜島は、暗くなる迄の間に七色に色が変るそうである。しかしその時は西空に雲があったと見えて、夕映の景色は見られなかった。

ケイト颱風は、鹿児島へもまともには来なかった様で、ただその余波の大雨が家家の屋根や道や桜島を洗って過ぎた後へ、私共は行き著いたらしい。支店長に迎えられた駅の前の広場には、向うに見えた大通りにも水溜りがあったし、城山の中腹へ来る途中の道もしっとりと湿っていた。桜島は山一ぱいに水を浴びた後だったので、なお更伊達に見えたのだろう。

一緒に来た支店長がこんな事を云った。

この家ではこのお座敷が一番眺望がいいので、前からここを取らして置きましたが、状阡が後からよこした手紙によると、先生は二階がおきらいだと云う事ですから、下の座敷と取り替えてもよろしい様にいたしてあります。一度そちらを御覧になりますか。

私は二階は余り好きでないけれど、一旦落ちついたものを、又ざわざわして動くのは億劫である。二階がきらいだと云うのは、二階に限らず三階はもっときらいで、普通の家では上になる程、風が吹くと音がするから、こわい。祖母が物おそれをする性質だったので、その所為だろうと思う。私はいろんな物がこわい。風も雷も地震も、その他何でもない物音がこわかったりする。ただ大水の出た景色だけは好きであるけ

れど、大水は今の話に関係はない。立つ前に状袋が、一番眺望のいい、三階の座敷を取っておく様に義弟に申し送ったと云うから、それはいかん、三階はこわくて落ちつかないから取消してくれと云っておいた。

この宿はもと三階建であったそうだが、焼けて建て直したと云う話を状袋は知らなかったのである。今は豪壮な二階建で、二階にいても、ちっともこわくないから、この座敷でいい。しかし、下の座敷も一応見て見ないかと支店長が云う。実は下のその座敷は、陛下の御座所になって、お泊りになった所だと云う。飛んでもない事だと思っていると、四代目小さんが顔を出して、御覧になった上で、よろしかったらそちらへお替わりになってもいいと云うから、又そんな気にもなって、一期の思い出にそう云う所へ寝て見ようかとも思う。

長い畳廊下を歩きながら、御案内すると云った。

立派な庭を前にした別棟の平家建で、矢張り桜島を真正面に眺める。表に明るい空が一ぱいに展けている癖に、座敷の中は陰が深くて、少し薄暗い感じで、森厳な気が漂っている。随分広いと思ったら、番頭が十五畳敷だと云った。正面に、二間の床があって、取りとめのない程大きな軸が掛かっている。十五畳でも見馴れないから広いが、その上にぐるりの障子が開けひろげてあるので、座敷を取り巻いた一間幅の畳廊下の畳が、私の目には中の畳とつながって、何十畳敷だか解らぬ途方もない広さに

思われる。

あなたはこちらへお休みになりまして、おつれ様がお座敷が御座いますから、こちらでお休みになれます、と番頭が云って、その広間から鉤の手に続いた座敷へ案内した。そこも亦何畳敷だか知らないが、無暗に広い。おつれ様が八十人ぐらい寝られるだろう。山系君どうだいと云うと、彼はその広広とした畳の上のどの辺を見る可きかが解らぬ様な目つきをして、中途半端に突っ立っている。支店長も畳の上に起っている。そうして番頭も起っているし、私も起っている。妙な工合で、差し押えに立ち合った様な気がする。

それから又もとの御座所の広間へ引き返した。何しろ恐ろしく広い。この座敷の真ん中へ寝て、夜半になった事を想像する。有明けをともして置くとしても、薄闇の中で取りとめがなくて、海の真ん中に溺れた様な気がするだろう。何かのはずみで畳の海に波が立ち、畳の波が寝ている身体を持ち上げたら、どうする。到底こんな所に寝られるものではない。山系君の感想は聞かないが、支店長と番頭に「よしましょう。二階で結構です」と云うなり先に立って、もとの座敷へ戻って来た。

薄暮を待って、支店長を交じえた酒盛りを始めた。南の端の鹿児島まで来ても、お酒を飲む味に変りはない。段段廻って来るにつれて、さっき見た座敷が頻りに気に掛

かる。巡幸の陛下も、宿屋では旅客として宿泊料をお払いになる建て前だと云う新聞記事を読んだ。一人一室一泊一円が流行した。陛下はさっきの広間に一室御一人で一万円だそうで云う事だから止むを得ない。戴かなくてもいいし、戴きたくないし、戴いても合わぬそうだが、時勢でそう云う事になって、下し置かれるのでなく、御支払い遊ばされるのだから止むを得ない。
　女中に、お心附けを頂戴したかと尋ねたら、「まあ。そんな」と云ったきりで口を噤んだ。それは女中の方が当然である。お酒の上の無駄口をつつしむ事にして、後は内攻した。
　御座所の広間はだれもいないから、明かりがついていない。今頃はもう真暗だろう。海の様に広い畳も暗くなって、しかし暗くても広がるだけは広がっているのは勿論である。暗くて広い畳の上を狐が歩いている。狐は一匹ではない。その中の一番えらいのが、陛下になって、澄まして二間の床の間の大きな懸け軸の前に坐っているだろう。狐に不敬の観念はないから、侍従狐が奉仕し、しかし、いから、それから先の内攻が行き詰まった。
「城山に狐がいるだろう」
「居りますとも」と女中が請合った。
「今頃、下のお座敷は大変だぜ。陛下に化けて、その時の光栄を再演している最中だ。

お蔭で随分騒騒しいから、お酒が廻ったのはその所為だ」
「騒騒しかありませんよ」と山系が口を尖がらす。
支店長が怪訝そうな顔をした。「何のお話しです」
「御座所に狐がいるのです。お庭から上がって来ました」
「本当ですか」
「そら、こんこん云っている」
酔った機みで口からまかせを云ったら、途端にどこかで、こんこんと云った。
「おや、何の音だろう」
「音じゃありませんよ。狐が鳴いたのです」
山系が意地の悪い、狐の様な顔をした。
山系が狐に化けたのかと思ったが、云うとこわいから黙っている。

　　　十年役の弾痕

夜が明けた。
明ける所を見たわけではない。目がさめたら昨日の昼間の通りになっていただけの話である。何時頃だなどと云う穿鑿は意地悪の云う事、私は元来朝飯を食べないから、朝起きる用事はない。

日はすでに三竿と云う。三本竹竿をつないで見たところで、もう届かない。私が会ったお日様は、十本つないでも、まだ遠かった。

山系君は朝が早いのか、それでもゆっくり起きたのか、その区別は私には無意味である。いつの間にか朝飯を済まし、廊下の籐椅子に腰を掛け、煙草をくゆらし、矢張り雲の冠をかぶっている桜島を打ち眺めて傲然としていた。

三間続きだと云うので、昨日感心したが、まだもう一つ、廊下を隔てて張り出しになった小さな洋室がついている。二晩泊まった間、一度も使わなかったけれど、昨夜は狐が這入っていたかも知れない。朝になってから見ると、まだ寝が足りないのだろう。そう云う事を考えるのは馬鹿だと思う。しかしそんな気がしたから、それで見ると、まだ寝が足りないのだろう。

山系君がもう電話を掛けてもいいかと尋ねた。

昨日の夕方著いた時は、退庁時間を過ぎていたので、山系の関係のお役所に聯絡がつけられなかった。それで今日に延ばしておいたのだが、朝の内から山系がここに居る事を届け出ると、人が寝ている内にだれか来て鳳眠を驚かす。僕が起きてからでなければいけないと申し含めておいたのである。

それで山系君が電話をかけたら、暫らくしてだれか来たらしい。女中が取り次いで、階下の応接室に通したと云う。二人来た中の一人に山系君が面識があるそうである。

山系君がそのお二人に会って、どう云う用事があるのか、抑も用事なぞはないのか、

それは知らないけれども、私も挨拶をしなければ悪いから、後から降りて行った。

立派な応接室で、壁際に古風な竪ピアノがあって、安楽椅子に毛皮が敷いてあって、稍薄暗い。垂逸君と何樫君とに初めて会った。それから後で二階の私共の座敷に請じたが、かねてから警戒している面倒臭い事を垂逸君が切り出した。

そのお役所の余り程えらい人が私を招待して、一献したいから都合を打合わせて来いと云われたと云う。

そんな事ではないかと思っていました、とも云われないから、その部分は嚥み込み、辞を低くして厚志を謝した。しかしよんで貰いたくないから、お取りやめ願う様に伝えてくれと頼んだ。

垂逸君は残念がり、しかしそれは上司の意を体しての事かも知れないけれど、御迷惑かお差閊えかと問い返す。人の好意を迷惑だなぞと云えた義理ではない。又差し問え度くても、何の用事もないから差し問えるわけに行かないけれど、何も用事がないのは、何も用事がない様にして来たからで、用事がないと云うのが私の用事である。何卒お構い下さる間敷と云う、ただそれだけの話で、我儘を申して済みませんけれど、とあやまった。

それで垂逸君は諦めてくれた様である。何か打合わせる事があると云うので、山系君を拉して、三人で出掛けて行った。

一人になって大分長い間ぼんやりしていた。さて一服して考えて見ると、私はまだ起きてから顔を洗っていない。何十年来同じ顔を洗っているけれど、別に綺麗にもならず段段古くなった計りである。無駄かも知れないが、今日突然羇旅の鸚島でその習慣を廃すれば心的衝動の因となる恐れがある。だからタオルを持って洗面所へ行った。顔を洗いながら考えた。この宏大な宿屋に私は一人ぼっちである。番頭女中、それから襖の締まった方方の座敷に泊り客がどの位いるか知らないが、何十人いても私に関係はない。今ここでふらふらと気分でも悪くなったら、と云う特別阿房列車の初めの所に書いた様な心配を始めた。いい加減に顔を洗って済ました。

洗面所を出て、私の部屋に帰って来た。部屋の外の廊下が全部畳廊下なので、歩いても音がしない。同時に踏みごたえがない。ふわり、ふわりと歩いている内に、廊下全体が上がったり下がったりしている様に思われ出した。廊下が揺れているのは一向構わないけれど、そうではなく私の方がそうなっているのでは困る。困ったなあと思ってもとの座敷に戻って見ると、山系が廊下の籐椅子に腰を掛けていた。さっき出掛ける時は洋服に著替えて行ったのだが、それをもう脱ぎ換えて、浴衣を著て曖昧な顔をしている。

その曖昧な山系の存在で、途端に私のふわり、ふわりは消えた。何だ、出たり這入ったり、何をしているのだと云うつもりになって「一体全体いつ帰って来たのだ」と

尋ねた。「はあ」と云って、大分経ってから、「もう、さっきです」山系はいつだって、そう云う相手には乗って来ない。それはいいが、こんな事を云い出した。垂逸さんが困っている。先生からあんな風にことわられて、それは困るでしょう。垂逸さんのお役所の立ち場もありますからね。
それは或はそうかも知れない。ただのお使と云う風に考えてはいけないだろう。貴君はどう思うのだ。先方の招待に応じろと云うのか。
その方がいいでしょう。
諫めに従うこと圜を転ずるがごとし、それではそう云う事にしよう。けたい。よばれるなら、ちゃんとした服装で出なければならない。お酒を飲んで帰って来てから、又脱がなければならない。汗が出る。草臥れる。面倒臭い。だから折角の御厚志に甘えて参上しますけれど、参上する場所をよその料理屋等でなく、この宿屋の中のどこか別の席にきめて戴きたい。そのお席へ畳廊下を踏んで、遠路をいとわず推参する、と云う事にする。
後で又垂逸君と何樫君が来て、市中の見物に連れて行ってくれる筈になっているけれど、上司への復命の都合もあるだろうから、右の返事は早い方がよかろうと云うので、山系君は電話を掛けた。
もうお午は過ぎて、大分遅い。女中が来て、お午の御飯をなぜ食べないかと云う。

朝も召し上がらず、お午も召し上がらず、それではいけないでしょうと心配してくれる。

宿屋の女中と云う者は、人が自分の思う順序に従わないと、気になるらしい。著いた時は、さあお召し換えなさいと云う。浴衣を手に持って、傍に起っている。まあ一服してからだと云って、洋服を著た儘煙草に火をつけると不平そうである。夕方になれば、さあお風呂へ這入れと云う。まだ這入りたくないと云うと、向うでそわそわする。宿屋の女中は干渉屋である。向うの順序に応じなければ、いつ迄も片づかないから迷惑するだろうと云う事は解っているけれど、宿屋の女中は職業であり、我儘を強行するのがお客である。だから迎合はしないが、しかし朝からなんにも食べないから気の毒だと思ってくれる彼女の心事は慈善的である。

何も一日中、断じて御飯を食べないと決心したわけではないが、まだ欲しくないからいらないのだ。しかしそれではそろそろその気になる事にしよう。山系君のおなかの問題もあるけれど、彼は既に朝飯に満腹した筈であり、満腹したとすれば寧ろ空腹は早く襲うものであるが、人徳の致すところ、彼はそう云う顔をしないたちだから、ほっておく。

さて、それではお午にしようかな、と女中相手に相談を始めた。何を召上がります。何と云ったところで、何しろ食べる手続が面倒臭い。茶碗を持って、お代りをして。

その順序を省略する為に、お結びにしよう。しかし猿蟹合戦の握り飯の様な大きいのはいけない。成る可く小さく結んで、足りなければ数を食べるから、小さい程いい。おかずは佃煮の様な物と漬け物があればいい。かしこまりましたと云ってわざわざ折って、大分手間を掛けてから持って来た。気分を出す為だか知らないが、わざわざ折に詰めて、それをお膳に載せて来た。お結びは猿蟹合戦の様でなく、三角でもなく松茸を筒切りにした程の大きさの鼓の形で、大変食べいいから沢山食べて、おなかが出来た。山系君も沢山食べた。もう大丈夫である。これから晩まで、食事に関しては自他共に案ずる事はない。

その内に垂逸君と何樫君が自動車で迎えに来てくれた。今日のこの好意も広島の時も、山系関係のお役所の計らいであって難有い。難有がる事だけしてくれて、して貰わなくていい事はほっといてくれると、なおいいのだが、旅にしあれば何でもこっちの思う通りには行かない。

支度をして待っていたので、すぐに出掛けた。間もなく交通公社の前に出て、何樫君はそこで降りた。帰りの切符は複雑で面倒である。鹿児島から肥薩線経由で八代へ出る。その間は三等である。八代からは東京まで通しで帰るけれど、博多までは二等で、特別二等車の指定券と急行券がいる。博多からは一等で、その乗車券と急行券と寝台券と、後で貰って見たら、山系君のと二人分で十枚より多かった。

何樫君を降ろしてから自動車で走って、一衣帯水の桜島が見える海辺の道へ出た。その道を行って、島津公別邸の磯公園に案内された。有料の小公園で、だから手入れが行き届き、小径に帚目が立っていて、郷里岡山の昔の後楽園を思い出した。八ツ橋があったり、泉が流れたり、猫の神様と云うへんな神様の祠もあった。建て札に細細と謂われが書いてあったけれど、思い出すのは面倒臭い。垂逸君が入場料を払ってくれたのだが、帰りに振り返って入口の制札を見ると、庭園使用料と書いてある。不思議なのでその前に起ったなり考えて見たが、よく解らない。垂逸君や山系君に、どう云うわけなのだろうと云っていたら、切符売場の窓の奥にいたおやじさんが、入園料とか入場料とか云うと、その中から入場税を取られます。庭園使用料なら構わないそうですと云った。

待たした自動車で町中へ引き返し、城山へ行く途中、まだ颱風の余波が残っていると見えて、時時さらさらと通り雨が過ぎた。

城山に登る道へ曲がる角に、西郷隆盛の私学校の跡がある。車をとめて指差された所を見ると、まわりを取り巻いた石垣の石の肌に、点点と小さな穴が散らばって、穴の縁を青苔が覆っている。十年戦争の時、官兵が打ち込んだ弾丸の痕だそうである。歳月がその痕を苔で塗り潰すのをほっておけばいい。つい一昨日広島で見た相生橋畔の廃墟と比治山の見晴らしには、犬が吠えても雞が鳴いても、

人に恨みがあるものか無いものか、と云っているのではないかと思った。又車を走らして城山の天辺まで登った。雨が降っている。しかし見はるかす市中の空は晴れていて、大樹の梢がかぶさっているので濡れないけれど、明るい。一方に桜島が手が届く程近くに迫って、緑の山肌をこちらにむけている。向うの大きな海は桜島の噴火は大正三年の正月で、私は卒業前であった。小石川の白山御殿町にいて、その号外を読んだのを覚えている。垂逸君はこちらの人だそうで、子供の時のその晩の事を覚えていると云った。大きな火の柱が真赤に燃え立って天に届くかと思った。それは穴口から噴き出す水蒸気の筒に、坑の底の火が映ったから火柱が立った様に見えたのですと云った。

今ここから眺める桜島の山肌の中に、上から筋になって少し色の変った所があり、下まで続いて、麓の一部にその色が広がっている。熔岩が固まったのだそうで、その時は、海に流れ込んだ熔岩の為に湾内の海水が煮え立ち、海にいた鯛がその儘うしお煮になったと云う。その話は今ここで垂逸君から教わったのではない、もとから知っていて、うまそうだなとかねてから思っていた。

城山の大樹の樹冠に降り灑ぐ雨が、さあと音を立てたり、又止んだりする。桜島の山腹にも雨が来たらしく、海のこちらから見ていて、中腹の辺りを横に帯になって通って行くのが解る。

もう帰らなければ、晩の御招待の時間が迫る。さっきの山系君の電話の返事が行き違って、それは貴君の云い方が曖昧だったのだろうと山系君を取っちめる様な事を云ったけれど、考えて見れば抑も人がよんでくれると云うのを、その場所は自分の泊まっている宿屋の中でなければいけないなぞと云う我儘は不心得である。普通に判断すれば間違う方が当然で、だから市中のどこか外の所に席を設けてくれたのだそうだが、私が出て行くのがいやだと云っていたからと云う顧慮でそちらを取り消し、更めて私の宿の内で別の座敷に宴席を設ける事になった。帰って来てから聞けば、御座所の広間を使うのだそうで、到頭そう云う勿体ない羽目になった。

　　献酬の手

状阡君は今は東京に定住しているけれど、彼は鹿児島の産である。先年暫らく振りで上京して来た時、一杯汲んだら、無暗に人に杯を差して、うるさくて仕様がない。これが長上に対する酒の上の礼儀だと云う。
君の杯なぞ貰いたくないから、よせと云っても止めない。
これ、これ、と私が云った。礼儀のつもりでやっているなら、飛んでもない無礼な仕打だ。目上の者と杯の遣り取りをしようとするなら、先ず目上の杯を貰い、その杯で御返杯をしなければいかん。見境なく自分の杯を差す奴があるか。

酔っているから云う事を聞かない。うそですよ、そんな事があるもんですか。こうしなければ、お酒の席の気分が出ません。鹿児島ではだれだって、こうするのです。

さあ先生、一つ。

到頭人の云う事を聞かなかった。その席に山系君がいたので、この話を聞いてたのだろう。そうして鹿児島へ来て、思い出したかも知れない。きっと彼が垂逸君や何樫君に向かって、先生に杯をやると怒るよ、と告げ口したに違いない。

饗宴が始まって、私が主賓で、広間の大きな床の間の、大きな懸け軸の前に、昨夜の狐が私に化けた様な恰好で私が坐り、山系君が私に隣り、管理局のえらい人と、その次にえらい人と、垂逸君だってえらいに違いないが、その二人程えらくないらしい、何樫君は一番若い、主人側が総勢四人、それに女中だか仲居だか、綺麗なのや、そうでもないのや、どこから出て来たか踏み潰す程人の間へ割り込んで、始まったと思ったらすぐに、がやがや大変な騒ぎになった。

どう云う騒ぎかと云うに、広い食卓のお膳の上を、人の手が、あっちからもにゅうっ、こっちからもにゅうっと出て、引っ込んで、又出て、各の手は杯を持っている。状阡の云った実景を目のあたり見て、全くこれはただ事ではないと思った。

ところが、だから矢っ張り山系がそう云ったのだろう、そんなに縺れて献酬している手が、私の方へは一本も伸びて来ない。いい工合だから、女中の酌を受けて、閑閑

と一人で飲んでいた。

夕方近くからお天気が直ったらしい。晴れた空を区切って桜島が横たわり、雲の冠を脱いだ頂を夕日に照らされている。私がそちらを眺めているのを見て、だれかが、頂上の向って右の端の辺りから、噴煙が見えますよと云ったが、私の目には解らなかった。鮮やかな光がある。前栽の木の葉にと云われたけれど、それも見えなかった。

間もなく外が急に暗くなって、お膳の上が明かるくなった。お互の献酬はいよいよ盛んで、見ていると目まぐるしく、収拾す可からざる情景である。私にはだれも構ってくれないから、大変有く好都合であるが、しかし折角の好意でよんでくれているのに、独り自ら高うしている様で、これでは相済まんと云う気もする。節を屈する事にしようと思う。前にいる主人側の大将に、お杯を戴きたいと云ったら、怪訝な顔をして、おやと云った。

「杯の遣り取りはおきらいの様に伺っていたので、御遠慮申して居りました」

「いや、どうも」と曖昧な事を云って、貰った杯で返杯した。

大将は一座の麾下に向かって、献酬がおきらいと云うわけではないそうだぞ、と布達する。声に応じてあっちからも、こっちからも私の方へ手が伸びて来た。各の手が杯を持っている。そんなに一どきに飲めるものではない。段段に私の前に杯が溜まっ

た。
錯綜する人の手と大声の燕語に煽られて、狐が私に化けた筈の私が少し酔って来た。うっかりすると床の方へ尻尾を出しそうである、潮時を見て大将にお礼を述べ、皆さんに一礼して、二階の部屋に戻った。後から山系君も帰って来たが、私が座を起つ前に、彼に耳打ちして、垂逸君何樫君にこちらがお済みになったら、お帰りにちとお寄り下さいと伝えておけと云った。
自分の座敷に落ちついて飲み直す。初めから女中にそう云っておいたので、すぐ用意してくれた。下の御座所から歌声が聞こえる。嬌声が洩れる。狐の声が交じっているだろう。大分経ってから静かになったと思ったら、垂逸君何樫君がやって来た。

魚屋の足

翌くる日はすっかり晴れて、大分暑い。しかし鹿児島まで来て、暑いと云って見たところで始まらないだろう。今日は肥薩線を通って八代まで出る。鹿児島駅を出る汽車の時間はお午まえである。だから大分忙しい。山系君は例に依り私が起きる前に朝食を済ました。私は、宿を立つのがお午まえなので、女中から昼飯を食えと慈善的干渉を受ける心配もない。しかしこれから鹿児島を離れて午後遅く、四時半頃八代に著く迄なんにも食べずにいるのは六ずかしい。肥薩線の車中のお弁当に、昨日の様な握

り飯を造って置く様頼んだ。
間もなくお盆に折箱を載せて来て、この中に小さなお結びが十這入っている。これで御一人前のつもりだが、もう一折つくりましょうかと云うのは無分別である。抑も八代の山系と合議の結果、一人が握り飯を十も食うと云うのは無分別である。宿に著く迄のおなかのつなぎになればいいのであって、車中の満腹感がねらいではない。五つ宛でいいねと云う事にした。

支店長と垂逸何樫両君に見送られて鹿児島を立った。肥薩線の列車は三等編成である。それはいいけれど、乗り込んで来た同車の相客が殆んどみんな魚屋で、生魚の手荷物を持ち込むから、腥い臭気が車内に充満した。大変こんで通路にも一ぱい起っている。三等車の座席は向かい合った間が狭い。私と山系君と並んだ席の前に、警察官が一人いる。何警察と云うのか、その区別は私には解らない。警察官の隣りに、私と向き合って、大男の半裸の魚屋がいる。臭いのは私には得ないけれど、むき出しの膝頭が濡れていて、それをぐいぐい私のずぼんに押しつける。躱してもなお押して来る。困って顔を見たら、汽車が動き出したばかりなのに、もう居睡りをしているのであった。どうにもならないから、観念していると、段段魚屋の眠りが深くなるにつれて、腰掛けの腰の位置が次第に浅くなり、それは窮屈な座席に浅く掛ける程身体が伸びてらくになるから、眠れる魚屋は無意識にそうするのだ

ろう。腰が浅くなれば、濡れた大きな脚がますますこちらへ押し出して来る。私が閉口の極、溜め息をついたら山系之を気の毒がり、席をそっちと代ってやろうかと云うけれど、魚屋を起こさずに動く事は出来ないのである。

肥薩線にはループ式線路がある。私には初めてだが、外に矢張り鹿児島近くの水俣栗野吉松間の山野線と、上越国境の清水隧道にもあるそうで、急勾配の為、汽車が直線に登って行かれない所へ輪の形に線路を敷き、だからぐるぐる廻って同じ所を二度通る事になるわけだが、その間に次第に勾配を登ろうと云うのである。区間阿房列車で書いたスウィッチ・バックでは間に合わない勾配に、そう云う事をするのであろう。

鹿児島を出てから暫くすると、もう勾配に掛かっているらしい。無暗に隧道ばかりあって、隧道を出る度たびに、窓外の遠景が低く見え出す。風が涼しくなるのが、肌にはっきりわかった。小鳥が澄み切った声で啼いている。隧道を出てもまだ啼いている。同じ啼き声だけれど、さっき聞いた鳥ではないだろう。その啼き声も節も今まで聞いた覚えがないから、何鳥だか見当がつかない。

スウィッチ・バックがあって、又登って矢嶽たけと云う山駅に著いた。歩廊に大きな唐金の水盤がある。その縁から冷たそうな清水みずが滾滾こんこんと溢れている。山系があわてた様に起ち上がり、その方へ馳け出したから、私もついて行って飲んだが、じかに水面につけた脣がしびれる様であった。

矢嶽の駅のスウィッチ・バックは見上げる程高い。一たん引き返してその線を登り、隧道に掛かる頃から下リ勾配になった。だからループ線は下リで通る事になる。車内に犇いた魚屋群は途中の駅で次ぎ次ぎに降リて、もう一人もいない。すいているから窓の外を眺めるのも自由である。目を皿の様にしていると、山系君が、あっ、今ループ線の交又点と書いた札が立っていた、と云った。

窓から汽車の行く方の先を見ると、線路が大きな弧を描いて向うに延びている。随分な大廻リだと思う。下リだから好い心持に走って、大畑と云う駅に著いた。それからその駅を出て、やっと山系がさっき見つけた交又点の下を通リ、それで同じ所を二度通った事になってループ線は終った。

無塩の握リ飯

人吉駅はもう平地である。平地と云うよりは盆地らしい。だから暑い。駅を出た沿線に野生の芭蕉があった。重たそうに頭を垂れた姿の竹の叢もある。臺湾で見た様な気がする。

大分行ってから、球磨川の岸に出た。汽車は岸にすれすれに走リ続ける。

人吉の駅に這入る前に、水量の多い川があったので、多分球磨川だろうと思ったが、その鉄橋を渡ったから、そうすると汽車も川も同じ方向に走るとすれば、川は汽車の

左側になる。支店長や、乗ってからこの汽車の車掌にも聞いて、球磨川は右側の窓から見えると教わっているので、そのつもりで帰って行けばいいものを、わざわざ肥薩線に乗って、魚屋に接触されたのは、東京を立つ前に状阡にそそのかされた為である。鹿児島まで行くのだったら、是非帰りは肥薩線に乗って、球磨川を伝って八代へお出なさいと勧めるから、ついその気になった。

その球磨川が車内の反対側の窓の下を流れるのだったら甚だつまらない。何だか落ちつかなくなっていたら、その内に川が見え出した。矢っ張り左側である。萬事休すかと思う内に、又もう一度鉄橋を渡った。それで川が右側の、私の窓のすぐ下へ来た。

宝石を溶かした様な水の色が、きらきらと光り、或はふくれ上がり、或は白波でおおわれ、目が離せない程変化する。対岸の繁みの中で啼く頬白の声が川波を伝って一節一節はっきり聞こえる。見馴れない形の釣舟が舫っていたり中流に出ていたり、中流の舟に突っ起っていた男が釣竿を上げたら、魚が二匹、一どきに上がってぴんぴん跳ねている。鮎だろう。

山系君がじっと眺めていたが、こっちを向いて、「先生、まだお弁当を食べないのですか」と云った。

さっき山系はどこかの駅で、網袋に這入(はい)ったゆで玉子を買った。私の鼻の先にぶら下げて、食わないかと云ったけれど、何だ下らない、だれがそんな物を食べるものかとことわった。

しかし後で、山系があっちを向いている間に、私も一つ食べた。

山系君は今朝の朝飯を食べた。だから食べた物がおなかになくなれば腹がへるだろう。それでゆで玉子なぞと云う奇想天外の物を買ったに違いない。私も一つ失敬したけれど、それは目の前にぶら下げて誘惑したからで、もともと私は腹はへっていない。へっていなくはないけれど、もとからおなかの中になんにも無いと云うだけで、あった物がなくなった空虚感はない。昨夜の酒盛り以来、今朝になっても、朝は寝ていたけれど、起きてから何も食べていないから、割りに平気である。食べればいつでも食べられる。しかし食べなくてもいい。食べるのは面倒臭い。汽車の中が魚屋でこんでいたり、隧道が続いたり、景色がよかったり、そんな時に食べる気はしない。しかし山系君から、弁当を使わないかといざなわれて見れば、私も丁度今がその気持である。

宿の女中が包んでくれた折をあけた。蓋を取って見ると、驚いた事に鼓の形の握り飯が一ぱい詰まって、阿房(あぼう)が昼寝をした様に押しくら饅頭しているだけで、外の物はなんにも這入っていない。これでは食べられはしない。きっとおかずは駅売りの物を

何か買うだろうと彼女が判断したのである。それにしても一寸佃煮か漬け物を添えておいてくれればいいのに、それどころか、昨日宿で出した時は胡麻塩で結んであったのが、今日は胡麻も掛かっていないすっぽろ飯である。
「これじゃ食べられないね」
「はあ」
　山系君も感心して見ている。
　しかしながら、矢っ張り食べた。一旦そのつもりになって催したから、思い止まって蓋をするわけには行かない。山系にも因果をふくめて、是非食べる様すすめた。一つに入れて見たが、ろくろく塩味も利いていない。全くどうにもならない代物である。うまくなぞないのは勿論だが、一たび食べるときめた以上、その方針に従って食べてしまう。お茶でもあれば嚥み込むけれど、それもない。山系が途中で投げ出すかも知れないから、そうさせない様に監視しながら、食べ続けた。
　八つか十這入っていたのだと思う。後に二つ残っている。
「もう咽喉を通らない」
「もう駄目です」
　しかし残った二つを窓から捨ててはいけない。そう云う事をすると目がつぶれる。大事にしまって、八代の宿へ持って行く事にした。

汽車がもう一度鉄橋を渡って球磨川の岸から離れ、それから八代駅についた。

　八代の宿
八代の宿も、巡幸の時行在所になった家だそうで全く恐れ入る。宮様方も度々お泊りになると聞かされた。

自動車で町外れ近くまで行った。途中に八代城趾の森があったりして、道は広く家は疎らで、城下の町らしい感じがする。空襲を受けなかったそうである。宿は昔の城主のお屋敷の趾らしい。前は田圃で、長い塀に囲まれて、大きな門がある。玄関に女中が三人、その内の一人は式台に下りて出迎えた。どうも少し物々しいが止むを得ない。

鹿児島の宿とは又趣きの違う立派な座敷で、庭の豪奢なのに一驚を喫する。昨日見た島津公別邸の磯公園を小さくした様だが、磯公園よりは水の配置が纒まっている。大きな池が座敷の前庭にひろがり、折れて座敷の廻り廊下に沿い、向うの出島の裾を洗って、まだ続いた先が一番広い。広い所の池心へ伸びた八ツ橋があり、狭く括れた所に出島へ渡る一枚岩の石橋がかかっている。出島は小さいけれど大木が繁り合い、鬱蒼とした深林の景を呈する。池の水面に浮き草が浮かんで、向う岸の浅くなった所には睡蓮が咲いている。

池の向うの芝生の山に脊の低い松が生えていて、鴉が来て、かあかあ、きたない声をして啼き出した。八代の鴉はどうして、こう声柄が悪いのだろうと云うと、女中はそんな筈はないけれど、と云う様な顔をした。

鴉が行ってしまったら、鳩が何羽も飛んで来た。池の縁に降りて、何か啄んでいる。山系君が縁側に出て、見ていたが、あの中の一羽は片羽根がぶらぶらだと云ったけれど、私にはどれがそうなのか解らない。お早いお著き様で、まだ日は高いが、用事もないから晩を早くして貰う。無塩のお結び腹がそんなに持つわけもない。

女中が二人来て、頻りにばたばた扇ぐ。なぜそんなにあおぐかと聞くと、やっちろがを御存知ないかと云う。何だと問い返したら、八代蚊の事である。蚊の名所だそうである。それはいいけれど、折角風上に立てた蚊いぶしの煙を二人の団扇で飛ばしてしまう。

ばたばたあおいだり、お酌をしたり、中中忙しい。今にお池の食用蛙が鳴きますよと云う。まだ鳴きませんかと聞くので、知らないけれど、どんな声をするのか聞いた事がないから、鳴いたのかどうだか解らない。山系君は聞いた事があるかと云うと、ありませんけれど大体の見当はついている、まだ鳴きませんよと請合った。

しかしこのお庭の池に食用蛙を飼うのは無茶だね。飼っているわけではありませんが、だれかが入れたのでしょう。それがふえて、いつぞや男衆が上げたら六匹捕れま

した。ちょいとそこいらに顔を出しているかも知れませんよと云うから、起ち上がって見たら、浮き草の間に小さな河馬の様な顔をした変なものが浮いていた。あの鼻の穴で息するんですわ、と云った。それはそうかも知れない。顔に穴があいていたから。旦那様、食用蛙だけでなく臺湾雷魚も居ります。お池の中の外の魚をみんな食べてしまいました。

一人の女中は臺湾から帰って来たのだそうで、もう一人の方は朝鮮の引揚げみだと云う。引揚げみとは何の事かと尋ねたら、耳がぴんとしているからだと云う。どうもよく解らなくなった。

一人は朝鮮の話をし、一人は臺湾の話をする。臺湾では内地から行った者と区別して、もとからの島民を本島人と云うけれど、そう云っては差しさわりのある事が多いから、もとじまさんと申します。と云った。するともう一人が云った。朝鮮にいてもその差しさわりはあるので、あちらの人の事を御当地さんと申します。
そこで私も山系君も、そばにいる二人を、もとじまさんと御当地さんとに区別し、段段廻って来て、何を云っているか自分でもよく解らない。全く変な、馬鹿な声がしたと思ったら食用蛙である。よくもあんな下らない声が出せるものだと思う。
「あっ、そうだ山系君、お結びが残っていたね」
「持って来ましょうか」

「先ず話しが先だ」

さてもとじまさん、御当地さん、小さなお結びが二つあるのだ。あの鞄の中に大事にしまってある。汽車の中で食べ残したのだけれど、捨てれば目が潰れるだろう。しかし僕等はもう食べたくないのだ。それで八代のこのお宿まで持って来たのだが、勿体なくない様に何とか始末してくれないか。自分達の食べ残した物を持って来て、御当地さんやもとじまさんに食ってくれなぞと、そう云う失礼のつもりではないが。

そこまで云い掛けた所へ、脊の高いほっそりした女がもう一人這入って来た。近い方にいた御当地さんがすぐに場所を譲った。咄嗟にお神さんかと思ったけれど、ここはお神さんはいない。奥様が板前一式をやって居られるのだそうで、今来たのは女中頭の油紙女史である。

女史は弁舌がさわやかであって、今ここに出したお酒に関する釈明をした。初めのがまずくて、それを中途から取り代えた行きさつを述べる。それから由緒あるこの宿の来歴など、しかし行宮にあてられたとか、どなたの様がお立ち寄りになったとかう云う事を一言も云わないのは、流石であると感服した。

もとじまさんや御当地さんを相手に、いい心持ちで立て板に水を流していたつもりの所へ女史が出現し、突然油紙に火がついたので、自分の話しの接穂がなくなった。

どうも云いかけた事が途中で切れたのは気持が悪い。咽喉の奥に何か引っ掛かったなりになっている。女史はやって来た途端、その座の話題なぞに関係なく自分の云いたい事をぶちまけて、それがいつ迄も続いて切れないので、こっちの気持は混乱に混乱を重ねて何が何だか解らない。

「あんた一寸(ちょっと)待って下さい」

「はいはい、何で御座いますか」

「僕達は今あんたが這入(はい)って来るまで、話していた事があるのだが」

「おやおや、何のお話しで御座いましょう。御酒(ごしゅ)のお席のお話しと云うものは、それは誠にお楽しいもので御座いまして、御酒を召し上がらない方には」

「一寸待って下さい。だからその話しがどこかへ行ってしまったので」

「おやまあ、お話しがどこかへまいりましたのですって、それではきっと、歯科医さんの所で御座いましょう。入れ歯の型を取らせるのでは御座いませんこと」

「一寸待って下さい」

「歯無しさんなので御座いましょう。それはそうと、本当にまあようこそお立ち寄り下さいまして、当地は何も御見物いただく所も御座いませんけれど、あすこなぞいかがでしょうね、ちょいとあんた方、そらあの」

「一寸待って下さい。僕は何を云ってたのだろう」

「それは旦那様、きっと一寸黙っていてくれたまえ」山系君が口を出した。「あの事ですよ、汽車の中の小さな握り飯が二つあって」
「あっ、そうそう、そうですわ」御当地さんともとじまさんが口を揃えて云った。
「おや、お結びで御座いますって、まあお結びがお好きでいらっしゃいますか。それはまたお茶碗によそいました御飯とは趣きが違いまして。よろしゅう御座います、後で握らせますで御座いましょう」
「そうではないのだ、汽車の中で二つ食べ残したのだ。それを捨てては勿体ないから、持って来たけれど、どうしたらいいだろうと云う相談中にあんたが這入って来たから」
「よろしゅう御座います。そんな事で御座いましたら、幸い犬が居りますので、それは賢いポインタアで御座いまして、お客様に御挨拶に出まして、皆様から可愛がって戴いて居ります。後でこちらへもお庭から伺う事で御座いましょう。お持ちになったお結びは犬で御座いますから大丈夫で御座います」
人が折角大事にして持って来た物を、犬にやると云ったから腹を立てた。女中に食ってくれと云うつもりで云い出したのではないが、未解決の話しを犬で解決するのは気に食わない。犬にやる位なら球磨川の魚に置き土産にしてやってもよかったし、こ

のお庭に来る片羽根のぶらぶらした鳩のお見舞にしてもいい。
「犬にやるのはいやだ」
「おや、いけませんでしょうか」
「犬に食わせる位なら、僕が食う」
「旦那様は犬はおきらいで」
「人が飼っている犬はきらいだ」
「ちょいと、あんた方、後でそこへ来ましたら追っ払って頂戴」
女史は座を起って帰って行った。
「瘧(おこり)が落ちた様だ」
もとじまさんと御当地さんは面白そうに笑ってばかりいる。静かになったら、池の向うの、築山の向うの屏の外で青蛙の鳴いている声が聞こえて来た。
またいい心持になって、いつ迄もお酒を飲んでいると、段段と食用蛙の声がうるさくなった。石油の空罐(あきかん)をどた靴で踏む音に似ている。凡(およ)そこの位無意味な鳴き声はない。馬鹿馬鹿しくて少し腹が立って来る。
山系君が気焰をあげている。何を云っているのか取りとめはないが、頻(しき)りに職業蛙、職業蛙と連呼するから、

「駄目だよ、そんな下らない事を云うと食用蛙に笑われるぜ」と云ったら、酔っているから、「はあ」では済まさない。「違いますよ、そんな事を云いませんよ、僕は職業ガールの話しなんだ。ねぇ君」「おかしな事を云うと、池の食用蛙がここへ上がって来るぜ」「ここへですか」

遅くなってから、池の食用蛙に魘れながら寝た。

翌くる日の朝、晴れた池の水面に近く、真黒なおはぐろ蜻蛉が一ぱい飛んでいた。その中へ赤蜻蛉が飛んで来る。赤蜻蛉は速力が速い。睡蓮の花の上で、赤いのと黒いのとが喧嘩をしている。後から真黒い蝶蝶も来た。なぜ黒いの計り来るのだろうと思いながら、お午過ぎに宿を立った。

八代駅で東京行の急行三四列車に乗り、博多から一等車を聯結するのでコムパアトに移った。それから食堂車で少少傾けている時、見送りに来て車内へ這入っていたお婆さんを発車の際に線路へ振い落とし、しかしかすり傷一つ負わさないで引き上げてから、関門隧道へ這入った。後でボイから聞いたのだが、そう云えば門司駅を出たと思ったらすぐに急停車したのを覚えている。

夜半何時頃に寝たか判然しないけれど、から目がさめた。そうして汽車が東海道を走り続けて夕方東京へ著いた。車中の翌日は、十時過ぎ米原が近くなって家に帰って玄関で一服して、それから茶の間へ上がった。見渡せば三畳の部屋が三

つ続いている。何となく鼻がつかえる様な気がする。八代や鹿児島よりは狭い。しかしコムパアトよりは大分広い。

東北本線阿房列車

一

　先ず初めに盛岡へ行こうと思う。
　盛岡へ行くには、上野駅を朝九時三十五分に出る二〇一列車がある。常磐線経由の二三等急行青森行である。それで立つと都合がいい。盛岡へは宵の七時四十五分に著く。まだそう遅くはない。
　或いは上野を朝八時四十五分に立つ東北本線の一〇一列車でもいい。仙台行の二三等急行列車であって、仙台止まりになっているけれど、仙台駅で右の二〇一列車と併結する。だから盛岡へ著く時刻は同じである。右の両列車ならどちらでもいい。
　ところが私は今までの阿房列車の度に、度度おことわり致した通り、朝の八時だの九時だのと云うのは私の時計に無い時間であって、そんな汽車に間に合わすには、どうすれば間に合うのか、見当もつかない。

しかし盛岡へ著く時間は大変都合がいい。上野を出るのは朝が早過ぎるからその汽車に乗らないで、盛岡へ著くのはその汽車の時間がいいからその汽車に乗っていたいと云うには、どうしたらいいかと考えた。

その汽車に乗らないで、その汽車で著きたい。

もっと遅く出る汽車だってある。夕方の六時過ぎだったら都合がいい。しかしそれに乗って行くと、夜明けのまだ暗い四時四十二分に盛岡へ著いてしまう。常識上これは都合がよくない。

矢張り夕方に著きたい。しかしその汽車に朝乗るのはいやだ。お午頃又は午後になってから乗りたい。

わけはない事で、そう云う時刻にその汽車が出る所まで行っていればいい。そこで一晩泊まって、そこから乗れば著く時間はこちらの思い通りになる。その為に上野を一日早く、前日に立つと思う可きか、盛岡へ一日遅れて著くと考える可きか、そう云う事はどちらだって構わない。阿房列車に暦日はない。

そこで秋雨の忘月忘日、お午頃に上野駅へ出掛けた。同行は恒例のヒマラヤ山系君である。改札の行列に列んで時刻を待つ。上野駅には馴染みが薄い。まわりの物音が何となくよそよそしい。人の話し声はなおさら疎ましく聞こえる。思い立って東北奥

羽へ出掛けるのだが、行く手の空は低くて暗い様な気がする。改札口の前に列んだ行列の頭の上は、天井のない硝子屋根である。そこから荒い光線が射して、人や物の陰を造る。その光線の中を、講中らしい紫の旗を立てた団体が、混凝土(コンクリート)の地面の上にがたがたと下駄の足音を立てて、人より先に改札を通って行った。

どぶ鼠の山系君は、今日も全くどぶ鼠の儘で出て来たが、まわりの物音や、薄ぎたないぐるりが彼の風丰(ふうぼう)に調和しているから、東海道線の一等車の中ほど目立たない。起ち草臥(くたび)れたので、まだか知らと云ったら、もうじきでしょう、と響きのない貧相な声で云った。

こうして改札を待っているのは、十二時五十分発の二三等編成準急行仙台行の一〇五列車である。これに乗って途中福島で降りて一泊する。福島に何の用事もない。丸っきり知らない土地だから、一晩寝て見てもいいと思うだけである。そうして明日の午後二時十三分に福島駅から、上野を朝八時四十五分に立った一〇一列車に乗り込む。そうすれば初めに思った通りの宵のいい時間に盛岡へ著くと云う寸法である。

それからやっと改札になった。私共の切符は、東北本線で盛岡へ行き、青森に出て秋田へ廻り、行先は山形になっているので、改札掛は手に取って一通り見ていた。山系君が急いで先に行き、後からよたよたと私が追っ掛けた。薄ぎたない二等車に、二人

並んだ座席はあったが、車内は大分こんでいる。座席に落ちついて一服していると、窓の外を夢袋さんがせかせかと通り過ぎる姿が見えた。すぐに引き返し、中から手を振っている私の相図を認めて、混雑した車内に這入って来た。矢っ張り今度もお見送りすると云うのでお気まかせにしたのである。今までいつもお見送りしているから、今度だけ省略する事はしないと彼が云った。そうしてサントリの小罎と、ウィスキイの肴になる様な行き違いは何もない。発車ぎりぎりで山系君の座席に落ちつき込んでいて、発車のベルで降りて行ったら、すぐに汽車が動き出した。

そうして走って行って、赤羽に著いて、大宮に著いて、利根川の鉄橋を渡って、段段馴染みのない景色の中へ這入って行った。

二

走り過ぎる窓の外に、雑木林が続いて、遠くなったり近くなったりする内に途切れる。もう済んだのかと思うと又窓に近くちらちらする。紅葉の色はまだ浅く、葉と葉の間が透いて、枝はただの棒切れである。何の風情もない。今年の初夏、東海道線山陽線を過ぎて九州の平野を走った時の景色とは大分勝手が違う様である。その時は沿

線の水田に田植えが済んだばかりであったが、半歳後の今、東北地方の入り口では丁度刈り入れの時期になっているらしい。雑木林が途切れて田圃がひらけると、稽田を歩いている鴉がばさばさと飛び上って、すぐ又もとの所へ降りて行く。

車内は大変こんでいる。通路に立っている人もある。私と向かい合った前の席に、今、赤ん坊を喰ったと云う様な真赤な口をした若い女がいる。岩乗なからだつきで、胸の辺りがはち切れそうである。どう云う婦人だろうと思っていると、車外のデッキに起っているらしい黒人兵が這入って来て、何か食べ物を差し入れした。

宇都宮辺りから雨が上がって、明かるくなった。遠くの山の峯に雲を残して、靄れて来る空に、傾いた西日の光が流れている。一帯に黄色く、その色に光沢があるから黄金色に見える。遠景に連なる山の暗い色と照り合い、明かるいだけに却って蕭殺たる感じがする。

白河を過ぎ郡山を過ぎて、薄暮六時四十九分に福島へ著いた。駅長室に顔を出して、きめて置いて貰った宿屋の案内を頼もうと思ったら、すぐそこだからと云うので助役さんが連れて行ってくれた。

大きな宿屋だが、少し大き過ぎる様で、無暗に沢山部屋があるらしく、長い廊下を伝って、曲がって、又曲がって、硝子戸の外に薄暗い水が見えて、大きな池だろうと思って透かして見ると、水の中から杙の様な物が立っている。杙の上の人の高さ位の

所に板が渡してあるらしいと思っていると、ぼしゃっと云う水の音がした。その廊下の突き当りから這入（はい）った座敷が広い二間続きで、奥の方の座敷の床の間に据えた大きな唐木（からき）の角火鉢に、年増（としま）の女中が火を入れている。

もう火鉢があっても、おかしくはない。晩秋ではあり、土地柄も福島はまだ東北の入り口にしろ、東京よりは時候が進んでいるだろう。しかし今日はお午過ぎに立つ為にいつもより早く起きたが、朝の温度は十九度半、華氏で七十度に近かった。宿の火鉢が邪魔ではなく、赤い火の色は美しいから賑やかで、くつろいだ座のまわりの色取りになるけれど、少し大袈裟（おおげさ）な様な気もする。

そんなに寒いかい、と女中に尋ねたら、もう今日あたりは寒くて、寒くて、さあ早くおあたり下さいと云う。それ程寒くないじゃないかと云うと、いいえ、寒う御座います、と云い返した。

山系君が庭の方を気にして、外は池かと尋ねる。池です。魚がいるか。居ります。さっき音をさしたのは魚だな。魚は音をさせません。だって、ばしゃっと云ったぜ。そんな事はありません。水の中に、杙が立っているだろう。杙なぞ立って居りません。暗くてよく見えなかったけれど、そうかな。藤棚があるだけです。二ノ膳つきで、品品の御馳走が列（なら）んでいる風呂から上がって、お膳の前に坐った。二ノ膳つきで、品品の御馳走が列（なら）んでいるが、ろくな物はない。山系君が女中の酌を受けながら、先生お酒の味はどうですと云

った。
「これでもいいけれど」それから女中に向かって、「外のお酒はないのか」と尋ねて見た。
「ありません」
「ありませんなら、これで結構だ」
「一番いいお酒です」
「そうか。そのつもりで飲むからいい」
「会津若松のお酒で」
「成る程。何と云うお酒だい」
「いねごころ」
「稲の心で、稲心か」
「違いますよ。よね心です」
「ははあ、よね心はつまり、よねはお米だね」
「違います。よめごころ」
「そうか、嫁心か」
「いいえ、いめごころ」
「はてな」

「そら、よめごころって、解りませんか」
「もとへ戻ったな」
「いいえ、いめごころ」
「ゆめ心なんでしょう。そうだろう君」と山系が口を出した。
「ふどうちず」
「はあ」
「おい山系君、今からこの始末じゃ、行く先が思いやられるね」
　そう云って、お銚子の代りに起って行った。何の事だか解らない。
「福島はまだ入り口なんだろう。鹿児島まで行っても、こう云う目には会わなかった」
「落ちついて聞いていれば、次第に解って来ます」
「そうかね」
「後から解釈すれば、大体見当はつくものです」
　そこへ女中が戻って来た。何となく怒っている様な気がする。新らしい銚子のお酌をしながら、「旦那様は選挙でいらしたのですか」と云う。
「僕がかい」
「その時間だったでしょう」

「そうではないのだが。何か間違っているか知ら」

話しを外らして、別の事を云ったり、外の事を思った時分に解った。後でわかると云ったのを聞き違えたのである。しかし、今更わかったと云うのも悪い様だから、黙っていた。

これから旦那様方はどこへ行くと女中が尋ねる。

明日ここを立って、盛岡へ行き、青森の方を廻って山形へ行くと云ったら、女中が飛んでもないと云う顔をした。山形へ行くのにそんな道順はない。福島から東北本線とは別に奥羽本線が出ている事を知らないのだろう。奥羽本線で立てば山形まで三時間で行かれる。急行だったら二時間しか掛からない。それを盛岡から青森の方へ廻った日には、何日掛かるか解らないでしょう。そんな馬鹿げた廻り道はよしなさいと云う。

山形へは行くけれど、行ったところで山形には用事はないし、だれも待っていないと云う話は、言葉が通じにくい女中に云って見たところで埒はあくまい。だから何となく話しをそらし、曖昧ななりに済ましてしまう。そこで女中としては、人が折角親切に云ってやる事を、この客はいい加減にあしらってしまう。好かんおやじだと思うのは無理もない。思ったかどうだか知らないが、こちらではそんな気がする。

稲心か夢心か嫁心か、よく解らないがそのお蔭で、大体いい心持ちになった様である。もう寝ようと思う。時時、雨の気配がして、その音に耳が馴れたと思うと、今度気がついた時はもう止んでいる。夜の時雨が通るのであろう。初めは何となく淋しく考えたが、次第に身のまわりが、うそ寒くなって来た。そうして何となく淋しい。電気は普通にともっているけれど、何だか暗い。山系君も不景気な顔をして、ぽそぽそしている。寝たら雨が又降って来た。

　　　　三

　朝目がさめたら一番に雨の音が耳に入った。明かるくはなっているけれど、何時だか知らないが、まだ早いに違いない。念の為に山系に声を掛けて見ると、どこか廊下の向うの方から足音がして、こっちへ這入って来た。
　枕許に突っ起った姿は、宿屋のどてらで著ぶくれて、ふところ手をして、全くのどら息子である。もう朝の御飯をすましまして、今新聞を見ていると云った。あっちの座敷で、火鉢に沢山火がありますよと云うのは、起きて来いと云うつもりらしい。その手に乗るものではない。まだ寝るよと云ったら、向うへ行った。
　又寝して起きて見ると十時過ぎである。雨は上がっている。目をさまして庭を眺める。広い庭一ぱいの大きな池に薄日が射して、浅い水の中に締まりの悪い姿の緋鯉や

真鯉が沢山いる。五六匹ずつ群をなして、列をつくって、何となく泳いでいるが、別にどこ迄どう泳いで行くつもりもなさそうである。
昨夜山系君が女中に尋ねていた杙が池の水の中に起っている。その上に板を渡し、人が乗れる様になっている。左官が上がって壁でも塗りなおすのだろう。なぜ女中が、そんな物はないと云い切ったのか。その辺の都合はこちらには解らない。
段段に好い天気になって来た。私は朝の御飯を食べない。間もなくお午になった。お午の御飯も食べるつもりはない。しかし山系君がいる。彼の腹加減を按ずるに、人が寝ている内に朝御飯を食べているから、だから、食べた後だから、もう腹がへっているかも知れないけれど、幸いに彼は腹がへったと云う顔をしない流儀である。それでそこを重んじて、ほっておく。別に話しもしないし、困った事もない。二人向き合って、黙っていると、女中が来て、どこかへ行くかと尋ねる。どこへも行く用事はないと云うと、それきりあっちへ行ってしまった。
池の鯉を見ながら、山系君に緋鯉の講釈をした。緋鯉は赤い。しかし、あの青っぽい色をしたのも緋鯉だ。浅葱色の藍色のまだらも緋鯉だ。横腹の黄色いのも緋鯉だ。貴君は理解して聴いていますかね。お解りならば、もう一歩進める。あの真っ白いのも、緋鯉だ。
山系が警戒する様な顔をしている。

「真っ白い緋鯉で、差し支ないかね」
「いいです」
「乃ち、概言するに、赤いから緋鯉である可きなのに拘らず、赤くなくても、黒くさえなければ緋鯉だ、と云う事になる」
「それで、いいです」
「黒いのは、真鯉だ。真鯉は黒い」
「はあ」
「野生の鯉の事だよ」
「そこへ来た、あれでしょう」
「この池には、黒くない緋鯉と、黒い真鯉しかいない。ところが貴君、ここにはいないけれど、真黒な緋鯉がいるのだよ」
「あれとは違うのですか」
「違う。丸で違う。もっと、もっと黒い。色に光沢がある。あれは、ひとりでに黒いのだが、黒い緋鯉は人が丹精して黒くしたのだから、それだけ違う」
「緋鯉を黒くして、どうするのです」
「池に泳がして、見るのさ」
「まあ、いいです」

「幾分、不満なのだろう。白鳥は白いね」
「そうです」
「黒い白鳥がいるよ」
「黒いのは黒鳥でしょう」
「白鳥の黒いのを黒鳥と云うんだ」
　山系君は人の云う事を信用しないらしい。そろそろ起き上がる事にした。女中を呼んで、山系君が附けを持って来いと云うと、女中が当惑した顔をした。たった今、帳場さんが出掛けてしまいました。だれもいないから、私には解らないと云う。今すぐでなくても、まだこうしていてもいいから、帳場さんが帰るまで待とうと云うと、それがいつ帰って来るか解らないから、帰るのを待つと云われると、困ると云う。一体、昨夜のお泊りさんは、もうとっくに、みんな立ってしまって、広い宿屋はしんかんとしている。何の用事もなさそうなのに、いつ迄も便便としているから、帳場さんにも行かれてしまったじゃないかと、女中が腹の中でそう思っていそうな気がする。
　帰るのを待ってもいいけれど、いつ帰って来るのか解らないと云うのでは、それは困ると山系君が談判している。それもそうですわね、まあ何とかして来ましょうと云って、女中が引き下がった。

その間に山系君は帳場の茶代と女中の心附けを包み分けた。大分経ってから、女中がお盆に紙きれを載せて来た。いた者と相談して、何とか書き出して来ましたと云った。全くの紙切れに、鉛筆の覚え書きをして来ただけだが、それで用が足りれば構わない。
　その紙片にお金を添え、別に包んだ茶代と心附けを山系君が渡そうとすると、女中が押し返して、ことわるらしい。初めの所の応対を私は聞き洩らしたが、山系と女中と起ちはだかった儘、揉めているから、私も顔を出した。
　女中が云うには、こんな物はいらない。およしなさい。戴いても請取を書く者がいませんよ。
　僕思うに、茶代の請取は貰わなくてもいい。しかし受け取る前から、そう宣言されては少し気持がよくない。それはそうだが、兎に角一たん出した物だから、やってしまったらどうだろう。
「山系君、折角包んだ物だから、持って行かせようよ」
「そうしましょう。ねえ君、持って行けよ」
　女中が語気を強めて云った。およしなさい、つまらない、今どき帳場に茶代なぞ置いて行く人はいませんよ。
　そう迄云われては勇気が挫ける。よしましょうよ、と山系君が云った。よそう、と

私も云った。それで帳場の茶代は引っ込めたが、女中の心附けは別問題である。山系君が云った。こっちのは、これはいいだろう。君の分は持って行けよ。

はい、それは戴いておきます。どうも難有う御座いました。

それで談判が終って、女中が出て行った。熟ら思うに去年の秋以来の阿房列車で、興津、由比、広島、博多、鹿児島、八代、コンパアトの列車寝台は云うも更なり。それからこれはこの先の話だから、福島で宿屋を立つ前につらつら思い出しては順序が立たないが、盛岡、浅虫、秋田、横手、山形、松島と泊まりを重ねた中で、どこの宿屋にもここの女中の様な心事の高潔なるのはいなかった。尤も一たん包んだのを、こっちで引っ込めたのがもう一例ある。最初の特別阿房列車で大阪に泊まった翌くる朝、帳場の茶代と女中の心附けを包み分けた山系君が、つけを見て払う段になって、よしましょうと云い出した。つけに奉仕料とあるのに目をつけて、それはどこの宿屋のつけにもあるのだが、その時に限りそれに目をつけて、こう書き出してあるのだから、その上更に茶代を置く事はありませんと云い出した。云われて見れば全く茶代を置く程のもてなしも受けなかった様である。しかしそれは一に山系君がさげて茶代を置きたならしい、猫が死んだ様なボストンバッグの成せる業なのである。よすなら、よしてもいいと賛成したから、二包みの内、茶代の方は山系君が引っ込めてしまった。

それはしかし福島のいきさつとは話しが違う。福島では、やると云うものを受けつけないのだから止むを得ない。女中の心事の高潔なるを崇拝しつつ、大きな顔をして、男衆に送られて宿を立った。

四

午後二時十三分福島駅発の下りで盛岡に向かう。その汽車が今朝八時四十五分に上野を出た一〇一列車である。二三等急行で特別二等車も聯結している。この汽車に、お午を過ぎてゆっくりした今ぐらいの時間に乗る為に、昨夜は池の水を敲く時雨の音を聞きながら福島に泊まったのである。

特別二等車の座席は、前から予約してあるから、あわてる事はない。又乗って見たら、それ程こんでもいない。東北奥羽の旅行には一等車がないから特別二等の座席が取れたら、それでいい事にする。それも駄目なら普通の二等でも、三等でも一向構わない。何でも構わないから、同じ構わない中では、矢っ張り一等が一番いい。なぜと云うわけは、一等が一番いいから、一等と云う名前がついているのでも解る。こっちの方面に出掛けて来たいと考え出した頃は、まだついていたので、コムパアトの一等寝台もあったから、そのつもりのスケジュウルを立てて見たりしたが愚図愚図している内に日が経って、東北本線にも一等車がついていたのを、半年ぐらい前からよした。

鉄道の方の都合で外してしまった。都合と云うのは、乗り手がないと云うので、多分、ない事もないが、ただのお客さんばかりと云うのだろうと推測した。一等車へ規定の全額を払って乗る馬鹿はそう大勢いないだろうと思う中の一人に私がいた。馬鹿でも阿房でも、人の知った事ではないけれど、一体そのお金をどうするのだと云う事になると、おかしな話になってしまう。お金があっても無くても、なければ工面する。或は、あらかじめ、そんなお金が使って貰うのを待ってはいないにきまっているから、だから無いからこそ工面して、そうしてでも、三等より二等より一等が一番いいから乗ると、こう云っても、まだ解らなければ止むを得ない。のみならず、東北本線には一等車はない。だからこの一〇一列車にも一等車はついていない。それを承知で一等車を褒めて見ても張り合いのない事である。

私は朝からなんにも食べていない。山系君もお午抜きである。そうしてこの一〇一列車には食堂車がついている。乗る前に歩廊を通る時、外から見たら、時間外のお客が三四人いて、何を食べているのか知らないが、何となく、うまそうな顔をしていた。

しかし私はこう云う時に食堂車へは行かない。山系君もそれは已に承知しているだろう。こう云う時に、と云うのは晩に著いた先にお膳の予定がある場合の事で、今晩は盛岡の宿屋に御馳走が待っている筈である。そう云う時に食堂車なぞ用はない。

しかしながら、腹はへっている。ひもじいと云う程の事でもないが、おなかの中に何もない事を感じる。座席でぼそぼそとサンドウィッチを食べた様な気がする。記憶が少しぼやけていて、本当に食べたか知らぬと、自分で念を押すのは、今度の旅行の東北本線、奥羽本線の車窓から、駅売りのサンドウィッチを買おうとして、なかった所が二三ある。サンドウィッチの代りにあるのは餡麵麭ばかり。しかし福島の辺りはそうではなかったと思う。何か食べたに違いないし、外に何を食べたと云う記憶もないから、いつもする通りサンドウィッチで腹つなぎをしたのだろう。

車中ではこの様にお行儀がいい。お行儀がいい事に言い訳をする必要はないけれど、実は私はお行儀が悪いから、それを知っているから、おとなしくする。一たび食堂車なぞへ出掛けたら、晩に著いた先の事なぞどうでもいい気になり、その場の出来心で、何を食べ出すか解らない。きっと腹一杯詰め込んで、げえと云うまで止めないだろう。求めてその危険に臨んで、その上で自制心を働かすなぞ面倒である。初めから近づかぬに越した事はない。だから車室でおとなしくしている。

空は綺麗に晴れ上がって、窓の外は小春日和である。汽車が勾配を登って行く。乗る時にうっかりして見なかったが、前部に機関車を二つつけているらしい。時時鳴らす汽笛が二色に聞こえる。大部大きな勾配で、遠景の田圃や川が随分下の方に見え出したが、まだ二輛の機関車が喘ぎ喘ぎ登って行くところを見ると、登りつめた所に隧

道があるのだろう。

高くなった所から、遠くの底の川のある盆地を隔てて、その向うに空へ食い込んだ山脈が見える。山の姿が私なぞには見馴れない形相で、目がぱちぱちする様な明るい空に、悪夢を追っている様な気がする。

そうして登って行って、登り切ったと思われる所で、両側に山の腹が迫った狭間へ這入った。その先が隧道だろうと思っている間にその狭間を通り過ぎて、向うの行く手に広広とした景色がひらけた。気がついたらもう降り勾配である。勾配だけで到頭隧道はなかった。

急行列車だから小駅を飛ばし、走り続けて行くといつの間にか、また登り勾配に掛かっている。東北のこの辺りの地勢なぞ何も知らないが、大きな波が打つ様に丘陵起伏した所を、線路がうねうねと縫っているのだろう。

　　　　五

まだ明かるい午後の三時四十四分に仙台に著いた。時刻表の巻頭に載っている主要幹線聯絡の頁に、この一〇一列車は、「仙台青森間二〇一列車に併結」と出ている。

二〇一列車は今朝上野を九時三十五分に出た常磐線経由の青森行急行である。それで初めはぼんやり福島からこの一〇一列車に乗っていれば、仙台で乗った儘二〇一に併

結されて、盛岡へ行かれるものと思った。特別二等の指定を買った時、仙台までしか有効でない事が解ったので、併結は全列車でない事に気がついたが、考えて見れば一〇一にも二〇一にも普通の二等車の外に特別二等車がついている。それをその儘一緒につないだとしたら、一列車の編成の中に食堂車が二つある事になる。そんな汽車がある筈のものでない。つまり一〇一の編成の一部、三等車を二三輛だけ二〇一列車につなぐと云うのであった。

そこで仙台駅で一たん下車して、三時五十二分に這入る二〇一列車の到著を待ち、そちらへ乗り換えなければならない。改札を外へ出て見る程の時間もないから、その儘二〇一の到著ホームに渡って、ぼんやりしていた。寒くもないし、疲れてもいない。その内に二〇一が勝手に走って来て、目の前に停まったから乗り込んだ。

特別二等車はこんでいる様である。ボイに座席が出来たら知らせてくれるよう頼んでおいて普通二等車へ這入って行ったら、却ってその方に通路を隔てた二人並びの座席が空いていた。

汽車が松島の小島の嶹布した海が見える所を走って行った。そんな所を通ると思っていなかったから、大きな池かと思い、どこだろうと云ったら、山系君の横にいた鉄道の制服を著た人が、松島ですよと教えてくれた。それからその人と山系と二人で話し合っている。私も盛岡へ帰るのです。今朝早く盛岡を立って来る時は雪でした。

盛岡は雪が降ったそうですよ、と山系君が私に取り次いだ。それを受けて、隣りの制服さんが、岩手山なぞ、もう真白ですと云い足した。

自分の感じでは、まだそれ程の気がしないけれど、何しろ東北の事だから、これから三四時間北の方へ走って行く内に、雪の気分になるかも知れない。

さっきのボイが小さな板に載せた書附けを手に持って、こちらの顔を物色しながら来た。特別二等車に座席が出来ましたからお迎えにまいりました、と云う。座席は二つ続いているのか。いえ、そうではありません。御案内いたしますと云うのだが、起ちかけて一寸気がついて尋ねて見た。座席は二つ続いて有い。すぐ行ってもいいかと云うと、難がた離れて居ります。

それでは仕様がないと思って、上げかけた腰を又下ろした。別別の席に離れては、持ち物その他萬事が不便である。

その次の停車駅で車中に二席続いた座席があいたので、そこへ移り、それで本式に寛いだ。もう盛岡へ著くばかりである。ほっておけば、ひとりでに盛岡へ行く。何もする事はない。

盛岡には矢中懸念仏がいる。懸念仏は昔の私の学生であって、多分駅まで迎えに出ているだろう。阿房列車の立て前ではどこへ行っても、だれも待っていない筈であるが、今度は人が待っている。もう何年か会わない。この前会ったのは東京で、だれも

来ない筈のところへ彼がやって来た。空襲で焼け出されて、丸三年掘立小屋にしゃがんだ挙げ句、やっと今の家に移った時、移ったら人に知らさなければならない。しかし知らせると人が来る。決して人が来ない様に、と云う事は出来ないけれど、小屋から這い出してまだ新居が片附いていない所へ、それはお目出度うと云う様な挨拶でぞろぞろやって来られては面倒臭い。それで転居の通知を出すに就いては、遠隔の地を先にする。来る心配のない相手には知らしても構わない。郵便で何か云って来るのは大した事はない。しかし市内の名宛には中中出さない。余っ程片づいて、落ちついて、人が来ても邪魔にならぬと云う時まで通知を差し控えると云う方針を立てた。

盛岡の懸念仏など大丈夫である。だから通知を出した。ところがその通知もまだ著く筈がないと思われる時に、懸念仏が新居へやって来た。私の右の思惑なぞに関係なく、彼は彼の勝手でやって来たので、だから新居もわからないから、もとの小屋のあった所へ行って、引越したと云うのを聞き、教わって来たのである。

来た者は仕方がない。今来るのは迷惑だから、だれも来ない様にしてあるのだが、現に来たなら止むを得ない。晩までゆっくりしなさいと云った。それから暫らく振りで一献したら懸念仏が酔っ払い、築地の宿へ帰って行く途中、数寄屋橋の交番に立ち寄って、若いお巡りさんを相手に暫らく遊んでから、前を通る車を呼んで宿へ帰って行ったが、行く先が築地だから、数寄屋橋から乗ったと思ったら、すぐ著い

そうである。

懸念仏は近頃健康を害している。もとの通り元気になったと云う便りをよこしているけれど、それはそうかも知れないが、お酒を飲んではいけないのは常識である。その懸念仏のいる盛岡へ私は立ち寄ろうと思う。盛岡に何も用事があるわけではない。懸念仏に会おうと思うだけだが、しかし私はお酒を飲む。彼は飲んではいけない。そこで立つ前に、懸念仏に申し入れをした。

この度、旅行の途次、御地へ御邪魔する。それに就いて一、僕が行くと云うので気を遣わない事。そちらから何もお構い下さるな。僕の行くのが気になるのなら、行かない。二、宿屋のお世話もいらない。同行者が鉄道の関係で、そちらの管理局に友人がいるそうだから、その方で手配してくれる。三、僕はお酒を飲む。貴兄には飲ませたくない。飲ませたくない者のいる前でお酒を飲むのは、僕の方で気を遣うから、その席には御招待しない。四、こちらでそのつもりでいる者以外、だれにも会いたくない。訪ねて来る人があっても会わない。どうかそう云う事にならぬ様、御配慮を願う。つまり、だまっていなさいと云う事なり。五、しかし、諫子さんには会いたい。懸念仏御内政にも会いたい。

諫子さんは旧知の婦人で、昔盛岡で会った事もあり、東京へ出て来た事もある。今は研精会派の長唄のお師匠さんである。懸念仏夫人とも昔彼が東京にいた時以来の知

り合いである。この機会にそう云う美人達とも旧交を温めたい。何日かして懸念仏からず、萬事呑み込んでお立ち寄りを待っていると云う返事が来た。私から出した手紙の仕舞に、色色と申し入れる事が或は御無理かも知れないけれど、無理でも何でも、呑み込んでくれないのなら行くのをよすと云ってやったから、そう云って来たのである。

立つ迄に大分日があったので、その間に又いろいろ云ってよこした。お酒の件ですが、自分で飲まないときめているから、自分できめた事には背かない。だから、宴会などにも出ている。自分で飲まないだけの事です。その事に就いては、どうか御心配下さいませぬ様に。

そう云う立派な挨拶を受けたからには、私の方でその件にこだわる筋はない。それでは僕の酒席に御招待すると云う返事を出した。

図書館の関係で、私が来たら会合がしたいと云っているけれど、御都合はどうか。無理にとは申さないが、念の為御意嚮をお洩らし下さいと云って来た。飛んでもない話で誠に飛んでもない。そんな事を取り次いでは駄目だよとことわった。

どうも新聞記者が来て困るのです。度度やって来ますけれど、解らないと云っておくのですが、そうすると又電話を掛けて来て、仕方がないから、いないと云って貰って逃げています。そうしたら朝早くうちへやって来て弱りました。

そんな事を云って来る。新聞に興味を持たれるわけもないし、第一わかる筈がない。懸念仏は大きな図体をして気が弱いから、きっと自分でそんな話をして、後で困っているのだろう。

六

いつの間にか車窓が暗くなって、暗い中を大分走って、盛岡に著いた。大きな駅である。昔学校の教師の時分に来た事があるけれど、駅に何の記憶も残っていない。停まったので降りて行った。山系君先へ行きたまえと云って私は後からついて行ったが、間に四五人他の人がはさまったので、私がステップを降りた時は山系はもう出迎えてくれた管理局の友人らしい二人とホームで立ち話しをしていた。

私が二足三足歩いて行った真正面に矢中懸念仏がいた。仁王様の様に立ちはだかっている。また彼はその位大きい。私が立つ前からいろんな事を彼に申し入れたのは、その健康を案じたからである。今、余り照明のよくない薄暗いホームに突っ起った彼の様子と顔を見て、すっかり安心した。見てくればかりと云う事もある。しかし声を聞き、笑顔を見れば大体本当の所がわかる。

まあよかったと思った。

先生、暫らくで御座いましたと云って、帽子を取り、頭を下げた。

つるつるの丸禿げである。急いでお辞儀を済まして、帽子をかぶった。そうすると帽子の外れから下に、黒い毛が生え揃っているから、すっかり若くなる。鼻の下にちょび髭を生やし、黒地のオーヴァの裾から縞ずぼんの条が見えている。
懸念仏の禿げを見ても、私はちっとも珍らしくないし、新鮮な感興も起こらない。彼は学生の時分から已に頭の毛が怪しかった。同級の彼の友達に、倍に禿げるかと思われた相棒がいたが、その方は東京にいるけれど今以ってうろうろした毛をおおい、苟も禿げを見せていない。自分の方ばかり進行するので、懸念仏は相棒をそねみ、先生、あんな筈はありません。あいつはきっと何かやっているのです。伝通院下の安藤坂に家伝の毛生薬の看板を出した家がありましたっけ、などと云った。暫らく振りに会うと、禿げ敵の相棒の消息を尋ねる事を忘れない。あいつはどうしていますかと聞く。元気だよ。まだ禿げない様だぜ、と云うと、おかしいなあと云って、納得し兼ねた顔をする。
ホームの立ち話しで、まだ云いたい事や聞きたい事があるけれど、天上裏に取りつけた拡声機が無暗な声を出して、停車時間や行先の停車駅や乗り換えの案内などを喚き散らす。その下で話しをするのは非常に骨が折れる。あっちへ行こうよと云って、歩き出した。
するとホームの売店の横から、年配の婦人が二人現われて私に挨拶した。懸念仏と

話している間、差し控えていたのだろう。

二人の顔を見て、私はすぐに懸念仏夫人と諫子さんだと云う事がわかった。全くそれに違いない。だから私も挨拶を返したが、それはそうだが、二人引っくるめて、つまり二人分纏めてその認識が成り立ったので、二人の内どっちがそうなのか、その区別がつかない。二人共薄暗い中で薄黒い顔をして、同じ位の脊丈で、同じ様にお辞儀をするから、よく解らない。

やあやあ、と私が大まかに云った。お元気で結構です。しかし、今のところ、どちらさんがどちらなのか、まだ一寸解らないのだが。

「まあひどい」とどちらかが云った。

「何、じきに解るでしょう」

私がそう云った時に、一人の方が笑った顔で懸念仏夫人を再認した。

「解った、解った。やあ奥さん、暫らくでした」

「まあよかった」と諫子さんが云った。

一人が解れば、二人の中からそれを差し引くだけで、後は氷解する。

「やあ諫子さん、よく来て下さいました」

二人共雪焼け見たいな、薄黒い顔をしているから解らないんだと云うのはよした。

それで思い出して、

「今朝は雪が降ったそうですね」と尋ねた。懸念仏が傍へ来て、「雪はまだ降りません。今朝はひどい霜でしたけれど」と云う。
「おかしいな、岩手山が真白になったそうじゃないか」
「岩手山はもうこないだから、白くなっています」
そう云えば盛岡へ降りて見ても、余り寒くない。寒い国の人は、寒さを大袈裟に云ったり感じたりする癖があるのではないか知ら。

外へ出る事にして、ぞろぞろ歩き出した。陸橋の上で、山系君から管理局の二人に紹介された。盛岡には二晩泊まるつもりにしているから、その両君は明日の晩宿屋へ来て貰う様にして、両君が用意してくれた自動車で宿屋へ向った。同車は懸念仏夫妻に諫子さん、それに私共二人だからぎゅうぎゅう詰めである。しかし盛岡の自動車は車内の座席の配置が東京で見るのと丸で違う。みんながお互に窮屈なだけで、その窮屈さは五人乗っても二人乗っても変りない様に出来ている。宿屋の選定には、私の申し入れに従って懸念仏は関与していない。だから自動車がどこへ行くか、彼は知らなかった。車から降りて玄関に起った時、出迎えた宿の者と懸念仏との間で、おや矢中さん、暫くでしたとか、御無沙汰しました、お変りないですかなぞと挨拶を始めた。知っているのか、と聞くと、それは盛岡ですものと云った。

七

懸念仏を相手に一献するのはうれしい。しかし私が彼を相手にするだけである。彼は飲んではいけない。実際にはどの程度までいけないのか、或は構わないのか、研究す可き余地があるかも知れないけれど、それは今取り上げる事でない。懸念仏の合意によって取りきめた通りに実行する。そうしておかないと、間もなく私が酔っ払う。懸念仏が酔っ払った上で、懸念仏をして踏み越さしてはいけない閾を私が見定めていなければならないなぞ、迷惑であり、出来る事でもない。

杯を挙げて、懸念仏、内政、諫子さん、それから隣りの山系君まで来て、お目出度う、よかったね、安心したと云うので杯を空け、うまい酒が咽喉を流れ下りた。

すぐに懸念仏が私の杯にお酌をした。

「さて」と懸念仏が云った。「兼ねての取りきめ通りだよ」

「結構です。そのつもりです」

懸念仏はにこにこしている。尤も事前の打ち合わせの中に、追加条項として、僕がお酒を飲んでも貴兄は飲まぬと云うのは、それでよろしい。飲まないのみならず、飲まないのを残念がらぬ事、この一項を承知しろと云ってやったら、彼はそれも呑み込んだのである。だからにこにこして、少しも残念がってはいない。

糟糠の賢夫人これを気の毒がり、「あら、少しはよろしいので御座いますよ、先生」と云い出した。

「いえ、いえ、奥さん」

私はほだされない。だから緩和しない。「この件は、御主人と僕とできめた事です。あなたの知った事ではない」

そうして私は、懸念仏が一杯飲んだだけの杯を取り上げた。

「こっちへ貰って置くよ。こうして僕のお膳に伏せておこう」

それで懸念仏は私のお酒専門になった。つるつるの禿げ頭にお酒をさせて大変うまい。山系君は懸念仏初め皆さんと初対面であるけれど、元来が朦朧派で要領を得ない流儀だから、一向に人見知りをしない。時時は諫子さんに注いで貰ったり、あまねくお酒を返したり、宜しくやって、もう少し酔っている。

懸念仏がポケットから新聞の切り抜きを取り出した。見ると驚いた事に私の昔の写真が載っている。昔と云うのは三十何年前である。だから若い。シングルの立ち襟に中折帽子をかぶって威張っている。

私の写真の下に、懸念仏の今の写真が出ている。禿げると紳士に見え易い。堂堂たる支配人の威容を備え、若造の私とくらべて、どっちが先生だか解らない。本文は二段抜きの見出しで、四段の囲み物である。「教え子たずねて」と云う題である。私は

「教え子」と云う言葉がきらいで、見ただけでむかむかする。「つるつるした教え子だ。気持が悪い。いつ出たのだ」

丁度日附の所が切れている。

「昨日でしたか。一昨日でしたか。しかし今日先生がいらした事は知りませんから、大丈夫です」

「いやだけれども、止むを得ない」

「まあ、お一つ」

それでその晩は済んで、寝て朝起きたら、廊下の硝子戸の向うに、雪をかぶった円い山が見える。岩手山だろう。先に起きている山系に見たかと聞くと、知らないと云うから、見て来いと云ったが、愚図愚図して中中起たない。見て貰わなくてもいいから、ほっておいたら、その内に空が曇ったのか、外が寒くなって硝子戸が曇ったか知らないが、今度私が起った時見ると、辺りがぼかした様になって、何も見えなかった。

午頃から、まわりが暗くなって鬱陶しい。電燈はともらない。東北奥羽の方は電力が足りなくて、頻りに停電すると云う話であったから、鞄の中に普通の太目の蠟燭六本、五十目蠟燭を二本、燭台二つ、それに懐中電気を一つ入れて来たが、福島でも盛岡でも夜はまだ停電に会わない。昼間ともらない位は仕方がないだろう。しかし暗く

て薄寒い。東北の悲哀の様な天気である。
くさくさするから、自動車を呼んで貰って山系と出掛ける事にした。どちら迄と聞くけれど、どちらと云う事もないが、しかし何処も知らないから、知っているのは駅だけだから、駅までと云う事にした。後で考えたら、岩手公園へ行った方がよかったかも知れない。しかしうっかりこんな事を云うと、懸念仏が御案内すると云い出すから黙っていなければいけない。立つ前の打ち合わせの中に、渋民村の石川啄木の歌碑へ御案内しようかと云って来たのをことわった。懸念仏は、かにかくに渋民村は恋しかり、思い出の山思い出の川の渋民村の出で、つまり啄木と同郷である。盛岡からは近い。人を連れて行きたがっているに違いないから、そう云う話をしない。
　自動車に乗って出掛ける。昨夜来た時と同じ道を通って行くらしい。昨夜は暗くて気がつかなかったが、水量の多い、曰くのありそうな川を渡ってから、運転手に何川だと聞くと、北上川だと云った。この川を伝って行けば、上流に渋民村があり、下流に三十五反の石ノ巻がある。しかし水の色がきたない。後で懸念仏に教わった事だが、鉱毒の為だそうである。
　駅まで行っても仕様がない。駅に用事はない。少し手前の何でもない所で降りた。降りて二足三足歩いたら雨が降り出した。管理局へ行って見ましょうかと山系君が云う。それもよかろうと思ってついて行った。管理局は駅に近い。山系君が階段を登っ

て行く。来た事があるのかも知れない。私もついて這入ったが、だれかに会うのはいやだから、それは山系にそう云っておいた。山系君が向うの部屋に這入って行ったけれど、だから私は廊下で煙草を吸っていた。待っている間、一服しようと思って、ふと掲示を見ると、廊下で煙草を吸ってはいけないと書いてある。

随分人を待たせてやっと山系が出て来た。それから表へ出て、冷たい雨が降り出した中を、傘を差しかけて、ぶらぶら歩いた。蕎麦屋に這入って蕎麦を食った。寒いから掛けにした。例の通り私は朝から何も食べていない。蕎麦屋を出てから煙草を買った。罐入りのピースを三つ。それから鶴の卵石鹼と石鹼入れ。それから帚を買おうと思いついた。しかし荒物屋が見つからない。やっと往来の向う側にあったから渡って行って見たけれど、大きな帚ばかりで、ほしいと思う様なのがない。汽車に乗って、座席を掃除する為だから、余り大きいのはおかしい。大きな帚をかついで乗ったら、人がどう思うか解らない。

荒物屋をあきらめて、手帚の代りに洋服用のブラシを買おうと云う事になった。洋品店に這入って探したが恰好なのがない。少し立派過ぎるけれど、奮発してこれにしよう、と云って手に取ったのを山系君が反対する。高過ぎて勿体なくてつまらないと云う。

又外へ出て、雨の中を歩いて行くと、山系君が靴屋の前で立ち停まった。どうする

のかと思うと、おやじを呼んで靴刷毛を出さした。安くて手頃で、座席を刷いたり窓縁を掃除したりするには、手箒よりも便利である。大いに感心して寒雨の中に出た。歩いて帰ろうかと思う。一たん駅まで引き返さない限り、歩いていて拾って乗る様な乗り物はないらしい。だから歩いてもいいが、道がわかるか知らと云うと、山系がそれは大丈夫、僕は一度通った道なら必ず解る。道を迷うと云う事はありませんと云う。そう云う事をオリエンティールングと云う。オリエンティールングのセンスが最も信用出来るのは犬だね。はあ。

しかし中中宿屋の前へ出ない。随分歩いて、少し足が痛くなった。曲がる所を曲がらずに行って、それは丁度その時、反対側の道を隔てた向うに何か気になる物があって、それを指しながら話し歩いたから、気がつかなかったのである。違った道に迷い込んでから、人に聞いたり尋ねたり、石ころのごろごろした歩きにくい裏道を通ったりして、やっと宿屋の前へ出られた。

八

夕方から管理局の昨日の両君が来た。懸念仏は少し前に著到（ちゃくとう）した。もう一晩つき合って貰う事にした。懸念仏は学校を出るとすぐに鉄道省へ這入（はい）り、永年そこで年季を入れているのだから、管理局の二君と同座するのも迷惑ではない筈である。諫子さん

も二君のすぐ後からやってきた。彼女にも、もう一晩お繰り合わせを願った。昨夜の顔で来ていないのは懸念仏夫人だけである。懸念仏がその言づけを披露する。フラウが申しますには、十何年振りで先生にお目に掛かれてよかった。ちっとも変りなくお元気なのがうれしい。しかし、先生の歯はあれはひどい。前歯がぶらぶらして、何を召し上がるにも御不自由でしょう。おからだの為ですから、是非是非お歯をお直し下さる様にそう申せと、こう申しました。

鹿児島阿房列車の時、城山へ置き土産にして来ようと思った前歯がまだぶらぶら、ぶら下がっているのである。抜けばすぐに抜ける。歯医者を煩わす迄もない程度になっているけれど、私は方針として決して抜かない。歯の方がひとりでに離れ落ちる迄ほっておく。それで懸念仏夫人を心配させた。心配してくれるのは難有い。

懸念仏に云った。難有いがしかし、そこが女の浅墓さである。歯の条件の外に、食い意地と云う問題がある。僕は御存知の通り、何でも欲しくてお行儀が悪い。然るに、いろいろ身体に故障があるわりに、胃や腸の事は余り訴えないだろう。これ一に歯が悪いお蔭であって、食べにくいから我慢する。成る可く食べない様にする。或は食べる度数を少くする様に心掛ける。歯がよかったら、そんな事はしないだろう。悪いからこそ、食い意地を掣肘する事が出来る。歯を直して丈夫にして、いつでも、何でも食べられる様にした挙げ句に、自制するのは面倒である。又しようと思っても出来な

いだろう。

僕は意志薄弱の徒である。その点を諒とせられて、僕の歯はこれでいいんだよと、帰ったら奥さんにそう云っておきなさい。

懸念仏初め皆さん、聞いてはいるが堅白同異（けんぱくどうい）に相槌（あいづち）も打てない様であった。両君は彼の友達であるから、大いに気

さて今夜は山系君が主人の様な意味もある。私は先に寝たから、よく知らない。焰をあげ、風発し、飲み過ぎて、みんなの帰った後まで、まだ飲んでいたらしい。私

それで朝起きて、昨日の雨が霽（は）れていて、盛岡を立つ事にした。自動車で宿を出た。昨日と同じ道を走って行くと、横町に柳の大樹がかぶさっているのが見える辺りでパンクした。運転手が、電話を掛けてすぐに代車を呼びますと云って馳け出した後で、動かなくなった車の中にじっとしていたが、狭い往来の真ん中ではあり、外の自動車も通るのであぶないから、降りて道ばたに起った。盛岡は柳が多いですねと山系が云う。そうか知ら、さっきの横町にはあったけれど。と云うと、僕も外の所を見たわけではありませんけれど、啄木の歌にありますと。わけの解らない事を云う。間もなく運転手が戻って来て、すぐ来ますと云ったが、中中来ない。少し心配になりかけた。乗り遅れては面白くない。運転手がまた馳け出して行った。やっと代車が来て間に合った。昨夜と一昨夜の諸君が見送ってくれた。十一時四十二分に盛岡を発車した。一一五列車、二三等編成の普通列車である。

昨日買った靴刷毛で座席を掃除し、持って来たスリッパに穿き代え、窓枠にピースの空罐を置いて煙草の灰落しにする。今日は青森の手前の浅虫に泊まる予定である。浅虫までこれから六時間掛かる。その間私達のまわりをきたなくしなければ、不愉快になるのは私達である。普通列車だから、余り掃除にも来てくれないだろう。車窓は秋晴れである。各駅停車だが、後から乗って来る人もない。盛岡の市中を流れていた北上川の上流が、川幅は狭くなっているけれど、盛り上がる程、水を湛えて混混と流れて行くのが見える。
　じきに渋民駅に著いた。四辺の風物が何となく啄木が見た通りに見える様な気がする。駅を出てから景色が広くなった所の右手の小高い丘の上に、やはらかに柳青める北上の
　　　岸べ目に見ゆ泣けと如くに
の歌が彫ってあると云う石の歌碑が、小春の日向に白く浮かんでいた。
　東北のこの辺りには、いろいろ聞き馴れない地名がある。渋民から少し行くと、二つ三つ先に沼宮内と云う駅があった。そこを発車してから、山系君がこんな事を云った。沼宮内で駅売りが駅弁だか名物だかを売って行くと、うしろから駅員が駅の名を云って歩くのです。それで困るそうです。
「うまくない、うまくない」って。

貴君の発明かと聞いたら、高座で聞いたのだと云った。
私も高座で聞いた話を思い出した。しこいわしを売りに呼んで歩くと横町からおかみさんが馳け出して来る。呼び止めようとする後から箒屋が箒を売りに来た。「ふるい、ふるい」と云うから、おかみさんが買うのを見合わせる。その後から古金買いが来て、「ふるかねえ、ふるかねえ」と云ったと云う。しかし山系君の話は、今現にその駅を通ったのだから、即地の即興で、箒屋はふるい。
一戸駅の辺りから線路に沿ったり離れたりする川が目につき出した。もう北上川ではないだろうと思う。川の様子も違うし、流れて行く向きも違うらしい。通り掛かった車掌に何と云う川かと尋ねたが、知らないと云った。
暫らくするとその車掌が来て、あちらで人に聞いたと云って教えてくれた。まぶち川と云うので、馬淵川と書く。しかしこの辺の人はそれを訛って、まべち川と云うそうです。
大分大きな川らしい。八戸から太平洋に注いでいるそうである。それで川の名はわかったが、車掌が聞いて来てくれた説明は間違っているのではないかと思う。まべち川と云う名前に、馬淵の漢字を当てたので、訛っているのは字の方だろう。まぶちと読む可きを、まべちと間違えているのではない様に思われるけれど、もともと知らない事だから何とも云われない。

それから間もなく、金田一と云う駅に停まった。私は昔から字引は言海だけに頼っていたが、戦後になって金田一京助氏の明解国語辞典を手に入れ、すっかり信頼してその後は言海と金田一とを併用している。現に今も網棚の上に載せてある鞄の中には金田一が這入（はい）っている。鹿児島へ行った時も入れて行った。家にいると、しょっちゅう使う。使う度数は言海より遥かに多い。茶の間にいる時、一寸（ちょっと）見る事があると、家の者に、「書斎のきんだ一を取ってくれ」と云う。「きんだ一」にも熟している。

その同じ名前の金田一と云う駅に著いた。人の名前と駅名とは或（あるい）は違うかも知れないけれど、そうとも思われない。大分気になる事が目についた。ホームの駅名の掲示に、「きんた一」となっている。おやっと思って見ると、羅馬字もそうである。停車前の徐行の際に見たのだが、いよいよ停まったら、窓の前に改札があって、改札の上に額の様に掲げた駅名は「きんだ一」であり羅馬字もそうなっている。矢っ張り「きんだ一」でいいのかと思った。

それから発車して、ホームの下り寄りの駅名掲示が目の前に来たから見ると、又「きんた一」で羅馬字もそうである。山系君とどっちが本当なのだろうと論じて見たが、解る筈がない。次の駅の目時（めとき）のホームの掲示で隣駅の名前が出ているのを見たら、「きんた一」となっていた。

多数決と云うのもおかしいが「きんた一」が正しい様である。金田一駅の改札の上に掲げた硝子板(ガラス)の額は、新らしく取りつけた物の様であったが、間違っているのだろうと云う事にした。「きんだ一」と云い馴れたので、これからは家の者に字引を取ってくれと云う時も、「きんた一」と改める事にしましょう。本場で見て来たのだから、旅行で、

各駅停車だから埒(らち)はあかないが、走って行く内に次第に本州の突端に近づいた様である。古間木を過ぎて、小川原、沼崎の間で右手に恐ろしく大きな沼を見た。まわりの山に暮色が迫って、水の色が暗い。波を押さえつけた様な静かな水面が奥の奥の方まで続いている。

野辺地から先はもう陸奥湾の水光の中を走る。暮れかけた水明かりで、空の色を下から明るくしている。反対側の西空は、浮雲の切れ目に夕日が残り、ほろせの様なぶつぶつした小さな山が、いくつも連なって、遠い陰を造っている。

午後五時二十五分、まだ足許(あしもと)の明かるい内に浅虫駅へ著いた。

奥羽本線阿房列車　前章

浅虫温泉

　私は昭和十二年以来、毎日お風呂に這入（はい）っている。風を引いていたり、出掛けたりする時、省略するのは云う迄もないが、その習慣を続けている間に戦争が始まり、空襲が続き、焼け出されて掘立小屋にしゃがむ事になった。自由して、風呂を立てるなぞ思いも寄らぬ事であった。戦争になる前から燃料に不自由して、風呂を立てるなぞ思いも寄らぬ事であった。夕方、表を歩いていると、近所の弁護士の家の風呂場の煙突から煙が出ているので、羨ましいなと思った事がある。空襲の期間は物騒で、こわくて、裸になって風呂につかっているなぞ、そんな度胸はなかった。掘立小屋に這入ってからは、銭湯へ行きたいと思っても、何日振りかでなければ立たないし、大変な混雑だと云う話なので、初めの内は近寄る気はしなかった。それでその時分は、夏は鴉（からす）の行水の様な事をしたけれど、涼しくなり寒くなってからはそれも出来ない。半年以上一度も入浴しないと云うのは珍らしくなかった。その不

潔の期間を中断し、又溜めるとしても一先ず垢を落として来る為に、私の所から随分時間の掛かる井荻まで出掛けて行った事がある。駅から遠いので人力車に乗って行くと、その家の子が私が来るのを面白がり、自転車に乗って途中まで哨戒に出ていたりした。人力車に乗っている垢の塊りの私を見ると、自転車を走らせて先に帰って行った。家の者に、来た来たと知らせるのだろうと思う。

世間がなおって、又もとの様に毎晩お風呂へ這入れる事になった。それで毎晩這入っている。だから私は入浴がきらいなのではないが、温泉に這入った経験は今までの生涯に二度しかない。

一度は古い話で、又蒸し返したくないけれど、湯河原に行っている漱石先生の宿を訪ねて、お金の事をお願いした時で、その晩初めて温泉につかった。漱石先生の宿は天野屋で、立派な風呂だったのだろうと思うけれど、長い廊下を伝わって行ったと云う外に、はっきりした記憶がない。

もう一度は十何年前に臺湾へ行った時、臺北郊外の草山に泊まって温泉に這入った。ぬるま湯であったが、私は熱いのがきらいだから、普通のお風呂へ這入ったつもりで、それでよかった。しかし私が臺湾まで行って温泉宿へ泊まったのではない。私を臺湾へ連れて行ってくれた人が、御自分が温泉へ行きたくて同行の私を一緒に案内した迄の話である。

湯に這入るのがきらいではなくて、温泉を好かないわけは、温泉場は人がいるから行きたくない。又その土地でも宿屋でも、人が来るのを待っている。向うがそのつもりでいる所へ、だれが行ってやるものかと思う。

今度の東北旅行でも、あらかじめ宿屋をきめて置いて貰う時、行く先先の温泉地をすすめられたが、皆ことわった。福島に泊まる位なら、すぐ近くに飯坂温泉がある。盛岡の手前に花巻温泉がある。山形には一駅置いて上ノ山温泉がある。山形から仙台に出た仙山線には作並温泉があった。それぞれ遠近に聞こえた温泉地だが、どこへも行かなかった。

それでいて有名な浅虫温泉に泊まる事になったのは、天の配剤妙なりと云う程の事もないが、まあ仕方がないと我慢した。温泉地で一夜を明かす、残念で残念で堪まらないと云うわけはない。そうなったら、それでもいい。観念して浅虫駅に降りた。

車室を出た所の歩廊に駅長さんがいてくれて、その案内で温泉宿へ行った。と云っても駅の改札を出たすぐ目の前にある。歩いて一分の半分も掛かるまい。混凝土建の大きな構えで、通された座敷は日本間の前に、間の仕切りのない洋間が続き、その向うは天上まで達する一面の高い硝子窓で、硝子の外に陸奥湾の暮れたばかりの海波が、夕闇の中にかすかな光を動かしている。洋間の方からドアを開けて這入った所に浴室がついている。浴室の中のヴィニイル

の幕で仕切った奥は手洗(レットリ)である。浴槽は和式の四角い湯船で、狭いけれど深そうである。思い切りぬるくして這入(はい)って見た。

これで生まれて三べん目である。湯河原の温泉と、草山の温泉と、三べん目が浅虫温泉。しかしそのつもりでつかってはいるけれど、これがどう云う風に温泉なのか、それとも普通の湯なのか、その区別は私には解らない。湯船の縁からお湯が溢れて行くのが、何となく面白い。初めは少しずつこぼしていたが、思いついて急にまだつけていない上半身を沈めたら、大きな音がして湯が流れ出して、流し場が一面の池になり、洗い桶が浮いて動き出した。変な物がぐるぐる廻っていると思ったら、がヴィニイルの幕の裾から手洗(レットリ)の床に流れて行って、そっち用の皮のスリッパを浮かして来たのであった。きたないと云う程の事もないが、今度我我がそっちの方へ這入った時、スリッパが濡れていては気持がよくない。矢っ張りこう云う這入り方をするものではない。

構えが立派な割りに、御馳走は普通であったけれど、それでもおいしく杯を傾けた。わざと畳を敷いた座敷の方に坐らず、洋室のテーブルの上にお膳を出させて、椅子の上に坐り込んだ。山系君も私の真似をして向う側の椅子の上に坐っている。椅子の脚が船底(ふなぞこ)なので、じっとしている時はいいが、献酬しようと思って乗り出すと、ぐらぐらと前にのめりそうになる。あわてて片手でテーブルの縁につかまると、その拍子に

お膳の上の吸物がこぼれる。しかし二三度繰り返したら、段段その加減が上手になった。

洋室の高い硝子戸の下はすぐ海である。陸奥湾の夜風は荒く、浪の音が次第に高くなった。その内にばりばりと硝子戸を打つ音がして、暗い時雨を海風が敲きつけて行った。

時雨の来る暗い海に向かった左手が、陸続きの出鼻になっていると見えて、海との境目と思われる辺りを、窓の明かるい夜汽車が何本も行ったり来たりした。夜汽車が波打際を走って行くのを外から眺めるとしみじみした気持がする。遠くから見る程趣きが深い。大阪の近くの浜寺から、夜の大阪湾の海波を隔てて、一ノ谷の山裾を走る須磨海岸の夜汽車の明かりを見たのが、私の記憶の中では一番遠かった。蛍の火が列になって流れて行った様であった。

山系君の方が先に廻ったらしい。それでますます飲み出した。廻らなければもっと飲み、廻ればもっと飲む、それはだれでも同じ事だが、山系は酔うと云う事を聴かない。もうよそうよと云うと、口答えはしない。はいと云って、しかし手は止めない。そうかと思うと、珍らしく御飯を食べると云い出した。もう遅いので女中を引き取らしたけれど、お櫃は来ている。山系君は自分でよそって、よそった茶碗を前に置いて一寸居睡りをして、すぐに目を覚ましたと思ったら、その途端に御飯を引っ繰り返し

た。床に敷いた藤の目の間に白い飯粒が散らばって、壮大なる景観を展開した。朝は陸奥湾の空が晴れて、翼の長い海鳥が飛んでいる。手が届く程の近くに、小さな島がある。散髪に行かない頭の様に樹が生い繁り、こちらから見える波打際と中腹とに鳥居が立っている。湯の島と云う島だそうである。なぜ湯の島と云うのかと、女中に尋ねたがそれは解らない。
あの島には、だれも人がいないと云う。
「無人島か」
「そうの様です」
「しかしお鳥居が見えるぜ」
「お宮があるのです」
「だれもいないのにかい」
「そうです」
「こっちから舟に乗って、お詣りに行くのかね」
「そんな事はしません」
「それじゃ人の居ない所へ、神様をおっぽり出して、ほってあるのか」
「さあ、どうですか」
「けだ物はいるかね」

「けだ物って」
「狐や狸さ。牛だの馬だの、そんな物がいない事は解っている」
「わかりませんけど、いないでしょう」
「鳥は飛んで来るね」
「さあ」
 女中が段段後退(あとしさ)りして、座敷の入り口から帰って行きそうにした。
「あの島は動くかい」
 帰りかけて向うへ向いていたのが、振り向いて人の顔を見た。それきり黙って行ってしまった。
 私は昼間から風呂に這入(はい)る気はしない。しかし温泉宿である。山系君にどうだと云ったら、彼もいやだと云った。それでもう立つ事にした。
 お午(ひる)の十二時四分浅虫発の一一三列車で青森に向かった。半車の二等車の中に浅虫駅長も乗っている。青森で青函管理局の会議があるのだそうで、そう云えば同じ車室の中に、もっと前から乗って来た鉄道の職員らしいのが幾人もいる。
 発車してから、車窓の景色に見とれている内、じきに海辺を離れて、間もなく青森駅の構内に這入った。著は十二時三十四分である。三十分しか掛からない。早過ぎて困るので、青森から奥羽本線に乗りかえるのに、二時間も待たなければならないが、

時刻表の都合で、この列車より外にはなかった。尤も浅虫から青森に通うバスはあったけれど、私はバスは好きではない。又それ丈の間にしろ、汽車を捨てて旅程を中断しては、阿房列車に対し申し訳がない。

青森駅前

青森の駅は大きな駅で、何だかごたごたしている。聯絡船に乗り換える客がいるので、混雑するのだろう。どの歩廊も皆長い。その端から船に乗れるのかも知れない。昔学校の教師をしていた時、夏休みに北海道へ渡って見た事があるが、その時と同じ駅なのか、変ったのか、前の記憶が消えているので、較べて見る事が出来ない。

今日は秋田に泊まるのだが、そちらへ行く奥羽本線の汽車が出る迄に、まだ二時間も間がある。駅の中にいても仕様がないし、外へ出ても行く所がない。兎に角改札を出て、山系君と二人で鞄や風呂敷包を持ち分けて、そんな物をさげた儘、ぼんやり向うの方を見ていた。

随分間延びのした恰好で、いつ迄も駅の出口の所に突っ立っている。しかし東京の上野と違って、だれも構いに来る者はない。手に持っている荷物が邪魔になるだけである。預けようか、と私が云った。預けますか、と山系が云う。それで一つ用事が出来た。

駅の外側を半回して、入口の所で一時預けはどこにあるかと尋ねたが、よく解らない。山系がそこいらを馳廻る様にして帰って来て、一時預けは駅の中にはないと云った。あるにはあるらしいけれど、駅の外のどこか離れた所の様ですと云う。
そんな事を云うと、区間阿房列車の静岡の一時預けを思い出す。駅の外まで持って行って、預けたと思ったら又出掛けて行って受取って来て、手間が掛かったばかりで、ちっとも便利ではなかった。預けるのはよそうかと云ったら、よしましょうと云う事になって、二人で両手にぶら下げたなり、どこへ行くと云うあてはないけれど、駅の前の広い道が向うの方へ伸びているから、何となくそっちの方へぶらぶら歩き出した。

町は繁華なのか、さびれているのか、丸で印象が判然しない舗装した立派な往来で、人が歩いて車が通っているけれど、何となく締まりがない。少し歩いて行く内に、いい事を思いついた。おい貴君、床屋で髭を剃ろうか。
「僕は今朝自分で剃りました」
「うそを云いなさい。どぶ鼠じゃないか」
「昨日だったかな」
「昨日は盛岡だよ」
「おとといか知ら」

「まあいいから、床屋へ行こう」
「はあ」
「床屋はどこにあるだろう」
　荷物をぶら下げたなり、身体を捩じって前後左右を見廻したけれど、どこにも床屋のねじり棒は見当たらない。道ばたにいた男の子に尋ねると、暫らく考えてから、もう少し行った先の向う側にあると云った。
　それから又歩き出して、教わった方へ行って見たら、立派な床屋があった。荷物を片手に持ちかえて、ドアを開けて見ると、四五台椅子があって、それがみんな塞がっている外に、驚いた事にはこっちの片隅に、髪の毛の伸びた汚ない頭のお客が、五六人も重なり合って待っている。その次の順まで待ったら、汽車の時間が、どうなるか解らない。
　又歩き出したが、どこの辺りを探すとあてはない。
「僕思うに、駅の近くには、ある筈だ」
「床屋がですか」
「まあ行って見よう」
　それで引き返して、そこいらをうろうろした。今まで歩いた道と鉤の手になった裏道の様な、しかし道幅はだだっ広い通りの片側の板屏に、果して床屋の看板が出てい

た。よろこんでその前に行って見ると、そこは看板だけで、店はどこにあるのか、不知案内の土地では解らない。

あすこにもありますよ、と山系君がもう一軒見つけた。行って見たら小さな床屋で、椅子は一台しかないが、お客が二人待っている。今日は木曜日で床屋の店は何でもない日だと思うけれど、なぜ青森の床屋がこんでいるのか解らない。床屋の公休日は土地土地によって違う様だから、東京は月曜日だが青森はどうなっているのか、そんな事は知らない。休みの翌くる日にでも当たるのか知らと思いながら、半ば諦めて引き返した。

この横町に這入って見ましょうと山系君が云うので曲がったが、足許が大変悪い。靴を捩じりそうである。犬が日向にいて、雞が馳け出して、子供がはなを垂らしていて、歩きにくい所をやっと歩いて行ったら、到頭床屋があって、いい工合にすいていて。さっき見た板屛に看板の出ていた床屋である。その辺りは焼け跡らしく、床屋もバラックだが、きたなくはない。ラジオが鳴っているけれど、家にラジオがないので、聞き馴れないから、何の話なのかよく解らない。すぐにやってくれて、さっぱりした。上野を立ってから、今日で五日目で、その間一度もあたらないから、山系ばかりがぶ鼠ではない。又厄介な荷物を持ち分けて表へ出た。

さて、髭は剃ったが、まだ早過ぎる。蕎麦屋へでも這入ろうかと云いながら歩いて

いたら、蕎麦屋より前に支那蕎麦の看板が目についた。私は支那蕎麦に余り馴染みはない。しかし山系君の好物である。だから旅は道連れの仁義からおつき合いする。先年彼の地から帰って来た者に、本場の支那蕎麦はどうだと尋ねた。あちらにこんな物はありません。支那蕎麦の本場は新橋の烏森の辺りでしょうと云った。山系君も兵隊で行って、北京を知っている。そちらが本場でないとすれば、帰って来てからラアメンを啜って曾遊を忍ぶというのも筋違いである。然るに中途半端な時、何か食べたかと聞くと、必ず支那蕎麦と答える。腹中に隙さえあれば支那蕎麦を食うというのは、何となくお行儀が悪く、意地きたなの様だが、青森まで来てそんな事を洗い立てても悪い。こちらから進んでおつき合いして、御機嫌を取り結ぶ事にする。

註文をしておいて、そこいらを見廻していると、帳場の前の柱に、短冊形の長い紙に書いた字が懸かっているのが目についた。男子一生の業を成すのは楽ではないと云う意味であったと思う。署名は武者小路実篤さんであった。

その内に支那蕎麦が出来て来た。向うのテーブルのお客はカツレツ弁当を食べている。一品料理も出来るらしい。焼け跡に建った新装の食堂である。山系君がこの支那蕎麦はうまいと教えてくれた。僕だって、うまいさと云うと、そうではない、この麺が大変よろしい。ちぢれ工合と歯ざわりが、こんなのは滅多にありませんと云って、瞬く間に開いた大きな丼を平らげた。私は前歯がぶらぶらしているので、歯が悪いと

固い物を嚙むのに都合が悪いだけでなく、長い物を啜り込むにも工合が悪い。それで半分許り食べ残して、外へ出た。

奥羽本線

　もういいだろうと思って改札へ行って見ると、大分前から入れていた様子である。おやおやと思いながら、長い陸橋を渡って、奥羽本線の歩廊へ降りて見たら、已に列車が這入っているばかりでなく、中には人が一ぱい乗っている。あわてて二等車に這入って行った。あやうく座席もなくなる所であったが、二席続いた所がまだあって、ほっとした。ぶらぶらした前歯の間から、丼の支那蕎麦を最後の一すじまで啜っていたら、汽車の中で起っていなければならなかったかも知れない。
　よかったね、と私は云った。乗る時あわててたので、どっちに機関車がついているのか見なかったが、どう向いて走って行くのだろう。
　それはこう行くのです、と山系が云った方向は、私がぼんやり考えていたのと、逆である。
「そうか知ら。僕はこっちだと思う」
「そっちは海です」
「海だって構わない」

「海の中へ這入ってしまいます」
「馬鹿な事を云いなさい。海に向かって走って行っても、海辺を伝うだけの事じゃないか」
そう云っているだけの時、すぐ傍で発車ベルが鳴り出して、鳴り止んだと思ったら軽いショックが伝わって、動き出した。
山系の云った方へ動いて行く。
「おやおや、おかしいね。逆じゃないか」
「逆じゃありません。これでいいのです」
「まあいいさ、どこへでも行くがいい」
「しかし、発車が早過ぎませんか」
「そうなんだ、僕もへんだと思う」
時計を引き出して見ていると、筋向いにいた鉄道の制服の人が、「定時発車です」
と云った。
どう云うわけだか、いつもそうなったのか、私のロンジンの懐中時計も、山系君のアイリスの腕時計も、どっちも遅れていた。
午後二時十分発車、列車番号は五一二である。青森までは下りで、青森からは上りである。だから今までのはみんな奇数の番号であったが、これからは偶数である。

私共は今晩秋田で降りるけれども、この汽車は私共の降りた後、奥羽本線の秋田から羽越本線に這入って新津へ行き、信越本線で直江津を通り、北陸本線に這入って敦賀から米原に出て、東海道本線で大阪まで行く。大阪著は青森を立った翌日の晩の八時五十一分である。

その長旅をする五一二列車の、初めの所を一寸乗るだけで秋田まで行く。丸で知らない所ばかりで、山系君も初めてだそうだが、沿線の風物は山山の紅葉が目がさめる様に美しいと思う外は、概して退屈である。奥羽本線に来て目立つ事は、車内の人人の読書の姿で、読んでいる本は大体下らない雑誌ばかりであるが、東海道線や山陽線よりは遥かに多い。そう云えば今度通った東北本線でも、東京を遠ざかるに従い、車内で何か読んでいる人が多くなった様に思われた。これでは文士と云うなりわいが成り立つわけだと思う。歎かわしいかどうだか知らない。

弘前の少し手前の、車窓の右側に円錐形の山が見える。その辺りの空が暗くて、輪郭がはっきりしないけれど、何となく気に掛かるから、通りかかった車掌に尋ねたが、知らないと云った。大阪の車掌なのだろう。山系君が車内に懸かっている鉄道地図を見て来て、岩木山だと教えてくれた。岩木山なら津軽富士である。もっとはっきり、その美しい姿を見たいと思ったけれど、辺りの低い山を圧しているという事が解るだけで、光線の工合か、見えない雲が懸かっているのか、目を据えて見ても、どうも判

然しない。
　青森の支那蕎麦が腹の中で、なくなったらしい。何か食べると後で腹がへって面倒である。しかし、へったものは仕方がない。何か食べようと思う。大館に著いたから、サンドウィッチを食べる事にした。山系君は支那蕎麦を私の倍食べている。しかし、だから倍も腹がへっているだろう。道理ですぐに賛成し、起って車外に買いに出た。
　間もなく手ぶらで帰って来て、そんな物は売っていないと云う。サンドウィッチの代りに餡麵麭を買っています。
「貴君はあんこはきらいだったな。　餡麵麭では困るだろう」
「沢山です」
「しかし半端な時間に御飯の様な物は食べたくないし、今が五時前で、秋田に著くのは八時近くだから、それまではもたないらしい腹加減だ」
「僕はいいです」
「僕はよくない」
「餡麵麭を買って来ましょうか」
「こうしよう、僕が腹わたの所のあんこを食うから、貴君は皮を食いたまえ。皮は即ち麵麭その物である」
　山系君が又起って出て行った。紙袋を一つ持って来た。

「一つしか買わなかったの」

「一つで沢山です」

紙袋を破いて手を入れたら、餡麺麭だと云うから、即断して、饅頭の大きい様な丸い形だと思っていたが、そうではなく、臍麺麭の捩じれたのであった。それが三つ這入っている。

一つ取り出して、捩じった筋に沿って千切って見ると、あんこは真ん中に固まっていないで、筋になった所に筋になって這入っている。これでは、私が腹わたの所のあんこを食い、と云うわけに行かない。仕方がないから、山系君が見ている前で、私一人食べる事にした。

もう汽車は発車している。代りの物を買う事が出来ない。山系君は観念しているだろう。それじゃ僕が食べてしまうよと云って、千切った切れを、一切れ口に入れた。贅沢を云っては相済まぬけれど、うまくない。

「東北本線沼宮内だ」

「はあ」

「止めたよ、貴君」

「はあ」

口に入れたのだけは嚥み込み、後は紙袋の口を折り込んでお仕舞にした。

それで結局秋田まで空き腹を持って行く事になった。しかし紙袋の中の餡麺麭が、食べるにはいやだけれども、気に掛かる。

「宿屋へ持って行こうよ」
「どうするのです」
「鹿児島の握り飯を、八代へ持って行った伝さ」

次第に暮色が車窓に迫り、間もなく外は何も見えなくなった。男鹿半島の根もとにひろがった八郎潟の風光を眺めたいと思ったけれど、その辺りを通る時分はすっかり暮れ果てて、ところどころの乏しい燈し火が、水に映っているかと思うと、透かして見る窓硝子の露が光っていたりして、到頭なんにも解らない内に、長かった筈の沿岸を通り過ぎ、追分を過ぎ、車窓の両側に燈火の数が多くなったと思うと、秋田駅の構内に這入った。

　　　秋田の秋雷

午後七時四十九分に著いた。管理局から二人、保線区から一人、その三君の出迎えを受けた。管理局の自動車で宿屋へ案内された。秋田は戦火に焼かれていない。暗くてよく見えないけれど、両側に家並が続き、歯の抜けた様な所はない。宿屋は町の真ん中辺らしい。いつの間にか雨が降り出していた。濡れた道が光って、侘びしそう

である。

立派な玄関で、大きな宿屋であったけれど、通されたのは二階である。広い座敷の二間続きで、何となくだだっ広く、従って薄ら寒い。お客様の方から倉出しの銘酒を何本も貰い、その晩の分だけでなく、明日の横手駅、明後日の山形駅にも鉄道で届けておいてくれた。厚意は勿論として、流石は酒の名所だとも思った。

お酒を飲むと、どうしても酔う。余り酔わずにいつ迄も飲んで、飲み続けたいと思うけれど、中中そうは行かない。お客三人にこちらが二人で、がやがやと興じてどんな話しになったのか知らないが、きっとその話しのはずみだったのだろう。私が歌を歌い出した。

　その玉の緒を勇気もて
　つなぎ止めたる水夫あり

酔っ払うと口を衝いて出て来るのは、昔昔の日清戦争の軍歌である。苦しき声を張り上げて、かすれる節に無理をして歌っていると女中が這入って来て、手をついてお辞儀をした。

近くの部屋の相客が迷惑するから、止めてくれと云うに違いない。聞かないでも解っている。しかし、一寸待ってくれと云って、切りまで歌って、止めて、あやまった。

全く怪しからん話で、宿屋は旅で疲れた人が、泊まって休んで寝て、明日立つ所である。料理屋ではない。だから悪かった。

しかし外の諸君は、興が乗ればまだ歌っている。低唱微吟なら差し支えないだろう。私は咽喉から血の出る程にどならないと気が済まない。それで物議をかもす。

仕舞い頃はどうなったのか、よく解らない。山系君も大酔した様である。お客は三人共彼の友人なのだから、暫らく振りに、初めての所で会い、論じて差して受けて、又論じて杯が忙しかったに違いないが、私はその場にいてもよく知らない。山系が寝起きの悪い顔をして、お膳に向かっている。私は食べないけれど、所在がないから、その傍で見ている。

翌くる日は朝から時雨れて、二階の手すりから見下ろす庭も鬱陶しい。私だって余り寝起きはよくないけれど、横から口を出した。

「その魚は何だ」

山系君は黙って、お茶椀を手に持って、浮かぬ顔をしている。

お給仕の女中が云った。「これは、はたはたで御座います」

東京を立つ前に、秋田へ行ったら、しょっつる鍋に、切りたんぽを食えと云うだろう、向うでそう思っている物は食ってやらないと思った。秋田へ来て、昨夜の席では、お膳の上は普通の御馳走があって、お酒が進んだけれど、だれもしょっつる鍋を食え

とも、切りたんぽを出そうかとも云わない。向うが云わないのに、こちらから食わないと云うわけもない。別に力んでいたのではないが、いくらか拍子抜けがしたのかも知れない。その内に、極く自然に、何でもなく、しょっつる鍋が出る事になってしょっつるの汁を鍋に入れる前に、杯に取ったのを私に嘗めさした。これで十年経った汁だと云った。鹹かったけれど、深い味が解らない事はない。切りたんぽも食べた。それで事のついでに、はたはたはないかと聞いて見た。今夜はもう遅いからない。しかし明日の朝のお膳には出すと云った。朝のお膳は私はいらないから、それでは諦めよう。しかし明日の朝のお膳に載って、矢っ張りうまいと云う事もある。東京で食べた記憶では、余りうまい物ではない。しかし秋田へ来て食べて見たら、一寸そう思って見ただけだから、いいと云う事にした。山系君は退儀そうに箸を動かしていて、そのはたはたが山系のお膳に載っている。

まだはたはたを食べて見ていない。

「貴君、それがはたはただよ。早くはたはたを食べなさい」

「これを食べるのですか」

「そうだよ。兎に角食べて見なさい。じれったいね」

「はあ」

不承不承に、はたはたに箸をつけた。

「うまいか、まずいか」
「はあ」
「どうなんだ」
「どうもありません」
「秋雷だ。時雨のかみなり。弱ったね」
「大丈夫です」
「何が」
「雷は大丈夫です」
しかし、可成り大きく鳴って、遠ざかった響きの裾がどろどろ伝わり、腹の底がいやな気がして来た。
はたはたは雷魚と書く。雷魚とも云うのか、ただ字でそう書くだけか、それは知らないが、雷様に関係がない事はない。後から又二つ三つ鳴った。その内に音が遠ざかり、山系君の朝のお膳も終った。
午頃、管理局の車が迎えに来てくれて、宿を立った。駅長室で今日初めて出勤したと云う新任の駅長さんに会い、昨夜の三君に見送られて秋田駅を立った。今日の旅程は奥羽本線の横手までで、秋田から二時間足六分発の四一二列車である。

らずしか掛からない。

横手なぞと云う所は、私は名前も知らなかった。生まれてこの方、奥羽を通った事もないし、今までに何の関係もなかったが、不思議な縁で今晩は御厄介になる。横手に降りて何をするかと云うに、奥羽本線から岐れて、横手と東北本線の黒沢尻との間をつなぐ横黒線に乗る為である。横黒線の沿線の紅葉は天下の絶景だと云う。紅葉を見に行く様では若い者になめられるに違いない。しかしもう大体その見当だろう。天なり命なりと観念して、横手から横黒線を往復するつもりである。

秋田を出てから、汽車は暗い空の下を走り続ける。車窓から見る行く手の空は一層暗い。向うから又時雨が来るらしい。

奥羽本線は山の中の淋しい所かと思ったが、そうでない。小さな町が幾つもあって、人が沢山通っている。線路に並行した道路を、傘をさして歩いている。駅に近い踏切では、傘をさしかけて大勢待ち合わせている。その傘がみんな番傘である。蝙蝠傘は滅多にない。見馴れない目で見ると、私なぞの子供の時分に逆戻りした様な気がする。

午後二時二十三分、わけなく横手駅に著いた。雨が降り続いている。宿はきまっているのだが、時間が早いから、そこへ落ちつく前に横黒線の往復を済ませて来ようと思う。汽車に乗っていれば、雨は構わない。見晴らしは利かないけれど、どうせ車窓

に近い沿線の景色を眺めるだけだから、雨は却っていい。
「雨に色増すもみじと云う事を御存知か、貴君」
「聞いた様です」
「どんな事だと思う」
「紅葉の色が綺麗になるのでしょう」
「それはそうだが、だから美人が泣いてる風情は一層いいだろう」
「美人が、ですか」
　それには勿論乗り換えなければならない。歩廊に駅長さんが出てくれて、一旦駅長室に落ちついた。横黒線の発車は三時である。だからまだ大分時間がある。降りた時に見たら、歩廊の売店で蕎麦を売っている。汽車から降りた人が立ち食いしていた。あれが食べたいと思う。昔どこかへ行った時、東北本線のどこかの駅で立ち食いした記憶がある。山系君どうだと云うと、彼も見ていて、そのつもりでいたらしい。行きましょうと云う。駅長が傍から聞いて、わざわざいらっしゃらなくても、ここへ取り寄せると云う。駅長室で蕎麦を食っても初まらない。まあ行って来ましょうと云って、又陸橋を渡った。
　雨が降りしきって、風が冷たい。その吹きっさらしで、蕎麦の上がるのを待って、がたがたした。

奥羽本線阿房列車　後章

横黒線

　午後三時、時雨に濡れた横手駅を立った。七一八列車、三等編成の短かい汽車である。横黒線の終著駅黒沢尻まで行って引き返す。その全線を乗って来るつもりであったが、三時に横手を立って暗い黒沢尻に著くのは五時十三分、もう暗くなっているだろう。そうすると帰りは初めから暗い雨の中ばかり走る事になる。外が大分寒いから、窓が曇るに違いない。旧暦九月の二十六夜なので、月も無い。そう云う汽車旅行はつまらない。そこで分別を新たにして、もともと終著駅の黒沢尻と云う未知の町に、用事があるわけではないから、そこまで行くのをよした。全線六十粁余りの半分より少し先へ行った所に、大荒沢と云う駅がある。どんな所だか勿論知らないが、そこで汽車を降りて、十九分待って、向うから来る七一五列車で帰って来よう。大荒沢の著が四時二十三分で、発が四時四十二分である。それならまだ明かるい。

横手の駅を出て、線路がカアヴすると、もう目の前に暗い山が、通せん坊をした様に立ちはだかっている。狭間を伝い、隧道を抜け、屋根と柵ばかりの小駅を二つ三つ過ぎた頃から、時雨で曇った窓の向うに、紅葉の色が的礫と映じた。

紅葉に川は附き物の様である。目についた景色には、必ず清流が、横切って走る汽車に向かって流れて来た。山川だから幅が広くない。しかし水量は多いらしく、それは時雨の所為もあるか知れないが、深そうである。その迫った両岸に絢爛の色が雨に濡れて、濡れた為に却って燃え立つ様であった。

山と山との間の縦の谷を流れて来る川を、汽車が走って行って横に渡るのだから、そう云う景色はあっと云う間に、遮二無二走って隧道に這入ってしまう。

隧道を出ると、別の山が線路に迫って来る。その山の横腹は更紗の様に明るい。降りつける雨の脚を山肌の色が染めて、色の雨が降るかと思われる。ヒマラヤ山系君は、重たそうな瞼をして、見ているのか見ていないのか、解らない。

「いい景色だねえ」

「はあ」

「貴君はそう思わないか」

「僕がですか」

「窓の外のあの色の配合を御覧なさい」
「見ました」
「そこへ時雨が降り灑いでいる」
「そうです」
「だからどうなのだ」
「はあ。別に」

それで大荒沢へ著いた。陸橋もない寒駅で、降りしきる雨の中に、低い屋根や、屋根のない歩廊が濡れているだけでなく、改札の手すりも駅長事務室の硝子戸も濡れている。横手を出る時、横手の駅長さんが、大荒沢の駅長にそう云って置こうかと云ってくれたが、それには及ばないと思ったから、ことわった。しかし来て見ると、駅の外に出る程の時間もないし、雨は降っているし、改札を通って待合室に出たいと思っても、今同じ汽車から降りた学校の子供が十人許り、改札口に押し合いへし合いして、改札掛りが手に持った書附けで子供を一人一人点検するらしく、名前を聞いて顔を見たり、歳を尋ねたり、ちっとも埒があかない。折り重なった子供のうしろに起っていると、線路の空から斜に降りつける雨に叩かれる。仕方がないから、結局駅長事務室へ這入って行った。

雨が冷たいと見えて、底冷えがして、寒い。ストウヴがあったけれど、火が這入っ

ていない。しかし大きなかけらの炭火を盛り上げた火鉢がある。その傍に山系君と二人でかじりついた。駅員がお茶を持って来てくれた。雨合羽を著込んで、ともの三角頭巾を頭から被った駅長らしい人が、今度の七一五列車は十四分ばかり遅れると教えてくれた。この部屋へ這入る時、一言お邪魔しますとはことわったが、改まって挨拶はしていない。しかしちっとも邪魔にしないだけでなく、何の用かとも、どこへ行くのかと尋ねもしない。向うで呑み込んだ顔をして澄ましている。風来坊が二人そっちへ出掛けて、引き返すと云っているから、と云う電話が横手から掛かっているのだろうと推測した。しかし向うで何とも云わないから、こっちも黙って火鉢にあたっている。

雨がひどくなったらしい。そうして寒い。何の因果でこんな所をうろうろしているのだろうと思った。山系君は一層そう思っているかも知れない。云い出せば責めはこちらに在ってだから黙っている。黙っていると、なお寒い。貧相な気持がする。山と山の間の狭い空がお天気が悪くて、暮れは早いこの頃だから、汽車が十四五分も遅れると、余っ程薄暗くなる。

やっとその時間になったので、冷たい雨が繁吹を上げている線路を渡って、向うの歩廊へ出た。そこへ汽車が来たが、デッキに足を掛けようとする足許に水溜りがあって、乗り込むのに苦労した。

すぐに発車したけれど、窓の外は已に薄明かりである。帰りも景色を眺めるつもりであったが、やっと山と空の境目がわかる位で、紅葉の色はもう見えない。その薄明かりの山裾に白い道が見える。そっちを指差して山系が何か云っている。

「何」

「人が通ります」

「どこに」

「そら向うの山裾の、あの道の曲がりかけた所」

そう云えば、人影が見える。大きな番傘をさしている。男か女かわからない。どこかへ帰って行くのだろう。

「そうだ、歩いている。しかし何が気になるの」

「気になるわけじゃありませんが、あすこだけ明るいので」

暗くなりかけた山裾を伝って行く番傘のまわりが、ぼうっと白けた様に見える。

「変だね」と云う内に汽車がカアヴして、向きが変った窓に、大粒の雨がばりばりと音を立てて敲(たた)きつけた。

雄物川の上流

横手の駅へ帰り著いた時は、辺りはもう真暗である。五時三十五分著(ちゃく)の筈が十数分

遅れている。雨は少し小歇みになったらしい。尤も大荒沢はまだ大降りかも知れない。

汽車に乗っていると、そう云う事は解らなくなる。

駅長さんが同乗した自動車で、町の真ん中だか、もう外れなのか知らないが、駅から大分離れた宿屋へ行った。狭いけれども舗装道路であって、両側の店に明かりが連なり、賑やかで明かるく、それが却って侘びしい気持がした。

大きな宿屋の奥まった座敷に通された。二間続きの奥の方へ這入ると、せせらぎの音が聞こえる。案内して来た女中に、川が流れているのかと尋ねたら、お座敷のすぐ外が雄物川の上流だと云った。もう戸締りがしてある廊下の硝子戸を開けて、雨戸を開けて見た。暗いけれども一帯の薄明りで川波の動くのが見える。丸で知らない所へ来て、方角もよく解らないが、何だか川が逆に流れている様な気がする。

駅長さんを請じて一献を始めた。今度の旅行も泊りを重ねて、今日は六晩目である。行く先先で毎晩お酒を飲み、それはいいけれど必ず飲み過ぎて酔っ払う。お酒は酔う迄がいいので、酔ってからの事は、いいのか、よくないのか判然としない。そうして翌日は歴然とよくない。いやな気持で、鬱陶しくて、世界の終りに近づいた様な気がする。それでも旅先では、矢張りその日の順序と云うものがある。寝不足で、もたれ気持で、気分がはっきりしないから、今日はこの儘こうしていると云う事は、それでいい時もあるけれど、そうは行かない場合もある。阿房列車と雖も、こう長くなるとひ

とりでにスケジュウルが出来て、どうかすれば次の所で人が待っている。阿房列車の何の用事も気苦労もない旅行で、もしお酒と云うものを飲まなかったら、宿から宿への出立がどんなにすがすがしいだろうと思う。しかし今晩からもうお酒を飲むのはよそうと考えるのは六ずかしい。せめて余り飲み過ぎない様に心掛けたい。ヒマラヤ山系君に貴君はどう思うと持ち掛けると、曖昧な顔をして、はあと云う。

「お酒と云う物ないならば」

「そうでもありませんけれど」

「だから程程にしようよ」

「それがいいです」

ところが汽車に乗って、降りて、今日の様に又暗い雨のしぶく横黒線に乗って行って、帰って来て、知らない町に燈火がともっているのを見ると、早くお酒が飲みたい。昨夜の事なぞ他人事であって、今晩の杯は更めて新鮮である。

さあお待たせしましたと、お客様の駅長に挨拶して杯を挙げる。利発そうな若い女中がお酌をする。山系君もはきはきして、ちっとも曖昧ではない。私だって徹頭徹尾気分爽快である。

お膳の上に小鯛の塩焼がある。女中が、東京のお客様には今頃珍らしいだろうと云う。その意味がすぐには呑み込めなかったけれど、やっと解った。横手は山の中の盆

地だが、魚は日本海からも、太平洋側の仙台松島の方からも来る。お膳の小鯛は日本海から来たのだそうで、だからまだこの位にしか育っていませんと云った。そう云えば時雨の今頃こんな小さな小鯛がいるのはおかしい。日本海の鯛はいつ頃卵がかえるのか知らないが、瀬戸内海に近く育った私なぞは、真鯛の子の小鯛を食べるのは、晩春の魚島の後から夏にかけてだと思っていた。

日本海の鯛は浪が大きいから大味で、うまくないと教わっていたが、横手の小鯛の鮮鯛はうまい。お膳の上の何かがうまいと思うと、その途端にお酒が廻る。或はお酒が廻りかけると、その時睿に触れた物がうまいと思うのか、それは自分で解らない。そもそもどの辺の、どう云う所からお酒が廻り始め、そこを通り過ぎてどう云う風に酔っ払って来るのか、永年お酒を飲んでいるけれど、そう云う加減は決して会得するわけに行かない。

それで又知らない内に酔っ払った。駅長さんを遅くまで引き止め、何を話したか全く覚えがないけれど、しゃべり続けていたに違いない。その内にこの宿の主人が出て来て仲間に這入った。最近まで東京の銀行員だったそうで、だから余り横手らしくない。話しがはずんで、お酒がすすむのはいいが、何か一筆書いてくれと云い出した。お酒に酔って大きな字を書くのは、きらいではない。ふだんから方方で書き散らしている。何を書いたか、よく覚えていないのみならず、何処でだれの為に書いたかも忘

れ勝ちである。忘れるのでなく、初めから知らずに書いたと考えた方が本当に近く、且つ尤もらしい。

初めは色紙か短冊に書いてくれと云った様であった。それをことわり、大きな字なら書くと云ったので、暫らくしてから画仙紙を持って来た。お膳の横に毛氈を敷き、画仙紙をのべ、筆に墨をふくませた。酔っているからそんな事をするので、威張ったわけではないが書家らしく構え、子供の時から覚え込んでいる金峯先生直伝の懸腕直筆で颯颯の運筆は、皆さんどんなもんだいと云う腹はある。出来上がりがよかったか悪かったかそんな事は判然しない。何を書いたかも覚えていない。ただ一つ、後になって気に掛かるから思い出すのは、その座敷に立派な額が懸かっていて、たしか犬養木堂の落款だったと思う。見馴れた字体の余りの立派さにむずむずして、本に僕も書いてやると云って、同じ様な横額を書いた。

翌くる日、立つ前に、昨夜何だか書き散らしたのは、まあいい事にするが、木堂の真似をした横額だけは気にかかるから、あれは破いてくれと主人に申し入れた。承知しましたと云ったから、その後で破り棄てたものと思う。その外のだって、夜が明けて酔いがさめてからもう一度見れば、きっと破りたくなるに違いないが、後からそんな事を云い立てては切りがないから、昨夜書いた物をもう一度見る事は、私の方から避けた。

車内の隙間風

又雨が降っている。川のせせらぎと雨滴の音に取り巻かれた横手の宿を立って、駅へ出た。今日は山形まで四時間余り汽車に乗るだけのである。発車は午後の二時三十一分で、昨日ここで降りた四一二列車に乗り継ぐのである。まだ時間があるから一旦駅長室に落ちつき、又陸橋の向うの歩廊に出て昨日と同じ蕎麦を食べた。矢張り寒い風が雨を吹きつけて来る。横黒線の山が重なっている方の空は暗い。抜けかけた前歯がぶらぶらするので、蕎麦を啜るのに難渋する。並んで立ち食いをしている山系君より倍も時間が掛かる。抑も歯と云う物は、上と下とが揃っていなければ何の役にも立たない。どちらかが無くなれば、残った方は無用の長物である。ぶらぶらしている上の前歯はその内抜けるだろう。そうするとその下の歯がぶらぶらした上の歯がそれにぶつかって痛い。先ならず下の歯を抜いてしまえば、ぶらぶらしている歯を抜いた方が痛くないだろう。何しろ抜くのがいやなので、こうして我慢しているのだから、矢張り我慢して、成る可くさわらない様に蕎麦を啜る外はない。

「考えて見たのだが」

「何です」
「歯は厄介だね」
「どうしてです」
「この前歯の事さ」
「痛みますか」
「痛くはないけれど、さわれば痛い。もとから歯なぞ無い方がいい」
「そうは行きません」
「僕の知っているお年寄りは、歯が一本もなくて、歯茎で牛肉の切れを嚙み切り、雲丹をかじる」
「ほんとか知ら」
「実例が二人ある。二人ともお婆さんだ」
「女だからでしょう」
「おかしな事を云うではないか」
「はあ」
「抑も歯を以って物を嚙むと云うのは、あれは前半は本能だが、後半は迷信だ」
「なぜです」
「嚥下の前提として咀嚼すると云う事に合理的な必然はない」

「何の事だか解りません」

「こう云うのは、よく嚙まないといけない。要するに、ぐしゃぐしゃ嚙んでしまったら、どんなおいしい物でも味がなくなる。二つ三つ歯形を入れて、嚥み込む時の味がいいのだ。蛇は丸吞みをする。それでもうまいと思っているに違いない」

「蛇の真似なぞいやです」

「ライオンだって、きっとそうだ。ほんの一寸(ちょっと)嚙むだけだろう」

「もう汽車が来やしませんか」

「嚙んでも嚙まなくても、おなかへ這入(はい)れば同じ事だ」

「そら、もう駅の人が出て来ました」

急いで駅長室へ引き返し、手荷物を持って来た。秋田で貰ったお酒がまだある。それは駅の人が汽車まで持って行ってやると云うから頼んだ。今夜の山形の宿のお土産である。

それで本当に汽車が来た。昨日のと同じ編成だから、二等は半車である。座席はあったけれど中が随分きたない。腰を下ろす前に、蝙蝠傘(こうもりがさ)の石突きで座席の足許(あしもと)に散らかった紙屑や弁当函の殻を一所に寄せていたら、お酒を持ち込んでくれた駅員が、どこからか手箒(てほうき)を持って来て、綺麗に掃いてくれた。済まないと思っていると、事の序(ついで)に私の所だけでなく、半車の車内をすっかり掃除して沢山のごみを車外へ掃き出した

ので、急に辺りがさっぱりした。

そうして発車した。丸で知らない所を走って行くのだが、窓外の景色はただ侘びしいばかりで、空の色はきたないし、所在がないから、自分の席にすくんでいる。少し薄寒い。私共の座席はデッキに通ずる出入り口のドアのすぐ前である。進行方向に向かっているので、いくらか隙間風が這入（はい）るらしい。

独逸（ドイツ）のベデカアの旅行案内に、汽車に乗ったら、成（な）る可く隅の座席を取れと書いてあった。二三十年前に読んだ時から私の常識とはあべこべなので、今でも覚えている。車室の構造も違うか知れないし、こっちの汽車通りに判断は出来ないかも知れないが、隅の座席は、事故が起こった際の危険と云う事を別にしても、人の出這入り、ドアの開けたてでうるさい。成る可く真ん中辺りに席を取るに越した事はない。しかし、どう云うわけか今日はこんな隅っこの席にいる。或は横手（あるい）で乗り込んだ時、停車時の乗り降りで車内が混雑した為、ここしか空いていないと思ったかも知れない。

少少寒いけれども、我慢してじっとしている。

窓際と通路側と、どっちがいいかと云う事を、同行の山系君と並んで、私は通路側にいる。いい方を私が取り、悪い方に彼を坐らせると云う様な根性はない。しかし二つ並んだ席では、大概の人は窓際がいい様に考えているらしいけれど、特に窓外が見たいとか、停車の度（たび）に窓から何か買おうとするとか、そう云う事がなかったら窓際よりは通路側

の方が萬事に都合がよく、落ちつきもいい。山系君は普通の判断に従い、窓際の方がいいと思っているから、私にそっちへ坐れと云う。僕はこっちの方がいいと云って、通路側に席を取る。その結果私は私の判断でいいと思う方に坐り、山系は山系の判断でこっちがいいと思っている方を私が譲った恰好になって、甚だ納まりがよろしい。

車掌が来て、馴れ馴れしく挨拶した。ここは寒いから、真ん中の座席へ代れと云う。真ん中が空いて居りますから、と云うので振り返ってみたら、しかし動くのが億劫だから、まあいいと云った。

暫らくするとまたやって来て、矢っ張りお移りになってはいかがですか。山形まではまだ大分時間が掛かるし、段段夕方になると、もっと寒くなりますからと云った。親切に云ってくれるだけでなく、検札に来たわけでもないのに私共が山形へ行く事を知っている。それではそうしようと云う気になって、中程の席へ移った。

横手駅できっとそう云ったのだろう。

その内に天井の電気がともり、窓が暗くなって、次第にしめっぽく寒い。窓外に気を取られる事が何もなく、ただ、がたがたと走って行って、夕方六時五十九分、意外な程明かるい山形駅に著いた。

　　湯上がり

山形には知った者はいないし、だれも待ってはいない。従って今夜の泊まりは気がらくである筈である。宿は山系君の関係で、秋田の管理局からそう云ってくれて、もう取ってある筈である。駅長室に寄り、自動車を傭って貰って出掛けた。乗ってから、駅を離れる車の窓を通して山形駅の車寄せを振り返り、漠然と頭に描いていた山形と云う観念とは丸で違ったハイカラな輪郭を不思議に思った。
　町中を大分走って、豊臣時代の豪傑の様な名前の大きな宿に著いた。案内された座敷は階段を登って、二階かと思うと、又一寸短かい段段を登って、だから特別阿房列車の時の大阪の江戸堀の宿と同じく、中二階だか中三階だか知らないが、足場が曖昧で愉快ではない。係りの女中は年寄りである。丁度山系君のおふくろ位の年配である。
「おい貴君（きくん）、老婦人を疎略（そりゃく）にしてはいかんぜ」
「何です」
「貴君のお母さんの様だ」
「そうでもありません」
　山系の母堂を聯想（れんそう）したから、宿屋の女中に構って見るつもりなぞないから、婆だってよさそうなものだが、何となく面白くない。しかし止むを得ない。
　婆曰く、お風呂を召しますか。

這入(はい)る。

それでは後で御案内します。

婆曰く、鉄道の方からお話しがありましたので、お二方に別別に二部屋ずつ、お座敷が四つ取ってあります。

それは却って恐縮だと思ったが、今通された所は、畳も草臥(くたび)れているし、大きな床の間も違い棚もあるけれど、硝子(ガラス)窓が妙な所についていて、その硝子の割れ目に目貼りがしてある。

それではもう一つの二間(ふたま)続きを見ようと云うと、廊下伝いの別の座敷に案内した。這入って見たけれど、兄(けい)たり難く弟(てい)たり難く、どっちだって、おんなじ事だから、もとの所でいい事にした。

婆曰く、お二人様御一緒でよろしいのですか。

いい。

そうですか。

何となく腑に落ちない様な顔をしている。

「それよりも、こう云う所でない、下の御座敷はないのかね」と尋ねて見た。「ありません。あってもいいお座敷ではありません」硝子戸から薄明かりの下の庭の方を指して、「あすこは今普請(ふしん)しているのです」と云って、出て行きそうにした。

盛岡で雨の中を歩いていた時、幾つか買ったピースの罐がもうなくなっている。秋田で買おうと思ったが、罐入りがなかったので、小函入りを幾つか買って来た。横手には罐入りはなかった。その小函ももうなくなりかけている。婆に申し出た。

「煙草を持って来てくれ」「ピースだ」「ピースはありません」「おやおや、止むを得ないね。それでは光でいい」「光でよろしければ持ってまいります」

座敷を出て行って、後向きになった所で云った「罐入りのピースだったら、ありますけれど」

びっくりして、あわてて呼び止めた。「罐入りがあるなら、持って来てくれ」「罐入りでよろしいのですか。はい」

中中持って来ないと思ったが、その内に持って来た様な気がする。「御飯よりお風呂の方を先になさるのでしょうね」「そうだ」「それではどうぞお風呂へ」「もういいのかい」「もうよろしいのです」

煙草を持って来るのと、お風呂の案内とを兼ねた事が解る。

そこでお風呂へ行く事にした。行く事にはしたけれど、中中起たない。重んずっているわけではないが、何事にも始動に手間がかかる。山系君は馴れているから、私以上に落ちつき払っている。暫らくすると、老婦人なる婆が又やって来た。

「お風呂をお召しになるのでありませんでしたか」

「お風呂に這入(はい)る」
「それでは、どうぞ」
「今行く」
手間の掛かるお客だと云う顔をして、「御案内しましょう」と云った。起ったなり、促す。
「今行くよ、後から」
そうしておいて、更(あらた)めてしずしずと湯殿へ出向いた。
長い廊下を伝って行った。湯殿の入口の戸を開けかけて、一足前にいた山系君が振り返った。
「どうも込みの様です」
中に這入って、脱衣棚の前に起って見ると、そうに違いない。すぐ後から来て、さっさと脱いで、先に裸になったのもいる。込みなら這入らなくてもよかったのだが、ここまで来てしまったから、まあ這入ろう。みんなと一緒に這入る銭湯はきらいではない。昼間の銭湯なら、なおいい。しかし下宿屋などの共同風呂は好きでない。勿論(もちろん)銭湯よりは狭苦しくて、何だかきたないらしい。宿屋の込みで入れられる風呂も難有(ありがた)くない。他人がきたない様な事を云っては相済まぬけれど、同浴するお客は概してむさくるしい。しかし止むを得ない。あらかじめ婆に確かめなかったのが、こちらの落ち

度である。鴉の行水をして帰ろう。

這入って見たら、湯船に二人つかっている。そうして湯船の隅にのぞいた蛇口から、じゃあじゃあ水を出して、湯をうめている。一寸手の先をつけて見たら、熱くて、ぬる好きの私には到底這入れない。小桶に少し汲み出し、ぼちゃぼちゃやって、何となくそこいらを濡らして、中の湯がうまるのを待った。山系君も熱くて這入れないと見えて、横の方でぼちゃぼちゃやっている。

もうよかろうと思って手をつけたが、まだ熱い。到底這入れない。少し濡れた身体が寒くなった。中に這入っている二人は余程の熱好きと見える。よくしゃがんでいられるものと思う。その内に中の一人が手を伸ばして、蛇口をひねって、水を止めてしまった。

そうされては萬事休するのであって、私はいつ迄も中へ這入れない。少少寒くもあるし、じれったくもあるし、中の二人に悪いけれど、私が手を伸ばして、今止めた蛇口を又開けた。すると中の二人がさっさと湯船から出て行った。そんなにぬるくされては、いやなのだろう。悪かったと思ったが、こちらも濡れかけた儘の身体でがたがたしているのだから、勘弁して貰うつもりで、だれも人の這入っていない湯船の中を見ながら、ぬるくなるのを待った。

今度こそもうよかろうと思って手をつけたが、まだ熱い。しかしそうそうは待って

いられない。風を引きそうである。思い切って這入(はい)るつもりで、まず先に湯をかぶろうと思った。小桶に汲み出し、小桶の中も熱いから、蛇口から出る水を受けてうめた。そうして掛けたら、もう少しで声を出すところであった。掛かった所がひりひりする。蛇口から出ているのは水でなく熱湯であった。さっきの二人は、熱過ぎるから止めたのを、私が又開けて出したので、熱くて中にいられなくなったから、出て行ったのであった。

「山系君、僕はもうあきらめた。先に帰るよ」

さっき出た二人が、湯船の向うからこっちを見ている。

それで少し濡らした身体を拭いて、上がってしまった。著物を著た後まで、ひりひりした。

その程度の湯上がりではあるが、兎(と)に角(かく)お膳に坐る前の順序を済まして、さてこれから杯を取る。今度出かけて来てからは時雨(しぐれ)の旅で、お天気のよかった日は少いが、今日も一日鬱陶しかった。しかし宿について電気の下に坐れば、空の模様はどうでも同じ事である。少し薄暗いけど、消えないだけが難有(ありがた)い。

婆が息をはずませて、二ノ膳のついた御馳走を運んで来る。

「山系君、敬老思想を発揚したまえ」「はあ」「全く済まないね」「そうです」「明日のお天気はどうだろう」「さあ」「今それを知って見たところで、明日のお天気に影響は

兎に角天気予報を持って来いと頼んだ。夕刊ですか。そうだ。夕刊はもうありません。なぜ。もう遅いですから。それでは仕方がない、いいよ。
夕刊を出かけてから、後向きで云った。
「山形の新聞ならありますけれど」
天気予報を見たいと思っただけの事だから、どうでもいいが、そう云うから、山形の新聞でいいから持って来いと云ったら、そうですかと云って降りて行った。後で忘れた顔をしているから、新聞はどうしたと云うと、もうありませんでしたと云った。初めからこっちの云う事を取り上げてはいなかったのだろう。又一一お客の云う事を取り上げては、身体が続くまい。
お酒は秋田で貰ったのを初めにお燗させる。しかし何度もお銚子を持って上がったり下りたりするのは退儀だろう。御老体をいたわって、一どきに幾本でもお燗をして持って来いと云った。
「そんなに召し上がるのですか」
「飲む」
「そうですか」
「ないけれど」

それで云った通りに、お盆の上へ燗徳利を林立させて持って来た。婆が顔を出してくれても、お膳のまわりが明かるくなるではなし、そこに坐っていても何の話しもない。向うでも面白くないと見えて、じき降りて行ってしまう。だからただ山系とお酒を飲んでいるだけで、面白い筈もないが、こっちはこっちで面白くなったが、その内に又婆が上がって来て、お膳の前に坐った。

「お酌しましょう」
「済まないね」
「旦那方はよく召し上がりますね」
「そうでもない」

山系君がお銚子を取った。「君一つ注ぎましょう」
「私ですか。私は戴きません」

孝行をしそこねて、手持ち無沙汰な顔をしている。婆が膝で立ちかけて、云った。お寝床はあっちのお座敷に取ってあるから、ここはどうぞ御ゆっくり。しかし遅いから、もうお呼びになっても、だれも来ない。帳場の電話も通じませんから、そのおつもりで。

そんなに遅くはないけれど、そう云うなら仕方がない。それでは、その前におしぼりをもう一度しぼり直して持って来てくれと云うと、

「おしぼりですか。もう一度しぼるのですか。そうですか」と駄目を押して降りて行った。

面白山

朝は例の通り、私はお膳に坐らない。しかし梅干しでお茶が飲みたいと思った。山系君のお膳を持って来た婆にそう云うと、
「梅干しですか。それでしたら先程熨梅を持ってまいりましたけれど」と云う。
まだ茶請けを見ていなかったが、それですと云うから手に取って見ると、竹の皮に包んだ薄い羊羹の様な物である。
「これはお菓子だろう」
「その中に梅が這入って居ります」
「梅干しが食べたいのだよ」
「そうですか」
それで不承不承に梅干しを持って来てくれた。山系君が朝飯を食べている前で梅干しをしゃぶる。口を窄めて、顔を顰めている私の方を見ながら、うまそうでもない御飯をかき込んでいる。よしたらよさそうなものだと思う。しかし彼は義務の如くに食べ続けて、そうして食べ終った。

今日の出発は十二時四十五分の三三〇列車である。奥羽本線と東北本線が並行して走る間を横断してつなぐ線が幾つかある。奥羽本線の大館と東北本線好摩との間の花輪線、一昨日途中まで乗った横手黒沢尻間の横黒線、それから新庄と小牛田の間の陸羽東線、そうして山形仙台間をつなぐ仙山線。今日はその仙山線で仙台へ出て、松島まで行くつもりである。

出かける前にお土産を買った。宿屋の玄関の陳列棚に色色の名産が列べてある。宿屋にいて調うから、買う気になった。しかし抑もお土産なぞを買って帰ると云う気は古来決してなかったのだが、矢っ張り齢かたぶきて気が弱くなったのだろう。買うとなったら、いろんな物が面白い。荷物になる事だけを顧慮したが、帰ってから誰にやると云う当てはなく、何でもかでも選り散らした。今朝婆にすすめられた慰梅、なめこの罐詰、方言を染め出した手拭、それから山系君はこけしの人形をいじり廻している。私はどうもあんな物は好かない。摘まんで捨てたい位である。ああ云う稚拙を売り物にした民芸品は御免蒙りたい。しかし山系君はいくつも買い込んだ。帰ってからお役所の同僚に分けてやるのだそうである。ところが、後日の話だが、帰ってから分けようとしたら、同僚のだれかが、みんなにお土産なんか買って来なくてもいいと云ったとかで、腰を折られたらしい。私にその話しをするから、買って来ているのだから、やってしまえばいいてもよかったか知れないけれど、もう買って来て

じゃないかと、けしかけた。はあ、と云う様な事になって、それから一二度何かあったのか、或はなんにもなくてそれきりになったのか、よく知らないが、つまり曖昧な儘にその話しは立ち消えになり、話しは立ち消えたが固形物のこけし人形は、山系君の手に残っている。いくつもある筈である。御希望の方はヒマラヤ山まで申し出でる可し。

大分荷物がふえて、二人で持ち分けるのに苦心しながら、宿を立った。すぐに駅へ出て、だから山形と云う所は、駅と宿屋とを往復しただけでどこも知らないし、だれにも会わないなりで、もうホームに這入っている仙山線の三二〇列車に乗った。三等編成のひどい汽車で、横黒線よりまだお粗末である。日曜日なので、紅葉狩りの会社の団体らしいのが、どやどや乗って来た。男も女もいて、その中に中折帽をかぶった専務さんが威張っている。一同無暗に餡麺麭を食い、ウィスキイを罎から口飲みして、出る前から少少酔っ払っている。それから荒荒しい汽笛の音がして、ごみ箱の様な汽車が動き出した。

人の乗り降りの多い小駅を幾つか過ぎて、山寺と云う駅に著いた。随分長い間停車している。それで窓から山の迫っている景色を眺め、又歩廊の掲示を読んだ。芭蕉の、閑さや岩に沁み入る蟬の声のお寺がここだとは知らなかった。掲示板に立石寺、蟬塚などの字が見える。汽車から降りて行って見たい気もするが、それは又今度の事、そ

の今度と云うのは、いつの事か解らない。
向うの線路に下りの列車が這入って来た。
と思った。山寺駅に這入ってから、線路の上に架線がある。私共の乗っている、こっちの列車にも電気機関車をつけるらしい。すれ違いの下りを待っただけでなく、そう云う操作をするので停車が長かったのだろう。
　電気機関車が例の曖昧な笛を鳴らして、発車した。構内を離れたと思うとすぐに、そそり立つ巌石に穴をあけたらしい面白山の隧道に這入った。この隧道を通る為に電気機関車につけ代えるのであろう。一番長い上越線の清水隧道、それから東海道線の丹那隧道、その次がこの面白山の隧道だそうである。長さはその順かも知れないが、丹那隧道は幾度も通ったけれど、いつでも急行か特別急行ばかりだから、隧道の中では一ぱいの速力で走らないにしても、早く通り抜けるだろう。面白山の隧道では、時間は計らなかったが、随分長くかかり、いつ迄たっても暗い所から出て行かない。丹那よりは時間が長そうである。尤も隧道の中でじっとして動かなかったら、いくらでも時間は過ぎる。だから暗い時間で比較するなぞ、頭の悪いトンネル崇拝に過ぎないかも知れない。
　岩山に硬い響きを残して、やっと明かるい所へ出た。すぐ窓の外の目のさめる様な紅葉の色が流れて行く。山寺駅に近づく前もずっとそうであった。面白山隧道の前後

の景色は横黒線の沿線に劣らない様である。こちらの方が、渓谷が深いだけ勝れているかも知れない。汽車が山の筋を横切って向うへ出ると、谷川が流れている。鉄橋でその川を渡り、又先の山の筋を抜けると矢張り谷川がある。向う岸にその次の山が迫って来る。目がくらむ程深い谷底の谷川の岸から、燃え立った紅葉の色が一団の焰になって、その上を渡る汽車を追っ掛けて来た。

面白山を出て、面白山駅を過ぎ、奥新川駅を過ぎると、次第に向うの空が明かるくなった。雲が垂れて、所所雨が降っているのに空が明かるく思われる。ずっと向うの先の太平洋の水明かりだろう。その辺りから赤い紅葉の山の間に、芒山の山肌の色が交じって、目先の趣きを変えた。そうして温泉で有名な作並に著き、電気機関車を蒸気機関車に代えて、段段広くなる空の下を仙台平野へ走り下りた。

塩釜の雨

三時三十七分仙台駅に著いた。歩廊に起った人影を見て山系が、管理局の誰何さんがいますと云った。車外へ出て挨拶し、私にも紹介した。それから二人で話し込んでいる。

つらつら思うに、山系君は大阪へ行っても広島へ行っても鹿児島へ行っても、やあやあと声を掛けて話し合う知人がいる。それから今度の旅行で盛岡にも秋田にも、そ

うして仙台にも旧知がいた。朦朧とした癖に、全国に知り合いがある。おかしな男だ。それ等の諸君の顔を、あっちこっちと取り違えもせずに、区別して覚えている。私なぞに出来そうもない。こう云う才能は何か外に使い道があるかも知れないと、感心しながら、二人の後について歩廊を歩いた。

今日は日曜日なのに、誰何君が出てくれたのは済まないと挨拶した。誰何君は、おつかれでなかったら、すぐに松島へ行こうと云う。宿が取ってあるから、一緒に行って御案内すると云うので、仙台駅から電車で出掛けた。びっくりする程の速さで、単線の上を走った。しかし駅の交換で随分長い間待つ事があるから、中中埒はあかない。電車の中で少しつかれてから松島海岸駅に著いた。

道の浜砂を踏み、歩いて行った。宿引きがついて来て、きまっているのだと云っても、離れない。誰何君がその宿の名前を云うと、さっき聞いたところでは、あすこは満員で駄目です。いらして見て、満員だったら、手前の所へ来いと云って、名刺を渡した。そこへ今夜の宿の迎えが来たから退散した。瑞巌寺の前を通り過ぎ、高い石段を登って大きな構えの宿に落ちついた。

松島湾を一眸におさめる立派な広間で、申し分はないが、これだけの座敷だったら、次の間がある筈だと思う。女中にそう云うと、たて切った襖の向うを指した。お客様がいると云った。二間続きを仕切って、向うにもお客を入れたのだろう。だからこち

らの座敷には衣桁も乱れ籠も置いてなかった。そう云う物は次の間にある筈で、その間境の襖を閉めたから、私共が著換える時、女中があわててどこかから持って来た。手洗いに行く時、隣り座敷の前の廊下を通ったら、障子の腰に嵌めた硝子の向うに、誰何君は一旦帰って行ったが、更めて出直して来る様に招待し、晩は三人で杯を交わした。暗くなってから、眼下に漁火が明滅した。消えたり見えたりして、心許ない。あの辺りを、浅虫や由比の様に夜汽車が通ればいい、と私が云った。

「海の中をですか」

「そう」

「はあ」

山系君は相手にならんと云う顔をした。しかし松島にも狐がいるなら、出来ない事はない。昔、須磨の東須磨に行っていたら、夏の晩の十一時過ぎに、下りの下ノ関行きの夜汽車が、松林の間に、窓のあかりをちらちらさせて通る。その後から、又じきに同じ様な夜汽車が松林の間をちらちら通った。土地の人が、あの後から行くのは本当の汽車ではない。狐が汽車の真似をするのですと教えてくれた。狐の汽車を私は自分で見たから、本当か、うそかの決択は私の中に在る。うそだって構わないから、夜汽車が通らないかなあと思った。漁火が急にぴかりぴかり明かるくなった様が気がす

楣間にこの宿の名を題した伊藤博文の扁額が掲げてある。その額の大字が酔っ払って動き出した頃、誰何君は電車がなくなると云うので、帰って行った。その後の切り上げが、矢っ張りいつもの通りすっきりしない。私がお行儀が悪いのか、山系が云う事を聞かないのか、それはよく解らないけれど、解らして見た所で同じ事である。飲み過ぎの翌くる日、目がさめたら松島湾に雲の裾がつかりそうな、どんよりした空がかぶさり、間もなく雨が降り出した。それで却って明かるくなり、濡れた島島の輪郭が引き緊まって来た。

お午まえに宿を立ち、屋形になった小さなモーター船を借り切って、海から塩釜へ出る事にした。雨の中を乗り込み、舳先に近く構えた船頭が機関をどうかしたら、ぽんぽんぽんと云い出して、雨に煙る沖へ出て行った。

左に小さな島を見送ると、右の小島が近づき、又その次のが近くなる。みんな雨に濡れて松の色も美しく、いい景色だとは思うけれど、何となくよそ事の様である。寝が足りない所為かも知れない。しかし一帯の景色に纏まりがないでもある。時時ばらばらと雨の粒を敲きつける硝子窓を通して、ぼんやり波の上を見ている。船頭は口を利かない。尤も何か云っても、ぽんぽん鳴る発動機の音で、こっちには聞こえやしない。山系君もだまっている。私も何も云う事はない。用事もなければ、それ程面白

くもないし、腹が立つ事もない代りに、うれしいと思う原因もない。第一今度の旅に立ってから、今日で丸九日になる。その間起居を共にしたヒマラヤ山系を、事新らしく構う事なぞある筈がない。彼の方でもきっとそうなのだろうと思う。知らん顔をして、つまり私を無視して、どこを見ているのか知らないが、ぼんやり外を眺めている。波が静かだから、ちっとも揺れない。牡蠣を取る為なのだろう、しびが所所に立っている。その傍をすれすれに通ったり、小島の横腹が洞穴の様にえぐれていたり、翼の長い海鳥が飛んで来たり、大体一時間ぐらい有耶無耶に海の上に浮いて、塩釜の港に這入り、石垣の岸に舫っているよその船の、船と船の間にもぐり込んで、よその船を足場に上陸した。

陸に上がってみると、大変雨が降っている。傘は二人で一本持っているけれど、相合傘をすれば、手に持った荷物がみんな濡れてしまう。濡れない様に内側へ持ち代えると、からだが半分ずつ傘の外へ食み出して、二人共肩から先が濡れ鼠になる。やんぬるかなと思いながら、人に道を聞き聞き、お菓子屋を探している。宿を出る時教わったのが、船から上がって変な所から町に出たので、勿論知らない所だから方角は解らないし、道順が逆になったらしい。

何を買おうとしているかと云えば、白雪糕のお菓子である。私は白雪糕が好きで、塩釜では名物だそうだから、買って行こうと思い立った。そう思った時は塩釜がこん

なに雨が降っているとは知らなかったのだから、是非買わなければならないわけもないし、その為に山形や盛岡のお土産の包みがびしょ濡れになってしまう。よせばいいと思うけれど、雨が降っていないならよしてもいいが、雨が降ってこんなに困っている今となっては、よすわけに行かない。やけ気味で、無暗にトラックの通る町をうろついて、二人とも川から上がった様な雫を引きながら、やっとそのお菓子屋へ這入った。

白石駅の寂莫

　仙台駅から、仙台仕立ての急行一〇二列車に乗って帰路についた。特別二等車の座席は、誰何君が取っておいてくれたので心配はない。駅長室で一休みして、時間間際に乗り込んだ。定時の一時三十六分に発車すると、見送ってくれた誰何君が、動き出した列車に並んで、二足三足歩きながら、デッキに起っている私に、管理局の機関誌に原稿を書いてくれと云った。

　驚いた談判の仕方であって、昨日の午後からずっと会っているのに、そう云う話しは丸で出なかった。今汽車が動き出して、もうこちらからは返事が出来ない時に切り出されたから、おことわりするわけに行かない。ことわらなければ引き受けたのだと、理詰めに考える程の事でもないが、すぐ汽車が速くなって誰何君は歩廊に残り、私は

座席へ戻った。山系君に話すと、何となく面白そうな顔をしている。その後原稿を送ったわけでもなく、心づもりをしてもいないが、挨拶なしで済ますのは怪しからん様な気もする。仙台までことわりに行くのは大変であり、原稿を書くのは億劫だし、先方でそう云う風に切り出したのを、手紙や葉書で受け答えしたのでは体を成さない。一番いいのは忘れてしまう事で、向うで忘れるのが順序だが、まだ覚えていても構わない、私が先に忘れたら、それで事は新たになる。

一〇二列車は、来る時は福島から仙台まで乗った一〇一の上りで、急行青葉号である。動き出してから段段に速くなり、何日振りかで急行列車らしい感触を味わった。盛岡から浅虫へ行って、青森から秋田へ廻り、横手山形、途中の岐線の横黒線や仙山線は云う迄もなく、みんなのろのろした汽車ばかりであった。今、仙台を出て、まだ仙台平野の続きを走っている一〇二のバウンドの調子は申し分ない。速いだけでなく、踏みしめる足許も確かだと云う気がする。

一時間許り行ってから、白石に著いた。雨が降っている。単線だから下りの交換を待つのだろう。随分長く、十九分も停車する。下りは同じ青葉の一〇一らしい。初めの内は人の足音などで、いくらかざわめいていたが、急に辺りが静かになり、その気配につられて同車の人達も呼吸を呑んでいる様子である。手足を動かす者もいない。何でもいいから、物音がしんしんとして、どこまで静まり返るのか解らない様で、

ないかと思う。私の乗っている列車は十一輛編成で、その中に半車の食堂車と、半車の荷物車がついているから、人の乗っているのは十輛であって、大体八百何十人がこの一ならびに詰まっている。その大勢の人がなぜこんなに静まったのか、わけが解らない。

黒い油紙の雨合羽を著た、駅長だか助役だか、頭からすっぽり頭巾をかぶっているので見わけはつかないが、その真黒い人が窓の外を歩いた。濡れたホームを踏む足音がする。非常にはっきり、一足一足音がする。その人が雨の中に立ち停まった。すると辺りが、今までより一層静かになって、かすかな耳鳴りが耳の底に聞こえる様な気がし出した。

交換の列車が這入り、その地響きが伝わって、それからこちらが発車した。ほっとした気持で、魔法を解かれた様であった。

今日はもう帰るのだから、食堂車を敬遠するには及ばない。どの辺りから出かけようかと考える。山系君と合議の結果、郡山からにしようと云う事になった。仙台郡山は四時十九分の著だから、仙台を出てから二時間半余りしか経っていない。そこから始めると上野まで凡そ四時間半の間、杯を持ってゆっくりしていられる。いくらゆっくりのつもりでも、そう迄は掛かるまい。大分持ち物もふえているから、降りる前は荷物の整理をしなければならない。それには始めるのが早い方

がいい。郡山の時間はまだ明かるいけれど、それではそう云う事にしよう、と云う事にした。

汽車が郡山に這入ったら、すぐに出掛けた。先ずカウンタアに、これからゆっくりしたいが、構わないかと尋ねた。どうぞ御ゆっくりと云う。しかし上野著の手前のどこかで切り上げなければならないのだろう、と聞くと、いえ構いません、後片づけは上野へ著いてから致しますから、上野に著くまで御ゆっくりと云った。

まさかねえ、と云いながら山系君の杯に注いでやった。そうして杯を挙げて、お目出度うをした。何がお目出度いかなぞは、どうでもいい事である。白河を過ぎ、黒磯を過ぎ、西那須を過ぎ、それから宇都宮を過ぎ、小山を過ぎ、よく知らないけれど、上野へ帰ったのだから、過ぎたのだろうと思う。どの辺りから曖昧になったのか、それも判然しない。

九日前に立った時見送ってくれた夢袋さんが、今度はお出迎えと云うので、赤羽駅へ来てくれたそうだが、私も山系君も丸で知らない。大宮も赤羽も、もうその時分は、過ぎたか辷ったか、知った事ではない。ホームから特別二等車を見たがいなかったので、食堂車の窓ものぞいたけれど判然しなかったと云う話しである。窓が酔っ払って、ちらちらしたのだろう。それに違いない。なぜと云うに、私共はきっとまだそこにいた勘定になる。どう云うきっかけだか、兎に角切り上げて

座席に帰り、まだなんにもしない内に、汽車が動かなくなった。おかしいなと思っていると山系君が物物しく窓をのぞき、先生、上野ですと云った。道理でまわりの人がみんな起っている。網棚の物はまだ何も下ろしてない。

雪中新潟阿房列車

一

上野新潟間の急行七〇一、七〇二列車、「越路」と云うのに初めて乗ったが、その出足の速い事、走れば揺れる揺れ方が律動的(リズミカル)で、線路の切れ目を刻む音も韻律に従って響いて来る様に思われた。発車の時刻が上野はお午の十二時半、丁度東海道線の特別急行、第三列車「はと」の東京駅発車と同時刻である。上野へ帰る新潟の発もそれから一時間足らず遅いだけで、上リ下リ共、大体昼間の明かるい内に全線を走破する。これから先、お彼岸を過ぎて日の暮れるのが遅くなれば、夕日が車窓に射す頃に、新潟に著(つ)き、上野に帰るであろう。

上野と新潟の間を、この急行「越路」の走る上越線で行くと、丁度真中辺りに、日本一の長いトンネル清水隧道(ずいどう)がある。その前後の勾配(こうばい)に備える為だろうと思う、「越路」の編成は馬鹿に短かい。東海道線や山陽線に十五六輛編成の急行列車は珍らしく

ないが、「越路」はその半分にも足りない七輛編成である。短かいから、山の勾配をらくに登ったり降りたりする。平地で脚が軽い乍も尤もである。

もう一つ、途中の停車駅の停車時間が非常に短かい。一分はまだいい方で、三十秒停車の所もある。その事は上野駅を出る前の車内のアナウンスで注意した。ホームに出ていて乗り遅れない様に、又見送りの人を車内へ入れない様にと云った。停車中に見送り人が中へ這入るのは全くあぶない。座席にいて見ていると、人ごとながら、はらはらする。一昨年の初夏、鹿児島から帰って来る時に、博多の駅で、発車するとすぐに急停車したので、何事かと思った。後でボイに聞くと、特別二等車に這入っていた見送りの婆さんが、挨拶している内に汽車が動き出したので、あわてて飛び降りたが、進行方向と逆に向いてホームへ足をつけたので、忽ち顛倒し、線路に転落した。見ていた者は皆、もう駄目だと思って青くなったそうである。しかし車掌の執った処置が迅速だったので、急停車が間に合い、車輪の外側にころがっていた儘で、無事に引き上げられた。話しを聞いただけでも手の平に汗が出る。鉄道は見送りの人の車内立入りに就いて、もっと親切に、だから徹底的に厳重に官僚的に取り締らなければいけないだろう。そう云う事を手ぬるくして、民主主義的な愛想顔をすると云う法はない。

新潟へ行ってから会った管理局の主脳の人が云うには、その内にこの急行列車をも

う一時間短縮する。東京新潟間を五時間にして見せる。是非実現させたい。それはいい話だ。いつからそうなりますかと聞いたが、そこのところはまだ解らないそうである。

しかし今の儘でも不足はない。余りに快適なので、乗っていて色色の事を思う。大きな、飛んでもない大きなソナタを、この急行列車が走りながら演奏している。線路が東京から新潟に跨る巨大な楽器の絃である。清水隧道のある清水峠はその絃を支えた駒である。雄渾無比な旋律を奏しながら走って行く。レールの切れ目を刻む音にアクセントがある。乗客はその迫力に牽かれて、座席に揺られながらみんなで呼吸を合わせている様に思う。

二

新潟は初めてではない。

大正十二年の大地震より何年か前に行った事がある。
その当時、陸軍教授を拝命し、陸軍士官学校の教官であった。季節はよく覚えていないが、多分早春であったかと思う。つまり年度末だったのだろう。出張を命ぜられる事になって、行く先も多少はこちらの希望が叶えられたので、私は京都へ行きたいと思った。京都には同志社大学の先生に友人がいたからである。ところが発令になっ

て見ると、私の出張先は仙台である。そうときまった以上、後から文句を云っても仕様がない。しかし、どうせ何日かのお暇を貰って東京を離れるなら京都へ行きたい。

京都へ行きたいが、仙台へ行きたくないと云うのではない。仙台へも行ってもいい。仙台は初めてである。まだ若かったから、知らない所へ行って見る興味はあった。

そこで私は考えて、こう云う事にきめた。命に従い、仙台へ出張する。その出張の途次、京都へ立ち寄って来よう。京都へ立ち寄るのは出張の途中でなければいけない。仙台から一たん東京へ帰って、更めて京都へ行くのでは、出張の途次と云う意味が成り立たない。仙台から京都へ廻って、東京へ帰る。東京へ帰るのは一ぺんだけにする事が必要である。

それで鉄道地図を按じて、道順を研究した。仙台から常磐線で平へ出る。平から磐越東線で郡山に出て、磐越西線を通って、新潟へ行く。新潟から北陸本線へ廻って、富山、金沢、敦賀を通り、米原に出て京都へ行く。大変な廻り道の様だが、仙台から東京に帰り、東海道線で京都へ行くよりは、この道順の方が当時の里程の計算で二十哩(マイル)程近い事を知った。だから、その方から考えても、仙台に出張した途中、京都へ寄って来るという考え方が成立する。

尤(もっと)も道のりが少少近くても、東海道線よりは汽車が遅いから、道中が長くかかり、

従って旅費の点では、そっちの方が高くつく。しかし出張のついでに行きたい所へ行ったと云う理窟を立てる為には、銭金の事は云っていられない。銭金の本体は年度末の出張旅費だから、心配する事はない。

右の道順で京都へ行くとしても、もっと倹約する事は出来た。常磐線の平なぞへ行かないで、東北本線の郡山から磐越西線に乗る事にすればいい。仙台から平へ出て郡山へ行くのは三角形の二辺であり、すぐに郡山へ行けば、その一辺ですむ。従って距離もそれだけ縮まり、さっき挙げた二十哩と云う数字がもっと多くなる。それを知っていながら平へ出たのは、一日の内に、太平洋岸の平から、日本海岸の新潟へ出て見たかったのと、もう一つには、その少し前に開通した磐越東線という新線路を通りたかったからである。阿房列車の病根は、何十年も前から兆していた事を自認する。

その時に新潟へ行った。

だから新潟は初めてではない。間に何十年の歳月が流れているにしろ、曾遊の地である。

今度新潟へ行って見ようか知らと思い立ったのは、勿論用事などある筈はなく、新潟に格別の興味もないし、その他何の他意あるわけではないが、あっちの方は雪が降って、積もっているので、そうすると、どう云う事になっているのか、それを一寸見て見たいと思う。

私は備前岡山の生れで、子供の時から余り雪に縁はなかった。若い頃東京に出て来て、東京を二番目の故郷に暮しているけれど、東京は岡山よりは雪が降ると云っても、空襲の冬には、積もった雪が何日も解けなかった事もあるけれど、北国の新潟の方の話を聞くと丸で見当がつかない。この歳になる迄、本当の雪と云うものをまだ知らないと云う事を重々しく考えた。

戦争になる何年か前、一寸臺湾へ行った事がある。その時聞いた話に、臺湾でも臺北近郊の山の頂には雪が降る。手近な所に草山と云う山がある。冬の朝、起きて見て草山の頂が白くなっていると、臺北市内の小学校は臨時休業になる。先生が生徒を引率し、叱咤しながら駈け足で草山の頂へ登って行く。早く行かないと、遅くなれば解けて、何もなくなってしまう。子供は雪と云う物を、教科書で教わっても、見た事がなければ会得しないから、そう云う急な遠足をする事になる。

北国、奥羽の雪を想像する私は、臺北の小学生と余り違わないかも知れない。鹿児島阿房列車に書いた状阡君が、今は新潟にいる。状阡の息子は東京の大学生で、時時私の家に来る。新潟の父母の許から帰って来た時、新潟は雪が降っているかと尋ねて見た。

「この二三日また降り続けています」
「それで積もっているのかい」

「そりゃ先生、雪の新潟ですもの」

「どの位積もっている」

「今度来る時は、道ばたが一米(メートル)でした」

一米は三尺三寸。すぐその儘では解らない。三尺の秋水。七尺の屏風(へいふう)。子供の時に学校で教わった儘を覚えてはいるけれど、一哩(マイル)は十四町四十五間一尺三寸六分だそうだが、今では汽車でも哩を使わなくなったから、覚えていて何の役にも立たない。しかし役に立たない事を忘れてしまうと云う事は出来ない。却って役に立たない事程、いつ迄もはっきり覚えている様でもある。

道ばたに三尺の雪が積もりっ放し。そこへ行って見ようと思った。

　　　三

出掛けたのは二月の二十日過ぎである。それ迄、幾日もの間、暖かいお天気が続いて、北国の雪を想像するのがそよそしい様であったのに、明日は立とうと云うその前日になって、思い掛けもない雪が朝から降り出した。初めは牡丹雪であったから、大して積もる事もなかろうと思っていたが、次第に細かくなって降り続き、午後じゅう降って夕方も止まず、暗くなってからまだ降り続いたから、到頭積もった。門を閉めに行くのに足許(あしもと)が悪く、下駄が埋もってしまう程に

翌くる日、出立の日は、空は綺麗に晴れ渡って、暖かい早春の日が照り灑いだが、下界は一面の銀世界である。家の玄関前の板屏の上に積もった雪の高さが、六寸か七寸位ある。東京では大雪の内だろう。お午まえ上野まで乗って行くタクシイが、往来の雪の為に故障しやしないかと心配した。

新潟へ行くには途中に山がある。山には雪が降っているだろう。新潟まで雪を見に行かなくても、道中の雪景色で堪能するに違いない。ただ東京は、こないだ内の様な暖かい上天気続きで、もうすぐに春だと思っている時、上野を立ってどの辺りから急に天地が冬に戻り、車窓の外に雪を見る様になるのかと云う経験がないので、随分楽しみであった。

昨日の雪でその楽しみがふいになった。東京がこの通りの雪景色であれば、上野を出てから先の郊外の、野原も田圃も雪におおわれているに違いない。汽車が走って行ってその内に山が近くなり、もとからある雪が昨日降った雪に続き、始めも終りも雪でのっぺりしているのでは、ちっとも面白くない。私の家を出る玄関先から雪があった。その雪が上越の山の雪に続き、新潟の雪に続いているだろう。止んぬる哉と思ったが、旅程を変えて、出発を延ばすのも面倒臭い。

四

上野発十二時三十分の定時に、急行七〇一列車「越路」が走り出した。EF58の電気機関車である。だからゴヤの巨人が目くらになって、按摩笛を吹いている様な曖昧な電気笛を吹き鳴らす。

EF58は最新式の電気機関車だそうで、別の煖房車を一車つけないでも、電気機関車の中でその操作が出来ると云う。それが余り新らしいので、しょっちゅう故障を起こすと云う話を聞いた。現に私の乗った日も故障だったらしい。車内のアナウンスで頻りにあやまっていた。進行中になおそうとしたが、到頭うまく行かないので、高崎までその儘走ってから、機関車を取り換えると云った。当日は雪上がりの暖かい日ざしが窓から射し込んで、それ程寒くもなかったが、後で聞いた所では、だからこのEF58の事を冷凍機関車と呼ぶそうである。

申し遅れて彼に失礼したが、私はもともと一人旅は出来ない。今迄の続きで、国有鉄道のヒマラヤ山系君に同行を頼んだ。止むを得ず因果とあきらめたか、彼の方で面白がって一緒に来たか、それは解らない。そんな区別が判然する山系君ではない。その両方であったり、或はどっちでもなかったり、しかし兎に角私の隣りの座席に彼がいるから安心である。

同行二人、阿房列車の編成はもともとそうなので、鹿児島へ行っても新潟へ行っても変りはない。ただ出発と到着の際の見送り、出迎えは困るので、いつも極力阻止しているけれど、中中そう行かない。今度もあらかじめそんな話を受けたので、止めて貰おうと思ったが、是非にと云う事なので、夜汽車の寝台車ではないし、昼間の事だから、それじゃまあいい事にしようと云ったら、三四人に見送られる事になった。

少し早目に乗り込んでいて、そうして発車を待つ。なんにもする事はない。その間の時間が実にいい。神聖な空白である。見送りがあると、見送り人には顔があるから、その顔に拘束されてしまう。又何か云うから、発車まで受け答えをしていなければならない。動き出せば更めて挨拶を要する。阿房列車が行くと云うので、別れを惜しむなぞと云う心事は、人の心事でも自分の心事でも腑に落ちない。

山系はその見送りで、七味唐辛子と小罎入りの味の素と親指より少し太い位の小さなサントリを四本と、その外まだ何かおかしげな物を貰った様である。あっちこっちのポケットに手を突っ込み、いろんな物を取り出してもそもそしている。

汽車が動き出してから、

「とんがらしなんか、どうしてそんな物を貰った
くれたのです」

段段速くなって、動揺も少く、乗り心地は申し分ない。快適な、規則正しい震動に

揺られてぼんやりしていると、東海道線の特別急行に乗って、京大阪へ行く途中の様な錯覚が起こる。しかし窓外の遠景に連なった山の姿を見ると、東海道沿線の景色とは丸で違う。

車窓の右も左も、田圃は一面に昨日の雪でおおわれて、その上から麗らかな早春の日が照りつけているが、遠景を屏風の様に仕切った山山の頂は、所所雪をかぶっているだけで、黒い山肌が青空に食い込んでいる。その山の姿がおかしい。見馴れない目には無気味に見える。熊谷、高崎辺りの景色を眺めていたら、少し寒気がする様な気持になった。

ごつごつしていて、隣り同志に列んだ山に構わず、自分勝手の形を押し通そうとしている。尖ったの、そいだ様なの、瘤があるの、峯が傾いたの、要するに景色と云う様なものではない。巨大な醜態が空の限りを取り巻いている。

富士の裾野に続く連峯、京都から先の山城摂津の山容とは丸で違う。

渋川を出たら、窓に日が照り照り、雪が降って来た。両側の山が近くなり、どの山も雪におおわれて真白である。雪をかぶっているから、ふわふわしている様に思われる。今まで見て来た山の様に、ごてごてしていない。

窓の外の雪が、横に降って来る。走っている車窓から見れば、それは当り前だと思ったが、その内に汽車が山の腹に近づいたら、谷の下から、条になった雪が上へ向か

って降って来た。

そうして雪の中を清水隧道に近づいて行った。清水隧道は日本一、長い。函根の丹那隧道より、一粁近く長い。丹那隧道はしょっちゅう通る。清水隧道は今度が初めてである。三番目に長いのは仙台と山形の間の仙山線にある面白山の仙山隧道で、芭蕉の閑さや岩に沁み入る蟬の声の立石寺の傍である。この前の奥羽本線阿房列車の時に、その隧道を三つ共経験する事になる。長いので感心した。これから清水隧道を通って、通った隧道が長かったと云うので感心するなぞ意味はないと思うかも知れないが、凡そ長さのある物は、長い程えらい。それはそうだが隧道の本質は長さにはなく、暗さにあるだろう。しかし、暗いのがえらいと云っても、十分間近く掛かる長い隧道の中が、通り抜ける迄真暗だったら困る。本当の闇の中では、息が出来ない様な気がするだろう。だからこの頃は車内に電気がついている。電気をつけて暗い中に這入って行くから、もともと暗い所を走っていた夜汽車の隧道は、壁の反響をうっかりしていると、いつ這入っていつ出たか解らない事もある。何でも今のつるつるつるのつもりはない。郷里岡山の近くに、船坂峠の三石隧道があって、大分長い。子供の時は汽車の電燈はなかったから、頭の上にどしどし足音をさせて歩きながら、の三石駅で、駅夫が車室の屋根に上がり、

石油洋燈(ランプ)を天井から差し込んだ。そのサアヴィスは、矢張り当時の優等列車に限ったかも知れない。なんにもしてくれないなりで隧道に這入り、暗いのは二三分の事だったと思うけれど、向うの明るい所へ出る迄、身動きも出来ず、呼吸が詰まる思いをした記憶がある。途中に隧道のある汽車に乗る時、用心のいい者はそれを買って行く。先に薬のついた蠟燭(ろうそく)の様な物だから、その手許(てもと)のまわりだけが明かるだからその時分、駅の売店で蠟燐寸(ろうマッチ)を売っていた。って暗くなったら、それを擦る。真暗闇の中で、隧道に這入って、心丈夫の様な気がするが、辺りがどっちを向いても暗い中に、そこだけ明かるいのが恐ろしい様な気もした。

　　　　五

　車窓の左右に山が迫り、隧道が幾つもあって、今度は清水隧道かと思っていると、又明かるくなる。清水隧道にいつ這入ったかが解らなかった。余り長いのでそうかと思い、結局そうであったが、だから這入った時から時計を見ておく事は出来なかった。ループ線は輪になっていて、列車が高低に分かれた線路で同じ所を二度通る。鹿児島阿房列車の時、肥薩線の矢嶽(やたけ)、大畑(おこば)の間で、汽車がそう云う所を走って行くのを窓から見た。今度も見ようと
清水隧道の前後にかけて、ループ線が二つある筈である。

待ち構えていたが、車内のスチイムと外の冷気の為に窓が曇っているから、解らない。但し、私の所の窓だけは曇っていない。前以ってそれに備える用意をして来た。ガーゼの布巾と小さな罐に入れたアルコールを持っている。アルコールを沁ませた布巾でしょっちゅう窓を拭いているから、私の座席の窓は曇らない。だから外が見えない事はないが、進行する列車の行く先の線路の曲がり工合などを、窓から首を出さずに眺めるには、いつも斜に前方を見ていなければならない。見たいと思う外の窓は、人の座席にある。人の窓を拭きに行くわけに行かないから、それに必要な見当の窓が見られない。

新潟から帰る時、見送りに来た管理局の人に、窓拭きの布巾とアルコールの罐を見せたら、阿房列車どころではない、利口列車だと云った。本人の私もそう思っている。清水隧道だろうと気がついてからでも、十分間近く暗闇の中を走り続けて、やっと明かるみに出た。

出るとすぐ左に見える山の腹の斜面で、スキイをしていた。本当に辷っているのを見たのは初めてである。

汽車が山の間を離れて、いくらか遠くの見える所へ出た。この辺りは雪が深いらしい。田圃だか野原だか解らないが、一面の雪原の中に電柱が立っている。電柱が半分よりもっと上の所まで雪に埋もっている。その見当で雪の深さが解ると思った。

「しかしですね、この辺の電柱はそれを考えて、普通の所より脊が高くしてあるかも知れませんから」と山系君が尤もらしい事を云った。

それはそうかも知れない。そうだとすると、私が向うの電柱を見て、つけた見当より、もっと雪は深いかも知れない。こうして車窓から眺める雪は、少しでも深い方が、つまり話は大袈裟な程、張り合いがある。

積もった雪の上へ、更に雪が降りしきっている。目先に白い物がちらちらして、白い雪空と雪をかぶった大地との境い目がわからない。汽車が走って景色が変り、雪を載せた立ち樹の頂が目に入ると、初めて上と下、つまり天地の在り所が判明する。大分離れた向うの雪の中に、胸元から上だけの人間が起っている。腰の下を雪に埋めて、何をしているのかと思う。暫らく見ていたが、不思議で仕様がない。

「おいおい、山系君、あんな所に人が起っているぜ」

「はあ」

「こんな雪の真中で、何してるんだろ」

ねむたそうな彼が、そっちを見て、「あれは、あれはですね。人がいるんですよ」

「だからさ、どうするんだろう、雪の中で」

「そうですね」と云った時、その人影がすうと横に動き出した。雪の中に道がついているのが、手前に積もった高い雪に遮られて、こっちから見え

ないからだろう。

小出の駅の軒に、三尺も四尺もある氷柱が何十本も垂れているのを見て、びっくりした。生まれてこの方、見た氷柱の長さは、せいぜい二三寸である。

急行「越路」は吹雪を擘いて走り続け、薄暮の長岡に著いた。長岡で電気機関車を外して、蒸気機関車になった。雪は今まで通った所より浅くなっているらしいが、雪景色に変りはない。蒸気機関車C59の豪壮な汽笛の音が、暮れかけた雪原にこだまして、汽車は行く手の暗い闇の中へ走り込んだ。

六

新潟に著いたので、座席から起ち上がり、降りようと思う。起ち上がったので、窓の外から状阡君が私を見つけたらしい。硝子戸越しに会釈をして、デッキの方へ走って行った。

山系には連れが出来ている。一つ手前の停車駅新津まで、管理局の若い職員が出迎えてくれた。山系の顔馴染みであって、全く日本中どこへ行っても山系の知り合いがいるのは不思議である。

「貴君達は一緒に先へ降りたまえ」と云っておいて、後から出て行った。デッキの降り口に状阡がいて、手を差し伸べている。どうしたのだろうと思ったが、

足許があぶないからだと云う。デッキで見ると汽車の横腹に吹きつけた雪が食っついているし、踏み段にも雪がある。ホームに雪はないけれど、今解けたばかりらしい雪水の泥が流れている。足許があぶなくない事はない。だから状袱が手を貸してくれようとしている。しかし、大丈夫大丈夫と云うつもりで降り掛けた所を、ぴかりとフラッシュを焚かれた。鋭い閃光で目先が見えなくなってしまった。

こんな筈ではなかったと思うけれど、止むを得ない。つかまった以上、観念はするが、返事の仕様がない。土地の新聞記者がホームを並んで歩きながら、色色の事を尋ねた。状袱が気を揉んで、私と新聞記者が並んで行く間に這入り、君そんな事を聞いたって仕様がないよ。もういいよ、と邪魔をする。駅長室でもう一ぺんフラッシュを焚いた。二言三言お相手をして、もういいだろうと云う事にした。外へ出たら雪が降っている。自動車が走り出したら、すぐに萬代橋にかかった。

萬代橋は混凝土の長橋である。下を流れる信濃川の水は暗くて見えない。この前、何十年昔に来た時は、駅から人力車に乗ってこの橋を渡ったが、その時は木橋であった。橋の真中辺りへ来た時、車夫が左手の方を指して、あっちの遠くに明かりが見えるでしょう。あれはインユウギュギュの燈です、と云ったのを今でも覚えている。遠

洋漁業と云うのが、そう云う風に聞こえるのか、もともとそう云っているのか、そう云う発音に馴染みがないので、私には解らない。
大きな宿屋に著いた。折れ曲がった廊下の一番奥にある二間続きの広い座敷が取ってあると知らせてくれた。出掛ける前、状阡君から、この宿の二階の一番いい座敷に通された。二階は好きでないからとことわった。見晴らしはなくてもいいから、庭が眺められる下の座敷にしてくれと頼んだ。
外が暗いので、硝子戸越しの庭の様子は見えないけれど、中から洩れる明かりで、一面に雪をかぶっているのは解る。ぐるりの屛の上にも雪があるらしい。駅から来る途中の往来では、それ程目につかなかった。
座敷の床の間に炬燵がある。さあどうぞと云うけれど、私は炬燵には這入りたくない。山系君も好きではないらしい。二人共横目に見て、火鉢の傍に端坐した。
一緒に来た状阡君と久闊を叙した。酔っ払って、彼の家に留守をしている細君を近所の電話まで呼び出した。その時私が電話口で君ヶ代を歌って聞かせた事がある。その時私の所で一緒にお酒を飲んでいただれかが、おかみさんと云ったと云うので逆鱗に触れ、それから後は電話を貸して貰えなかったそうである。

状阡（じょうせん）は私の学生だから、昔からの古いつき合いであるが、状阡夫人にはまだ会った事はない。彼女の方で私の君ヶ代を聞いているだけである。今夜は状阡夫人を招待し、状阡夫妻のお相手をして一献しようと思う。何しろ、矢っ張り、疲れている。早くそう云う順序にしたい。

著物を著かえようと思っていると、応接間に新聞記者が来て、待っていると取り次いだから面喰った。全くそんな筈はない筈だと思う。どうしてここに泊まった事が知れたろうと云うと、こっちの自動車の後からついて来たと云っている と云う。

私なぞインタアヴィウを受けても、仕様がないと思う。少くとも先方の取材にはならないだろう。しかしそうしてやって来たのも粋狂ではあるまい。私が好きで、又は私に特別の興味があって、附き纏（まと）うのではなく、多分上役の命令で止むを得ずやって来たに違いない。先方の仕事を無下に遮るのはよくないと考える事が出来る。著物を著換えるのをよして、玄関脇の応接間へ出て行った。

さっき駅にいた若い記者である。

「驚いたね。さっきでもう放免かと思った」

「何を話すのです」

「もう少し話して下さい」

「何でもいいです」

「頭の中が散らかっていて、なんにも話す事はない」
「新潟へなぜいらしたのです」
「なぜだか解らないが、来た」
「目的は何です」
「目的はない」
「何と云う事なく、ただふらりと、そう云う事もありますね」
「あるね」
「まあそう云う風にやって来られたとして、しかしこうして新潟に著かれた上は、これからどうなさるのです」
「どうするって、どう云う事」
「つまり、御計画を聞かして下さい」
「そんな君、無理な事を云って、計画なぞと云う気の利(き)いたものは、持ち合わせていないから駄目だ」
「何かあるでしょう。例えば明日はどうするかと云う様な事」
「それは今晩寝てから考える」
「新潟をどう思いますか」
「どうも思わない」

「何か感想があるでしょう」
「汽車が著いて、自動車に乗せられて、ここへ来たばかりだから、ないね」
「萬代橋を渡られたでしょう」
「それは今渡ったばかりだからな。萬代橋は長いね、と云えば感想の一端になりそうだが、もうよそうじゃないか。下らないから」
「新潟は初めてですか」
「初めてではない」
「この前来られたのは、いつですか」
「それがはっきりしないのだが、何十年も昔の話で、大正十二年の大地震よりまだ何年か前の事だ」
「何か思い出して下さい」
「余り古い事なので、忘れてしまった」
「その時の御感想はどうでした」
「矢っ張り萬代橋を渡ったが、木の橋だった所為か、今より長かった様な気がする」
「僕が生まれるより前の事だからな」
若い新聞記者が、何となく遠い顔附きをした。
「阿房列車の取材ですか」

知らないかと思ったら、そんな事を云い出した。
「それは家に帰って、机の前に坐ってからの事で、今ここでこうして君のお相手をしている事と丸で関係はない」
「でもそうなのでしょう」
「そうでないと云う必要もないし、そうだと考える筋もない。要するにそんな事は、後の話さ」
「そうですか」
「帰ってからの事だよ」
そこいらで御免を蒙った。

七

面倒だからお風呂は省略して、しかし襯衣(シャツ)を著ているとお酒がまずいから、素肌になって宿の浴衣と縕袍(どてら)を著た。女中がそれではお寒いだろうと云って、その上からちゃんちゃんこを著せてくれた。大きな火鉢を幾つも置いて、炭火がかんかんに起こしてあるけれど、何となく底冷えがする。庭に雪があるのだから仕方がない。
状阡(じょうせん)夫人も著到して、賑やかなお膳が始まった。東京にいても、新潟へ来ても、お酒を飲んでいれば、云う事はない。山系は状阡と東京以来の知り合いである。遠慮は

ないし、又頼まれても遠慮なぞするたちではないが、今夜は稍おとなしい様である。おとなしければ、それだけ余計にお酒を飲んでいると云う勘定になる。
銘銘の杯の外に、別に盃洗の中へ幾つも杯がつけてある。状阡は無暗に人に杯をくれたがる献酬の名人だが、この頃はその癖がなおったのかも知れない。今夜はちっともうるさくない。その目の前に盃洗がある。状阡流では自分の杯を人によこすのであって、今夜の盃洗の趣旨とは違う。この盃洗の杯のサアヴィスを見ると、自分のは自分で取っておいて、つまり自分の前を空にすることなく、別に人に杯を差す事が出来ると云う、行き届いた様な無意味な思いつきらしい。しかしこんな事をする所から見て、こちらでは矢張り宴席の献酬が盛んなのだろうと云う事を想像する。
何だか、がやがやと口の止みこなしにしゃべったが、何をそんなに云ったかと云う事は勿論知る筈がない。忘れたのでなく、云ってる時から知らないのである。状阡がいい御機嫌になって、私共が敬遠している炬燵にもぐり込んだ。今夜は、かあさんがいるから大丈夫だよ。一寸寝なさいとすうすう寝息を立てた。
彼が寝ている間も、私と山系は杯を措かず、状阡夫人を相手に饒舌を止めなかった。彼女はお酒は飲めないが、おつき合いなら辞せずと云う風であったのは、彼が寝ている間じゅう、彼の悪口をそのフラウに注ぎ込んだからだろうと思う。

状阡が目をさましてから、お開きにした。もう大分遅い。夫婦手を携えて帰って行った。家へ帰ってから喧嘩をしたかどうか、それは知らない。

翌くる日はお午頃に起きた。午後になって状阡がやって来た。半晴半曇のお天気で、庭の雪景色の割りには暖かい。彼は大きな保険会社のこちらの支店長なので、出遭入りは勝手なのだろう。山系と将棋をさし出した。私は炬燵を横目に見て、端坐している。将棋なぞ面白くもない。なぜと云うに昨夜の飲み過ぎで、頭の奥とか胸の中とか、そう云う限られた所でなく、私の身のまわり一帯が陰鬱である。どっちが勝っているのか、負けそうなのか知らないが、二人共六ずかしい顔をして、押し黙っている。

そこへ山系の迎えの自動車が来たと知らせて来た。

山系君があわてて支度をして出掛けた。管理局へ挨拶に行ったのである。その後で食いさしの将棋を私がしゃぶる事になった。私が負けたのは、状阡が余り理詰めの手ばかり指すので、頭がこちこちになって、座辺に揺曳する宿酔が凝固した様な気がした。

じきに山系が帰って来て、状阡が一先ず去って、晩を待つ順序になった。その間何も用事がないから、今日はお風呂へ這入った。尤も用事がないと云うのは、起きてからいま迄だって何も用事があったわけでなく、これからもあるわけではないから、まだもっと用事がないと云う境涯は云っても意味はない。しかし用事がない間にも、

ある。「だからお風呂へ這入った」と云う、その理詰めの考え方がいけない。宿屋の風呂は大概広いから寒い。私は熱いのがきらいで、まだよく沸かない内に案内させるから、なお寒い。湯上がりの素肌に、硝子戸の隙間から庭の雪風が沁みる。いい心持なのではない。寒い。

夕方は管理局のお客様が来る。大変えらいのと、その次にえらいのと、まだそんなにえらくないのと、三人よんである。その席に状阿君も、もう一晩つき合って貰う様にしてある。今晩は山系君が発揚するだろうと、予めそう思う。忽ち賑やかな事になって、昨日は役をしなかった盃洗の水の中の杯が、今夜は頻りに活躍する。歌を歌い、起き上がって踊り、山系も果して曖昧節を張り上げる。大変えらいのが、私は知らなかったけれど、郷里の後輩だったりしたので、なお更そんな事になった。二階のお客様が怒っていたと、翌日になって女中がそう云った。以後心得なければいけないと云う。

奥羽阿房列車の時は、秋田の宿で女中に叱られた。つい羽目をはずして悪かったと済まなかった。いいえ大変面白くて結構でしたと云う。

翌日見た宿屋のつけに、自動車代が幾筆かあって、一番高いのは随分高い。女中が説明して云うには、お客様が乗っていらした分はそちらで済んでいるから、これはその代金ではない。ここに書き出したのは、呼んでおいて、待たしておいて、到頭乗ら

ずに帰した自動車の分です。

八

　新潟へお酒を飲みに来たわけではない。しかしその外に何かしに来たわけでもない。雪は途中で堪能したし、来て見れば道ばた一米(メートル)と云う程の事もない。尤(もっと)もこの宿の玄関に著いたなり、一足も外へ出ないから、町の様子は知らないが、駅からここへ来る途中見たところでは、雪に埋もっていると云うのではない。

　もう帰ろうと思う。帰りの汽車は急行「越路」の上り、七〇二列車である。新潟発は午後の一時二十分で、矢張り大体昼間の内、雪原の中を走り続ける。

　宿から駅に行く自動車を、途中ぐるぐる廻らして、どこかを見せようと云う状阡(じょうせん)君の算段である。走って行くと、道ばたに雪がある。深くはないが積もっている。舗装道路でない所では、解けかけている雪が赤い。新潟の雪は赤いね、と云うと、状阡君が赤土の所為(せい)でしょうと教えてくれた。

　新潟神社の丘から、日本海の大浪を見た。佐渡海峡だそうだが、曇っていて佐渡は見えない。

　それからまだ、どこだかぐるぐる廻って、管理局へ寄って、昨夜の諸君に会って、駅へ出た。いらないと云うのに、見送ってくれた。そうして発車した。

来る時に大きな氷柱を見た小出駅の手前に、等身よりもっと大きな雪人形が、線路に沿って幾体も立っていた。いい手際だけれども、何となく変なところがあって、気味がよくはない。昔、中学生の時、英語の教科書に伊太利のアントニオ・カノヴァの事が載っていて、カノヴァがチーズだかバタだかで、塑像を彫ったと云う事を教わった。その真似をして、器用な友達が蠟のかたまりに半身像を彫り、いつまでも四角い目ざまし時計の上に置いていたら、次第に目鼻だちがわからないのっぺらぼうになった。その友達は早死した。沿線の大きな雪人形を見て、遠い昔のアントニオ・カノヴァの事と蠟の塑像を思い出した。

それはいいけれど、いろんな物を貰って、お土産が多過ぎて、始末が悪い。

「貴君どうしよう」

「多過ぎますね」

「捨てるわけにも行かないし」

「お酒の罎が邪魔なのです」

「それではなお更捨てられないだろう」

「いいです、持って行きます」

座席の上でもそもそと、荷物の包み換えをしている。じょうせん状阡が時時新潟のお菓子を東京へ届けてくれる。そのお礼を云うつもりで、新潟の

お菓子にろくな物はないと、ついそう云ったから、お菓子でなく餅をくれた。餅だからそれが又馬鹿に重たい。お酒だの餅だの、厄介な荷物ばかりで上野に著いた時の事が思いやられる。

汽車は来る時と同じ調子の軽い足どりで、雪原の中を走り続けた。車窓から見る半晴の空の向うがすいている。空の境に連なる群峯をぬきんでて、聳え立った山の頂の雪に、遠い日がきらきらする。

春光山陽特別阿房列車

一 面白い筈がない

　春光の山陽本線に、特別急行列車が走り出した。その処女運転に乗って来た話を、これからしようと思う。

　始発は京都駅で、終着駅は博多である。京都も博多も山陽線の駅ではないが、走行粁程の主要な大部分が山陽本線だから、山陽特急と云う事になって、それでおかしくはない。

　京都から出るのだから、京都まで乗りに行かなければならない。それで前の晩の夜汽車に乗り込み、東京を立って出掛けた。

　博多に著いたらすぐに引き返そうかとも思ったが、はるばる筑紫の果てまで来たのだから、事の序にと思って、一昨年の初夏、一度立ち寄った八代へ、もう一度行って見た。

そうして戻りは山陽特急でなく、東京まで直行する汽車の一本道で帰って来た。これからその話をすると云っても、往復何の事故も椿事もなく、汽車が走ったから遠くまで行き著き、又こっちへ走ったから、それに乗っていた私が帰って来ただけの事で、面白い話の種なんかない。それをこれから、ゆっくり話そうと思う。抑も、話が面白いなどと云うのが余計な事であって、何でもないに越した事はない。どうせ日は永いし、先を急ぐには及ばない。今のところ私は、差し当たって外に用事はない。ゆっくりしているから、ゆっくり話す。読者の方が忙しいか、忙しくないか、それは私の知った事ではない。

二　新特別急行

今度新らしく山陽本線に特別急行が走る様になったと云う話は、大分前から聞いていた。その暁には出掛けて行って、一番乗りをして来ようと考え、色色その列車の事を想像して待ち構えたが、中中実現しない。特別急行と云う名前だけなら、昔、一二等特別急行「富士」と三等特別急行「桜」が下ノ関まで行っていた。後に「富士」が三等車を聯結して各等急行となり、「桜」に二等車を加えて二三等急行とし、どっちもすっきりしない曖昧な編成になってしまったが、それでも東京下ノ関間の特別急行なる事には変りはなかった。

だから山陽線に特別急行が走ると云うのが珍らしいわけではない。ただ今度の計画で特別急行と云うのは、今東京大阪間を走っている「つばめ」「はと」と同程度の速さの汽車を考えているらしく、今度山陽線の「つばめ」はその二つの特別急行に対して、「超特急」と呼ばれていた。今度山陽線の特急は、つまり昔の超特急の意味なのである。だから線路の補強等がそう簡単に行かないのだろう。又終著駅が下ノ関でなくて博多であって、博多へは、関門隧道が開通してから各等の特別急行「富士」が行っていたから、九州に這入ってから先の特別急行も、初めてと云うわけではないが、そちらでも色色準備の為に手間が掛かったか知れない。しかし待っているのは随分待ち遠しかった。

漸く、三月一日からと云う話をその内に聞いた。そうかと思っていると、それが又少し延びた様で、結局三月十五日に京都から下り、博多から上りの処女列車が出る事になって、私の心づもりに、はっきりした順序がついた。勿論一等車で出掛ける。「つばめ」にも「はと」にもついている展望車を聯結するだろう。

それからも聞いたわけではないが、「つばめ」にも「はと」にもついている展望車は、窓が大きくて明かる過ぎるから、知らない内に疲れていると云う欠点があるけれど、今度の山陽線の展望車の構造は知らないが、窓のそう大きくない区分もある筈だから、そちらへ代っていればいい。

同行の山系君とは、あらかじめ打合せをしたけれど、人に向かって用もないこちら

の心づもりを吹聴した覚えはないのに、その処女運転の少し前になって、大阪の鉄道管理局が、私と山系君とを当日の試乗に招待すると云っている話を聞いた。思い掛けのない事を当日の試乗に招待すると云う話を聞いた。うれしいかどうかは、考えて見た上でないとまだわからない。更に、うれしいかどうかは、考えて見た上でないとまだわからない。

要するにこっちの考えていない事を、人に云われると、ひどく気を遣う。急に頭の中が忙しくなり、下手をすると考えている途中で縺れてしまう。よんでくれると云う先方の好意が難有い事は、簡単にすぐそう思う事が出来る。沿線の停車駅のある市の有力家も招待されるに違いないと山系だけではないだろう。沿線の停車駅のある市の有力家も招待されるに違いないし、本庁や関係の管理局のえらい人達が乗り込むだろう。そう云う紳士が、黙って向うを向いて、窓外の景色を眺めてばかりいればいいが、こっちを振り返って何か云うと、うるさい。声を掛けられれば挨拶を返さなければならない。知らん顔をして、傲岸なおやじだと思われたくはない。

特別急行の処女運転の試乗だから、新聞記者も乗って来るだろう。沿線の放送局の係員もやって来るに違いない。その汽車に乗っていて、そう云う諸君のインタアヴィウを逃れる術はない。どこかの駅に停車する度に、手洗いに起つと云う事も考えたが、彼等は停車中にだけ来るとは限らない。初めから仕舞まで乗っているかも知れない。誘われれば、それにも出なければなら又進行中の食堂車で祝宴があるかも知れない。誘われれば、それにも出なければなら

ないだろう。右はすべてそう云う予告を受けたわけではなく、私の取り越し苦労に過ぎないが、経験と判断に依るに、ありそうな事であり、あっては困る、困ると云う程でもないが、面白くない事ばかりである。

いっその事、三月十五日の当日を避けて、一日ずらして乗車しようかと思った。そうすれば色色の取り越し苦労は全部消滅する。一日違えば、処女運行の当日でなくなれば、招待は勿論ある筈がなく、従って管理局の好意を無にする事になるけれど、招待に応じても腹を立てて帰って来たのでは、好意に報いる所以ゆえんではない。招待に応じようかか、ことわろうかと、決し兼ねて迷った。一日延ばせば、前前から楽しみにして待った山陽本線特別急行の一番乗りと云う晴れがましい記憶は成立しない。延ばさずに矢張り当日乗って、しかし招待はことわり、知らん顔をしていると云う芸当は私には困難である。進行中に人が起ったり、通ったりする度に、どきんとして気を遣い、顔の筋があっちこっちに引っ釣る様で、安き心もないであろう。抑そもも私と山系とを招待すると云うのが、おかしくないこともない。私はそれでいいとして、山系君は国有鉄道の現職員である。そうして職階上ちっともえらくはない。彼が郵船会社の社員であるとか、文部省の役人であるとか云うのであったら、そちらでは下っ端であっても、国鉄が彼を一等乗客として招待するのがおかしいと云う事もない。しかし彼は職を国鉄に奉じている。出張の時、二等の待遇を受けるのがせいぜ

いである。その山系を一等に招待してくれると云うのは、一緒に行く私としては難有（ありがた）いけれども、難有くても、おかしい事はおかしい。私が国鉄だったら、決してそんな事はしない。愛想顔に事を欠いて、何をまごついているのだろうと思った。

ところが出発何日前になって、判明したところによると、今度の新らしい特別急行があるものかと思ったが、考えて見れば昔の「桜」は、前に述べた様に同じ特別急行と云っても速さなぞ今度のとまるで違うにしろ、その姉妹列車の「富士」には展望車がついているのに、「桜」は初めは三二等編成で、後に二三等編成になって、だから展望車がついている筈がなかったから、ついていなかった。

それで、前例のある事を諒解した。

今度の山陽線の新特別急行は、展望車をつけないから二三等編成だから、展望車をつけなかったのか、そこの所は私には解らなかった。

展望車を聯結しない理由を、色色と素人なりに考えつめて、まだよく解らない内に当日になり、これは勿論後（もちろんあと）の話だが、車中であちらの管理局の知人にそのわけを質（ただ）したら、

「展望車がなかったのです」と云った。

その一言で氷解した。無い物を聯結するわけに行かない。つけるとすれば、上リ下

リに各一輛。予備が少くとも一輛、〆て三輛の展望車が揃わなければ編成が出来ない。それが間に合わないから、当分つけないのですと云う話であった。

事前に、出発前に、一等車がないと云う事が判明し、観念した。それならそれでよろしい。よろしくなければ出掛けない迄の話である。しかしそんなに一等車に乗りたがっているわけではない。三等二等一等とある中では、一等が一番いいと云うに過ぎない。無いものは仕方がないし、仕方がなければ諦める迄である。諦めた拍子に、どうせそうなら、先方で招待してやると云っているのを、こっちで愚図愚図考えるのなぞよして、あっさりかたじけなくお請けする事にしようと、そこ迄気持が片づいた。

　　三　夜の急行「銀河」

京都から山陽特別急行の処女列車が出る前日の晩、それに間に合う夜行で東京駅を立った。

半曇の早春の日が暮れてから、家を出た。同行の山系君が早目に私の所まで誘いに来てくれたが、晩の出立だから、いらいらしなくてもいくらも時間はあった筈なのに、まだ支度が出来ていなかった。つまり旅行鞄の中にまだ諸品が這入っていない。少々あわてて、手伝って貰って詰め込んだ。その時の手先の混雑で頭の中の順序が乱れ、その次にあれをと思っていた大切な薬を入れ忘れた。忘れたら忘れたなりで思い出さ

なければ、滅多に使う事もない、用心の為の薬だからそれで構わなかったのだが、翌くる日のお午過ぎになって、山陽道を驀進する新特別急行の中で、運悪く忘れたと云う事に気がついた。別に、気分が悪くて、その薬を思い出したのではなく、何でもないのに、ただどうかした拍子で、後先のつながりもなく、その薬を忘れて来た事を思い出した。しまったと思った途端に少し気分が悪くなり、そんな筈はない、気分が悪いと云うのは、うそである。順序が違うと云う事を自分に云い聞かせるのに手間が掛かった。

鞄の蓋をしめ、別の風呂敷包に今晩の夕食の折詰をくるみ、例によって熱いのがこの入っている魔法罎二本は又別の風呂敷包にし、もう一つ、短かい棒の様な物を紙に包んだのは、三脚即ち画家が写生の時に使う三本足の腰掛けである。文房具店で買って来たので、棒が三本寄せてあって、ひろげると上にお尻を乗っける布がついているだけの物が、随分高いので驚いた。何にするかと云う事は、それを使う時になれば解る。

そうして出掛けた。今夜の汽車は、八時三十分発、第十三列車、一二三等急行「銀河」である。明日の新特別急行に一等車はないが、それに乗換える迄は一等で行く。すでにコムパアトの寝台が取ってあるから、急ぐ事はない。発車までに行きつけばいい。

「銀河」は戦後有名な急行であるが、私には馴染みがない。「銀河」の後で出る「筑

紫」の方が馴染が深い。今夜「筑紫」で立っても、京都駅の乗換えには十分間に合うし、新特別急行第五列車の発車を待つ間の時間が、「銀河」で行ったより短かくて済むから、その方が都合がいい。しかし「銀河」にしなければならなかったわけがある。

明日から山陽線に新特別急行が走るについては、それに関聯したダイヤグラムの変更がある。その影響は勿論東京駅の発著にも波及して、今夜から時刻が変り、発著が昨日迄とは違っている列車がある。「筑紫」もその一つで、昨日までは九時の発であったのが、今夜からは九時半である。それでも乗換えには間に合うのだが、行先が今迄は博多であったのが鹿児島まで延び、列車番号はもとの三七、三八が、三九、四〇となった。「筑紫」にもコムパアトはあったので、申し込んでおいたところが、すでに売切れだと云われたり、又別の筋の一説では、今度の時刻変更で編成が変り、「筑紫」には一等車を聯結しない事になったとも聞かされたので、それは間違いであったことが後で解ったけれど、要するにダイヤグラム変更の際の混雑で、事情が判明しなかったから、止むなく、何の変更もないとの儘の「銀河」に乗る事にきめたのである。「銀河」は三等車六輛に対し二等車六輛、一等車二輛と云う編成の優等列車であるが、食堂車はついていない。だから夕食のお弁当や一献用の魔法壜を持ち込んだが、雪解横手阿房列車の急行「鳥海」の二等寝台車と違い、今夜はコムパアトでドアを閉めれば、だれに遠慮する事もないから、気を遣わない。

年がら年じゅう朦朧としている山系君は、これから長途の旅に立つと云う時でも、身辺の雲霧を吹き払う事はしない。面白いのか退屈なのか、そのけじめはわかりにくいが、そう云えば私だってそんな区分はどっちでも構わない。打ち連れ立って荷物を持ち分け、彼は若いから重たそうなのを自分の方に取ってくれて、歩廊の階段を登り、ボイに迎えられて「銀河」のコムパアトへ這入った。

しかし、まだそれで落ちついたわけではない。

戦後、列車の運行が大分常態に復した時、夜の急行「銀河」が走り出して評判になった。その当時、盲宮城撿挍が神戸から「銀河」に乗って帰って来て、その土産話をしてくれた。戦争中、方方へ出掛けた時の汽車と違って、大変乗り心地がいいと云う事。自分には見えないが、一緒に乗った人の話に、「銀河」の最後部には、天の川をあしらった中に、「銀河」と云う字を浮かした列車標識が、美しい電気で暗い中に輝き、実に綺麗だそうです、と教えてくれた。撿挍はそう云う話が好きなので、自分は見えなくても、そう云う汽車に乗っていると思うと、いい気持だと云った。

今晩、一たんコムパアトには落ちついたが、私も撿挍に教わった「銀河」の標識を見たいと思った。「つばめ」や「はと」の標識は珍らしくないけれど、夜汽車の尻に電気をともしている標識は、まだ見た事がない。

山系君を促して、その最後部の標識を見、引き返して最前部に廻り、今夜の電気機

関車を検分して来ようではないかと云いながら、デッキに出たら、丁度そこへ来合わせた夢袋さんと顔が合った。例に依るお見送りである。夜汽車のお見送りはおよしなさいと云っておいたのだが、彼は亦その思う所を行うにたゆたう所がないと云うわけであろう。

一緒にさそって、長い列車の腹に沿って歩いた。コムパアトのある一等車は、機関車の後に荷物車が一輛あって、すぐその次だから、最後部へ行くには十三輛の長さを通らなければならない。客車一輛の長さが二十米、十三輛で二百六十米、その長さを往復すれば五百二十米、一粁の半分よりまだ遠い。おまけにそこいらに人が一ぱいいて、みんな銘銘にうろうろして、私共の通行の邪魔をするから、真直ぐには歩かれない。一体発車前の汽車の横っ腹を、そう云う風に歩いて行こうとする者がいると云う事は、人の予期しない所である。駅の係員なら制服を著ている。らちも無い風態のおやじが、せかせかと人ごみを押し分けて行こうとしても、だれも道をあけてはくれない。だからなおの事歩きにくい。最後部は三等車である。この長い列車の尻が、漸くの思いで最後部まで辿りついた。蛍の様に光っているとばかり思って、一番うしろへ廻って見たら、そんな物は何もない。真っ暗なお尻であった。

「ないね」

夢袋さんが「ありませんね」と云った。それでお仕舞で又人を押し分けてもとの所へ戻って来た。

それから機関車を見に行くつもりであったが、機関車は私共の車室のある所から近いけれど、それでも時間が少しく怪しくなった。行って見なくてもEF58である事は間違いあるまい。しかし、その事を確かめるのでなく、そのEF58の偉容を目のあたりに見たい。一寸迷ったが、まあよした。機関車に見とれて感心している内に、ほんの少しでも動き出したら、もうどうにもならない。

「よそうね」と山系君に云ったら、「はあ」と云った。

それは「見られなくて、残念残念」なぞと云う意味ではなく、「見たって仕様がないから、よした方がよかった」と云うのでもなく、「見ても、見なくても、どっちでもいい」と云っているのでもなく、ただ、電気機関車の気笛が鳴った様な空気の波動に過ぎない。

果してじきに動き出した。

四　迷い箸

コムパアトの二重窓のカアテンを搾(しぼ)った硝子(ガラス)越しに、綺麗な燈火が飛んで行くのが見える。八時半の夕食なら、家にいるより早い。そろそろ始めよう。

洗面台を食卓にして、その上に持参の御馳走を列べた。それに向かって山系君と二人並んで、ベッドの縁に腰を掛けると、二人共同じ方を向き、気違い同志が養生している様な恰好になるから、分別を要する。コンパアトに這入って食事をすると、いつもその問題がある。いつぞやはボイが空き箱を持って来てくれて、それを腰掛けにした。汽車の中でそんな手頃の空き箱がいつでも間に合うとは限らない。だから今度は絵かきの使う三脚を買ってきた。
どちらか一人が、そっちの方に場所を取る。そうすると鉤の手になって、工合がいい。ただ、使って見ると、初めてなので知らなかったが、三脚と云う物はお尻が痛い。長く掛けていられない。すぐにしびれる。だから時時交替して席を変えた。

「もう僕は痛い」

「代りましょう」

「それには、この前の物を動かさなければならない」

「どうするのです」

「だってこれは僕の食べさしだ」

「僕の前に、食べかけはありません」

「箸をつけたら食べてしまう。それはいいお行儀だ」

「そうでもありません。偶然です」

「迷い箸と云うのが、一番いけない。御存知か貴君は」
「知りません」
「昔、文部省から出たお行儀の本に書いてあった。お箸をその前の何かに向けて、まだ取らない内に、気が変って、お箸の先を方向転換させる。それが大変いけないそうだ」
「どういけないのですか」
「お行儀が悪いと云うのだろう。心得ておきなさい」
「僕はそんなことをしないから、まあ大丈夫です」
「しないと云っても、そう云う事は、半分は無意識だぜ」
「無意識でもしません」
「あんな事を云ってる」
「はあ」
「いやに断断乎としているじゃないか」
「僕はですね、もうこっちの魔法罎はあんまりありませんね」
「随分早いじゃないか、貴君」
「僕はですね、僕は御馳走を目で見て、見分けて、選り好みなんかしません」
「どうするのだ」

「お箸にさわった物を食べちまいます」
「目くらの様な事を云うじゃないか」
「お箸が見分けて摘みます」
「これこれ、僕の様な利口なおやじをつかまえて、人をたぶらかそうと掛かってはいかん」
「本当です」
「もう大分痛い。交替しよう」
「いいですか」
「一寸待った。この前の物を食べてしまう」

横浜を出るか出ないかに、初めの魔法罎は空になった。「銀河」は大船にも停まる。大船を出て、旧暦正月二十九日の闇夜の相模平野を驀進する間に、もう一本の魔法罎が怪しくなって来た。

「矢っ張り足りないか知ら」
「はあ」
「貴君とのいつもの定量より、少くはない筈なのだが」
「汽車が走りますから」
「その所為だね。ボイに頼もう」

狭い部屋の中を、非常に敏捷に立ち廻り、あっちの隅にあるベルを押して、その儘ドアの所に起ち、ボイの来るのを待った。畏りました、この次の小田原でもとめますとお酒を買ってくれと頼んでいる。こっちから、私が口を出した。

「お燗をしたのを売っていないかね」

「それは私の所で、お燗をしてまいりますから」と云った。

そう云えば一等車のボイがいる所には、いつもお湯が沸いている筈である。それで一先ず安心し、安心した拍子に、忽ち空になり、小田原の先でボイがお燗をして来てくれたのも、目出度く片づいて、もう寝る事にした。何しろ明日の朝は早い。非常に早くて、寝るのが心許ない位である。昧爽六時四十何分に京都駅へ著くから、それより前に起きていなければならない。起きて寝不足の欠伸ばかりしてはいられないので、支度をして少くとも洋服を著ていなければならない。こないだ奥州の横手へ行った時、朝八時過ぎに著いたので、汽車を降りてから気分が悪かったが、明日の朝はそれどころの騒ぎではない。止んぬる哉、止んぬる哉と思っている内に、眠ってしまった。山系君は私が明日の朝の事を気に病む前に、鉄の梯子で上段へ攀じ登り、天井裏のどぶ鼠は一足先に夜船を漕ぎ出した様であった。

五　京都駅の鯉

　朝早い乗換えは、覚悟の上ではあったが、矢張りいけない。京都の空は晴れていて、少し冷たい朝風が歩廊を吹き流れている。すがすがしいと人は云う所だろう。私は風が顔に当たるのもうるさかった。
　むっとして駅長室に這入り、助役に案内されて奥まった応接室に落ちついて見たが、面白くない。寝不足だと云っても、決して眠いわけではない。新特急の発車迄にまだ一時間半も余裕があるから、ここで居睡りをして、少しでも寝の足りない所を補う、なぞと云うそんな悠長な気持にはなれない。しかし、それではその間に何をしなければならないかと云うと、何もする事はない。ただ、朝がこんなに早いのが気に食わない。抑も何時間寝なければならぬと云う、そんな取りきめはない。寝不足でも寝過ぎでも、どっちでもいいから、起きた時が、こんな非常識な早朝でさえなければいいのだと、一人で腹を立てたが、すでに起きて、洋服を著き、歩廊の風に顔を撫でられて来たのだから、もう止むを得ない。
　ただ、ここにこうして腰を掛けた儘、便便べんべんと特別急行第五列車の発車を待っているのは、じれったい。又考えて見ると、もっと時間が経って、発車間際になれば、私共と同じ様に招待を受けた紳士達が、この駅長応接室へやって来るだろう。知らない人

の顔を見るのも面倒臭い。
「山系君、動物園へ行って来ようか」
「動物園ですか」
「彼等はもう起きているだろう」
「猛獣でしたら、夜通し起きていて、これから眠たくなる所ではありませんか」
「そうだそうだ、こっちが寝不足なので、動物の昼と夜を取り違えた。しかし門番はもう起きてるだろう」
「門番は起きているでしょうけれど、門の扉や、切符売場はまだ閉まっていますね」
「そうか知ら」
「まだ早過ぎますもの」
「それじゃ、どうする」
「開くのを待っていたら、汽車が出てしまうかも知れませんから、よしましょう」
「よして、どうする」
「どうするって」
「植物園へ行こうか」
「植物園がありますか」
「あるか無いかは知らない」

兎に角応接室を出て来た。早朝でも駅の中は人が混雑している。東京駅よりは下駄の音が多い。それだけに、うるさい。

外へ出て、車寄せに起った。京都駅前の町の姿には馴染みがある。しかし見馴れない建物も出来ている。少し遠くは朝霧だか靄だかが立ち罩めて、模糊としてよくわからない。

ぼんやりしている目の前に、タクシイが来て停まった。

「これに乗って行こうか」

「どこへ行くのです」

「どこでもいいね」

「そうですね」

乗ろうと思ったら、中に人がいる。二人並んで腰を落ちつけた儘、じっとしているから、この車は駄目かと思う。しかし外には見当たらないから、別の所へ動いて行く意味もない。だから人の乗っている自動車の前に、矢張りじっと起っていた。何だか車の中でもそもそやった挙げ句に、お客をその儘にして、運転手が降りて来た。そうしてどこかへ行ってしまった。

私が思うに、車内の二人の男は、どこかよろしくない所へ泊まって、朝の汽車に間に合う様に出て来たらしい。しかし、その所見を山系君に披瀝することはよした。彼

が若いから差し控えたと云うのではないが、どうでもいい事を口に出して云うのが面倒臭かった。

それから二人が降りた。

大分経ってから、運転手が走って帰って来た。車内に這入って、又もそもそして、運転手も車外へ出て、私共に、「お待ち遠さまでした」と云う。乗ろうかと腹の中で考えただけで、まだ何も云わないのに向うでそうきめたのだが、別に異存はないから、黙って乗った。

「どちらへ」

黙っていたら、構わず向うの方へ走り続けた。

「どちらへいらっしゃいます」

「どこでもいい」

矢っ張り向いた方へ走らした。そうしてもう一遍尋ねた。大分行ってから、山系君が運転席の靠れに乗り出して、動物園を蒸し返した。

「兎に角、行って見ましょうか」と運転手が云ったが、それは私が遮った。

「それより、もっと近い所を、ぐるぐる廻ろう」

「どの辺をお廻りになりますか」

「どの辺でも構わないけれど」

京都には旧友もいるし、亡友の未亡人の家もある。しかしこんな時間にそう云う所へ闖入すると云う法はない。
山系君と運転手と私と三人合議の上で、先ず京都御所のお庭を歩いて見る事にした。中へ自動車は這入れないと云う。それは構わないから、御門の外で待っていろと云っておいて、蛤御門で車を乗り捨てた。
寝は足りなくても、お庭はすがすがしい。足許のこまかい小石が露にぬれて、踏んだ後を振り返りたくなる程美しい。蛤御門から歩いて行くと、御所の横腹に突き当る。筋塀の下を清冽な水が流れている。この前京都に来た時、御所に這入ってこの水を眺めたのは、二十年昔か三十年昔か判然しないが、水の姿はその時と変らない。人が見ても見なくても、覚えていても忘れても、同じ方に向かって、微かな水音を立てながら流れ続けているのだろう。この水は御所のまわりを四角に廻って、もとの所へ戻って樋に落ちると云う事を人から教わった覚えがある。少し無理な話の様な気がするけれど、本当だろう。水について御所のまわりを廻って見た事はないし、今日も寝不足でその気力はないが、一人でそうときめて、そのつもりで足許の流れを指ざしながら、山系君に教えておいた。
筋塀の角を曲がって、建礼門の前まで行き、そこから引き返して門外に待っているさっきのタクシイに戻った。

のろのろ走らせながら、これからどこへ行こうかと云う相談をする。すぐ駅へ引き返しては、まだ早過ぎる。運転手が勧めた二三の場所は、行って見てもいいけれど、行かなくてもいい。みんな廻っていれば、遅くなるだろう。

「御見物なのですか」と運転手が更めて確かめた。

「いや見物と云うわけでもない」

車が四つ角へ来たので、運転手が躊躇している。走りながら、さっきのお客は、なぜいつ迄も車を降りなかったのだと聞いて見たら、八十円の料金なのに千円出して澄ましているから、それで暇取ったと云った。それで車内で揉めていたのだろうと思うけれど、外から見ていて、ちっともそんな風はなかった。運転手が根まけしてお金を崩しに出て行ったので、お客はその間じっと待っていたのだろう。

「何となく、じれったいね山系君」

「朝が早過ぎますからね」

どう云う返事なのか、よく解らないが、車が平安神宮の横腹から這入って行って、停まったから降りた。歩いてあっちへ行って見ようと思う所に、恐ろしく大きな犬が二三匹いる。耳が立っていて物騒な毛並みで、人がついてはいるけれど、鎖を手離しているから、こわい。そっちへ行こうと思うと、犬がこっちを見る。行かれやしない。

お詣りして来ようなぞと、気の利いた事を云ったが、気味が悪いから礼拝もせず、お賽銭も投げずに、その儘車に戻った。

「平安神宮は丹塗りだね」と云った。

丹塗りの赤い社殿の広前に、茶色を帯びた黒犬が、大きな口から舌を出していただけで、私には初めての平安神宮参拝はお仕舞になった。

駅に向かって帰る途中、三条大橋を渡りかけた時、東岸の崖下を流れる疏水の大きな水の塊りを山系君に見せておこうと思って、運転手に一寸車を停めろと云うから、あきらめた。

三条小橋の方へ走りながら、

「旦那方は、何か御視察なのですか」と運転手が尋ねた。水の塊りを視察してどうするかと云う事は、後で考えた上でなければ返事が出来ない。

駅へ帰って見ると、さっきは人気のなかった応接室が大変混雑している。だれがそう云ったか忘れたが、私の名前を二三人の人に紹介された。目先がうるさいだけでなく、段段人の顔がふえるので、こうしてはいられない。山系君をさそって、窓越しに見える中庭へ出て見た。

長方形の小さな池がある。底が浅くて、片隅に睡蓮が植わっている。水の中に、ど

う云う料簡だか、姿の悪い鯉が一匹放ってある。丸丸ふとっていて、料理するには手ごたえがありそうだが、観賞魚としての姿態は全く備えていない。退儀そうに、のろのろ動くのを見ていたら、欠伸が出そうになった。

六　神戸に停車しない

時間前になって、駅長の先導で、そこいらに起ったり坐ったりしていた諸氏が改札の方へ歩き出したから、その中にまぎれ込んで歩廊へ出た。新車で編成した特別急行第五列車「かもめ」は新鮮な姿で朝の光線の中に我我を待っていた。

特別二等車の指定された席に、山系君と並んで落ちつき、鯉も犬も御所の水も皆朝の夢だった様な気持で発車を待つばかり、と思ったがそうは行かない。まわりの諸氏は矢張り起ったり坐ったり、車外に出たり、又這入って来たり、何が忙しいのか、ちっともじっとしていない。しかしじっとしていろと云うわけには行かない。観念のまなこを半閉じにして、人が見たら白い眼をしていたかも知れないが、周囲の騒ぎをそらそうとしていると、急に耳のそばで甲高い声がする。びっくりして目を見開いたら、舞妓が幾人も、だらりに結んだ帯を垂らして、座席の横を小走りに向うへ行ったり、又戻ったり、頻りに何かしゃべっているが、よく聞き取れない。厚化粧や濃い口紅が、ホームの反対側の窓から射し込む朝の光でばらばらになって、あんまり綺麗ではない。

牽引機関車C59の汽笛が鳴って、動き出した。八時三十分、勿論定時発車である。これからこの機関車が走り続けて、西へ三百八十一粁、広島に著く迄は一回も機関車の附け換えをしない。京都広島間を一輌の機関車で走破するのは、その能力を限度まで利用する事になる為であるそうで、それは機関車の附け換えに要する停車時間を出来るだけ切り詰めようとする為である。

京都の駅は構内が馬鹿に広い。段段速くなって来ているけれど、まだ構内を出切らない。構内の方方にいる現場の諸君が、勿論彼等に汽車が珍らしい筈はないのに、丸で田舎の子供が汽車を眺める様な顔をして、どこかの小屋から走り出して来て、何本目かの線路の向うに堵列し、目を輝かしながら見送っている。手を挙げて、機関車に向かって歓呼する者もいる。新らしい特別急行列車の処女運転と云う事が、関係者にはそんなにうれしいのかと思い、その様子を見て渋い目の渋が取れる様であった。

京都を離れてから、本式に速くなり、じきに大阪に著いた。プラットフォームは大変な賑いである。それは車室の外の、窓の向うの事だから構わないが、その騒ぎのかけらが人の姿になって、幾人も私共の車室に這入って来る。その中には昭和二十五年の秋、大阪へ出掛けた特別阿房列車の時以来の知り合いの顔もある。彼は管理局の甘木君である。甘木君曰く、何何新聞が御感想を聞きたいと云っていますから、一寸会ってやって下さい。

かねて期したる事なれば、勿論おことわりはしない。汽車は大阪を出て、神戸に向かって走っている筈だが、神戸は通過して停まらないそうで、この列車の下りだけは三ノ宮に停車すると云うから、変な話である。

その三ノ宮の一分停車の間に、放送局が録音に来る筈だから、何か一言二言話してくれと甘木君が云う。それは御勘弁を願いたいと云ったが、一寸でいいからと云う。甘木君との話しを段段曖昧にして、うまく逃れようと考えていると、その内に三ノ宮に著いたけれど、放送局はやって来なかった。

甘木君がいい工合でしたと云った。私が我儘を云って彼を困らしているのでは、申し訳がない。

一分停車だから、三ノ宮はすぐに出たが、その短かい一分の間、ホームは大変な騒ぎであった。小学校の生徒を引率して来たのか、孤児院の子供が狩り出されたのか知らないが、人ごみの中に、踏み潰されそうな小さな子が旗を持って堵列し、大人も幟や花を持って、右往左往に騒ぎ立てた。ホームの天井裏につるした萬国旗の間には、特急停車期成同盟と書いた紙がひらひらしている。同じ神戸の市中に在りながら、神戸駅と三ノ宮駅とが新特急「かもめ」の停車で争い、結局、下りは三ノ宮駅停車、神戸駅通過、上りは神戸駅停車、三ノ宮駅通過と云う変な事に納まったらしい。

神戸駅と三ノ宮駅とで争ったと云っても、実は各の地元（おのおの）が国鉄に対して、その意地を通そうとしたので、だから国鉄は両方から詰め寄られて、その決裁に迷い、困った挙げ句に右の様なおかしげな停車と通過でお茶を濁した。それで双方の顔を立てたと云うつもりなのだろう。

東海道本線の終点、山陽本線の起点である神戸駅を、片道だけにしろ通過駅に扱ったのは、鉄道と云うものの姿から考えてよろしくない。「つばめ」が沼津に停車して静岡を通過し、「はと」が静岡に停車して沼津を通過すると云うのとは話が違う。こんな曖昧（あいまい）な処置に出たのは、国鉄が段段に高貴なる官僚精神を失いつつある証左であって、人が嫌ってもいいから、毅然（ぎぜん）としてサアヴィスを行うと云う精神に欠けている。サアヴィスとは愛想顔、御機嫌取りの意味ではない筈である。

しかし今になって私が腹を立てて見ても、一旦そうときめた三ノ宮停車を取消す事は六ずかしいに違いない。だからそれはその儘にして、つまり下り第五列車だけの停車と云う恰好を残し、一分間停車を三十秒に切り詰め、それは上野新潟間の急行「越路」にも例がある事だから勿論（もちろん）出来る。そうしてそこから先の技術的な遣り繰りは私などには解らないが、前後のどこかで何とか都合をつけて、神戸駅停車を実現する様に国鉄に御奮発を願いたい。

思えば夢か時のまに

五十三次はしり来て
神戸の宿に身をおくも
　人に翼の汽車の恩

これは鉄道唱歌の終節の一つ手前であって、同第二集山陽線の始まりは、

夏なお寒き布引（ぬのびき）の
　滝の響きをあとにして
神戸の里を立ち出ずる
　山陽線路の汽車の道

その神戸駅を、特別急行「かもめ」が通過する。つまり走り抜けると云う法はない。

七　曲がった鉄橋

　私の念願が叶って、第五列車が神戸駅に停車する事になると、きっと又三ノ宮がうるさいだろう。そう云う事なら上り第六列車も、三十秒でいいから三ノ宮に停車させろと云うに違いない。三ノ宮に停まる事に異存はないが、少しでも時間を切り詰めようとする特別急行が、神戸三ノ宮間、僅か二粁（キロ）半許（ばか）りの間で著いたり出たり、その前後に徐行したりしては間拍子（まびょうし）に合うまい。今度の「かもめ」の話だけでなく、今後の事も

それで私は国鉄にいい事を教える。

あるから、神戸と三ノ宮の間をプラットホームでつないで仕舞いなさい。片庇のトタン屋根で沢山で、ただ続いてさえいればいい。そのホームの一方の出口を神戸口とし、一方を三ノ宮口とする。それで萬事が簡単に解決する。

右は私の懷抱する輸送計画の腹案の一端に過ぎないので、先年、汽車があんなに混雑して、乗客も鉄道側も困じ果てていた時、当局に献策しようと思ったが、つい忘れてその儘になった。どこに適用しても効果は同じ事であるが、例えば東海道線の混雑に手がつけられないとする。これを解決するには、東京大阪間を長いプラットホームでつないでしまう。東の出口を東京とし、西の出口を大阪とする。東京から大阪へ行こうとする者は、東京で入場券を買って、ホームに這入ればいい。ホームを伝って行くと大阪口から出られる。勿論汽車もレールも保線の苦労もいらない。相当長いからホームの途中で日が暮れる。あんまり屋敷が広いので、離れへ行こうとすると、廊下で日が暮れる。そこで一晩寝たと云う話を聞いた事がある。先ずその伝だと思えばよろしい。

さて、歴史的の神戸駅を走り抜けた第五列車「かもめ」は、須磨明石の海岸を過ぎて、姫路に向かい驀進している。私は須磨や塩屋垂水の海の色、舞子の松を車窓から眺めるのを、いつもあの辺りを通る時の楽しみにしているけれど、寝起きの悪い目には絶景も却ってうるさい。いつの間にか、うつらうつらし出した。人の大勢いる中で、

特に知った者もいる前で、居眠りなぞするのは見っともないから起きていようと思う。そう思った事は確かに思ったのだが、姫路に停まって、姫路を出たのを知らなかった。気がついてから、おやおやと思った。姫路を出れば、次の停車駅は岡山である。ちっとも帰らないけれど、郷里はなつかしい。そこへ近づくのだから、もう起きていよ うと思う。抑もこうして、この新らしい特別急行に乗っていて、行く先に何か用事があるのだったら、途中を眠って通るのもいいか知れないが、どこまで行っても用事と云うものはない。ただこの汽車に乗りに来ただけである。だから寝るのはよそうと思っている内に、それも亦、確かにそう思った筈なのだが、岡山の県境、船坂峠の三石隧道を通り抜けたのを知らなかった。

吉永、和気を過ぎた時分から漸くはっきりして来た。もう今度は本当に寝ないつもりである。じきに吉井川の鉄橋にかかった。吉井の鉄橋は川の中で曲がっている。曲がった鉄橋と云うのは、外に例があるか知ら。子供の時、高等小学校で先生から教わった話では、日本中どこにもない、吉井川の鉄橋だけだと云う事であったが、そう教わった当時から五十年の歳月が過ぎている。一たん曲がって架かった橋は、五十年経っても、ぴんと真直ぐにはならないが、日進月歩の鉄道の事であるから、その間どこか外の所の川で、曲がった鉄橋を架けていないとは限らない。

高等小学校の先生は、橋が曲がっているのは、こっち岸と向う岸と両方から計って

来た測量が間違ったからだと教えた。そんな事があるものか否か、今考えて見ても私には解らないが、川の中の橋は短かい程いいに違いない。一番短かいのが直線だと云う事ぐらいは私にだって解る。

ところがその先生の話の当時は、この辺は単線であったが、今は複線になっている。下り線がもとからあった方で、上り線は後から出来た新線である。その新線の上りの鉄橋まで、少し離れた上流でちゃんと曲っているのを、或は曲げてあるのを今度初めて見て、何の為に吉井川の鉄橋が曲っているのか、全く解らなくなった。

曲った鉄橋を渡って萬富駅を過ぎ、次の瀬戸を通った時分から、又座席の下の線路が、こうこう、こうこうと鳴り出した。遠くの方で鶴が啼いている様に聞こえる。

鹿児島阿房列車の前章でもこの事を書いたが、快い諧音であるけれど、何となく悲しい様な、淋しい様な気持がする。瀬戸、西大寺、岡山の間だけでなく、岡山を出た西の方の線路にも、この音のする所がある。速い時に鳴り出す様で、大体七八十粁前後にならなければ、鶴は啼かないのではないかと思う。

空川の百間川の鉄橋を過ぎ、旭川の鉄橋を渡って、岡山へ著いた。いつでも岡山を通る時は、車外へ出て歩廊を歩いて見るのだが、今日は混雑しそうだから、よそうと思う。又新特急の処女運行だと云うので、いろんな人が来ていて、その中に知った顔があると面倒である。座席にじっとしているに限る。そう思っていると、向うの窓を

とんとん敲く者がある。大きな声で「栄あん、栄あん」と私の名を呼んでいる。おさな友達の真さんがそこに起っている。

「わあ、いたいた」

しかし、この汽車に乗っているのが、どうして解ったのか、解らない。

「そりゃ、あんた、こないだ東京で会うた折、あんたがそう云うたがな」

一緒にお酒を飲んだ時、そう云ったのだろう。しかし云った覚えはない。

「覚えとらん。そう云うたかな」

「云うたから、知っとるんじゃがな」

「はは」

これから博多、八代へ行くところなのに、東京へ持って帰るお土産の大手饅頭を、箱入りと竹の皮包みと、私が時時夢に見る程好きな事を知っているものだから、持ち重りがする位どっさり持って来てくれた。饅頭に圧し潰されそうだが、大手饅頭なら潰されてもいい。昔の同じ町内で、私や真さんより少し歳下の保さんも来てくれた。歳下と云っても勿論大きなおやじである。早咲きの桜の小枝を馬上杯に釣るしてくれた。桜の枝は博多のホテルまで持って行き、車内へ這入り、私の座席の横に釣るしてくれた。

三分停車で十一時四十七分、岡山を発車した。馬上杯は東京へ持って帰った。

八 特別急行「からす」

岡山の次の停車駅は広島である。間にある大小二十六駅を通過して、百六十余粁を二時間半で一息に走破する。無停車の区間としては国鉄で一番長いそうだが、笠岡と尾ノ道で瀬戸内海が一寸見える外は、沿線の景色に変化がないから、退屈でない事もない。

同車の諸氏も所在がないと見えて、段段に静まって来た。方方の席で居眠りが始まったのだろう。

その間に色色新聞や放送局のインタヴィウを受けた。覚悟の上だからお相手はしたが、聞いた方も丸で意味はなかったのではないかと思う。お役に立つ様な受け答えが出来る筈はないのだから、止むを得ない。

その中の一人は、隣りにいた山系君が気を利かして起った後の席に坐り込み、私に寄り添う様にして尋ねた。

「大阪から乗られましたか」

「いや京都から」

「いかがです」

「何が」

「沿線の風景に就いて、感想を話して下さい」
「景色の感想と云うと、どう云う事を話すのだろう」
「いいとか、悪いとか」
「いいね」
「しかしですね、今、日本は戦争か平和か、国会は解散と云うこう云う際に、この様な列車を走らせる事に就いては、どう思われますか」
「そんな事の関聯で考えた事がないから、解らないね」
「更めて考えて見て下さい」
「更めても考えたくない」
「国鉄のサアヴィスに就いては、どうですか」
「サアヴィスとは、どう云う意味で、そんな事を聞くのです」
「車内のサアヴィスです」
「それは君、今日は普通の乗客でないのだから、いいさ」
「サアヴィスはいいですか。いいと思われますか」
「よくても、いいのが当り前なんだ。よばれて来たお客様なのだから」
「広島へ行かれましたか」
「行った」

「いつですか」
「最近は一昨年」
「原爆塔を見られましたか」
「見た」
「その感想を話して下さい」
「僕は感想を持っていない」
「なぜです」
「あれを見たら、そんな気になったからさ」
「その理由を話して下さい」
「そう云う分析がしたくないのだ。一昨年広島へ来た時の紀行文は書いたけれど、あの塔に就いては、一言半句も触れなかった。触れてやるまいと思っているから、触れなかった」
「解りませんな」
「もういいでしょう」
漸く隣席から起ち上がった。「お忙しい所を済みませんでした」と云って向うへ行った。
 大阪の管理局の甘木君が、にやにやしながら、通路に起っている。

「僕はちっとも忙しくなかった。おかしな事を云いますね、甘木さん」

「口癖なんですね、お疲れのところを、と云う可きだったな」

それから広島に著き、又ホームで一騒ぎして、人が出たり這入ったりして、広島を発車した。

沿線の畑に麦が伸びかけている。窓の外は全くの春景色である。そうして少し曇りかけて来た。広島で附け換えた機関車の白い煙が、竹藪の中へ這入って、通過する迄出て行かないし、消えもしなかった。

宮島の波の中のお鳥居が見えて、その後又暫らくの間海の景色が展けたが、手前の島の上を越した沖の空は、次第に暗くなっている。遠くの方は雨が降っているかも知れない。

この新特急第五、第六列車は「かもめ」と云う呼び名で登場したが、あまりいい名前ではない。戦前の「つばめ」の姉妹列車に「かもめ」と云うのがあって、東海道線を走っていたが、これはその言葉に意味はなくても、同じ線を同じ様に走るので、「つばめ」のメ、「かもめ」のメの押韻（おういん）に趣きがない事もなかった。今度の新「かもめ」は第一にそう云う使い古しの名前を持ち出して、新らしい所を走る新らしい列車に冠したと云うのが知恵のない話だし、京都博多の間に鷗にゆかりのある海が見える所はそう長い距離ではないから、今度の様に「かもめ」と云う言葉に意味を持たせて、

瀬戸内海に沿って走るからと云うのは、こじつけである。糸崎から分かれて海岸線を広島に出る呉線の列車なら、鷗に因縁がない事もないだろう。ところがこの列車は糸崎から先のその辺りで段段に山と山の間に這入り込み、無暗にカアヴして山の裾をうねくね廻り、山の鴉をおどかして走るのだから、特別急行「からす」と云った方がよかったかも知れない。

　　九　右書き左書き

　機関車給水の為に停車する小郡を過ぎると、後は下ノ関、門司、小倉で博多に著く。
　昨夜、寝が足りなかったのは、いつ迄もお酒を飲んでいたからであり、今朝が早過ぎたのは、「銀河」の時間がそうだったのだから、それを承知で乗ったのだから、止むを得ない。しかしながら、昨日の宵八時半に東京駅から走り出して以来、間に京都で中断したにしろ、何しろ長い間汽車に乗り続けて、少少くたびれた。もうここいらで降りたいけれど、そうは行かない。
　無暗に走って、名前も解らない駅を通過する。ホームに立てた駅名標がすっすっ飛んで、書いてある字は中中読めない。今は全部左書きである。左書きの方が読み易いホームと、左書きでは汽車の進行と逆になって、読みにくいホームとがある。そんな事から、山系君と左書き右書き論をしていた。

貴君（きくん）、僕は仮名遣いの問題とちがって、左書き右書きをそう窮屈に考えてはいないよ。決して右書き論者だと云うわけではない。第一、僕自身学生の当時からノートはすべて左書きにしている。外国語のまじらない、国文学のノートでもみんな左書きだ。縦に書いていた友達もいたけれど、そんなのは例外で、だれだって、みんな左書きで、それが普通で当り前だ。

しかし僕の本の表紙や扉の問題になると、話しが違う。そう云う箇所の左書きは、僕はそれでいいと云う気になれない。ところが今は大体みんな左書きだから、それを無理に右書きにすると、見る人の目に抵抗感を与える結果になる。僕は自分の所見を譲歩するのはいやだし、人に見せる為の物を、人に見にくくするのも無意味な意地だから、成る可く横書きを避けて、縦に書いて、そう云う問題に触れない様にする。しかし表紙や扉には装釘意匠の問題もあって、その方の制限で縦には書けない場合がある。そう云う時は必ず右書きにする。

今の事は知らないが、僕が日本郵船にいた当時まで、郵船の船は舳先（へさき）の舷側に書いてある船の名前が、みんな右書きであった。ところがそれが両側にあるから、一方は必ず逆になる。逆になった方を左書きにすれば、両舷共進行方向に合って読み易いだろうと思った。しかしその日本字の船名の下に、羅馬字（マ）が書き添えてある。船の進行方向の如何に拘（かかわ）らず、羅馬字を右書きにするのは困

難である。そうだろう貴君、だからそう云うわけなのだ。

「はあ」と彼が云った。「門司の管理局に機関誌がありまして、その創刊の時、表紙の題字を右書きにするか、左書きにするかで、大層揉めました。汽笛と云う名前なのです。表紙の意匠に合わして、それを仮名で書こうと云うのですが、議論が二派に岐れて、両方とも譲らないから、大分上の方まで持ち出して争うと云う様な事になりました」

「それで上の方はどう決裁したのだ」

「雑誌が出来て見たら、汽笛は仮名で書けば、右から読んでも、左から読んでも、同じ事でした」

山系に一杯食わされてぼうっとしている窓外に、暮色が迫って来た。時時窓硝子(ガラス)に雨の玉がぶつかって、筋を引いて流れた。

博多に著く前に、又インタアヴィウが来た。今度は放送局だそうである。いかがでしたと聞くから、疲れたと云った。所感を尋ねて、それを放送員が放送すると云う。御尤(ごもっと)もで、車中はうるさかったでしょう、と親切な質問をする。

「人に構われたくなかったのですけれど、こう云う日に乗ったのだから、止むを得ません。そう云えば、あなたも矢張りその一人だ」と云ったら、気の毒だと思ったのか、

腹を立てたのかわからないが、簡単に行ってしまった。

それから間もなく博多に著いた。博多には雨が降っている。雨のホームは又大変な騒ぎで、人が一ぱいに詰まり、楽隊ががたがた鳴り、手近かで爆竹の音がし、雨空に花火が轟き、萬歳の声が辺りの噪音を圧して、車内にいても、のぼせ上がる様である。もう降りようと思うけれど、すぐには車外へ出られない。

博多まで来たのだから、これで今日の御招待が難有く終った。難有かったけれど、矢っ張り新特急の試乗は今日でなかった方がよかったと思う。いろいろ気が散って、気分に纏まりがなくなった。みんな人の所為であって、そう云う人が乗る日に、乗り合わせたのが悪い。

人ごみの中から、賓也君の顔がデッキのステップの前に近づいて来た。彼は昔の私の学生であったが、今はこちらで大きな顔をしているらしい。今晩の宿は管理局の方で用意すると云うのを辞退して、賓也に頼んでおいたから、そこへ連れて行ってくれる為に出迎えたのである。

漸く歩廊へ降りて、人に揉まれながら陸橋を渡り、挨拶の為に駅長室へ這入ったが、人人が右往左往して、だれに何と挨拶すると云う方針も立たない。いいから行ってしまおうと思う。そこへ新聞記者が来て、これこれの者だが、感想を云えと云う。感想はないと云っても、それでは承知しない。何と受け答えをしたか忘れたが、要するに

その場を逃れる為の口から出まかせを二言三言弁じて、それでいい事にして貰って、さあ出掛けようと思う。

そこへ車中で顔馴染みになった管理局の係が来て、皆さん晩餐会に出席されるのだが、なぜ来ないかと云う。行かないと云うだけの事である。だからその順序を省略した交渉ではないので、云えば行かないと云うだけの事である。だからその順序を省略した交渉で、大変話しが簡捷（かんしょう）である。御招待を受けて、博多まで来たから、著いたところでもういいと云う事に考えている。どうかそれでもいい事にして下さい。

十　食堂の紅毛人

本式の洋風ホテルを頼んでおいた。賓也（ひんや）君にそこへ案内されて、一室に落ちつき、さて考えて見るに、我我はまだ夕食前である。もう一階上の食堂へ行く事にした。窓の外に雨が降り灑ぎ、雨の中にネオンサインの色が変ったり、明滅したりする。

賓也や山系と三人で杯を挙げて、これから疲れを癒そうと思う。

タブル・ドオトは面倒臭い。又コースがお酒に合わない。好みの註文をしようと思う。賓也に相談を持ち掛けると、もう晩の御飯を食べて来たから、軽い物でお酒だけ戴きますと云う。

前前から今晩は御馳走すると云ってあるじゃないか。

そのつもりだったんですけれど、家を出掛ける前にみんなのお膳が出まして、腹がへってたものですから、それを見たら食べたくなっちまって、つい食べたらおなかが一ぱいになりました。もうおなかは一ぱいです。

仕様がないな、と云おうとしている所へボイが来て、新聞社がそこで待っていると云う。そんな筈はない。このホテルへ来た事はだれも知らない。

しかし現にそこにいるらしい。ボイの後から顔を出したのを見ると、さっきの駅長室の記者である。おまけに写真班も来ている。顔を合わしたのに、ことわるのは骨が折れる。無理にそんな事をすれば、後のこっちに不愉快な気持が残るだろう。止むを得なければ止むを得ないので、それにはお酒の進まない内早い方がいい。

両君を食卓に残して中座し、ロビイに出て、ここ迄来るとは驚いたね、どうしろと云うのだと尋ねた。

社へ帰ったら怒られたのです。もう一ぺん行って要領を得て来いと云われたので来ました。少し話して下さい。

写真を写して、それから二言三言その記者と話しをした。その後は、僕は君が何と書いても文句を云わないから、そっちで書いてくれたまえと云った。それでお引取りを願い、両君が待っている食卓に戻って、それから漸くお酒が廻り出した。

何しろ疲れているので、大変うまい。尤も疲れていなくても、うまい事に変りはないから、疲れているだけが余計な酒の肴かも知れない。それに私は昼間のお行儀がいいので、今日も車中お祝いの食堂に案内されて、飾り立てた食卓についたけれど、すすめられた麦酒は飲まなかった、だからなおの事うまい。

三人が少し饒舌になりかけた頃、横の方で荒荒しい声がし出した。私共の食卓から少し離れた席に、一人で食事していた紅毛人が、すっくと起ち上り、手を振って怒号する。ボイがその前で、弁解しているのか、あやまっているのか、私の方から見るとうしろ向きになっているので、様子はわからないが、そこへ支配人の様なのも出て来て、なだめに掛かった。それでもますますいきり立って止めない。註文が間違ったのか、持って来た料理が気に食わぬのか、そのわけは知らないけれど、ホテルの食堂で、他にもお客がいるのに、一人でわめき立てて自制する事が出来ない。お酒を飲んでいる風でもないので、酔っ払いではないらしい。うるさいけれど、憐れな気持がする。いつぞやも列車食堂の中で、無暗に怒っていた紅毛人を見た事がある。彼等は家郷を遠く離れて私共の所に迷い込み、或は連れて来られて、何でもない事に腹を立てている。可哀想だが捨て置く事にして、こっちはおとなしく、お行儀よく、しかし一つ迄も飲み続けて、長尻をした。

十一　再認識

スプリングのついた寝台は好きではないが、そうなっている物は止むを得ない。そっと寝てよく眠って、目がさめたら朝で雨が降っている。
ゆっくりして、一服も二服も三服もして、折角この通り朝から起きているのだから、朝食にしようと思う。しかし朝食の為に食堂へ出掛けるのは面倒臭い。又朝食にすると云うのは、その順序の事であって、何を食べると云うつもりはない。何も食べたくはない。なんにも食べない者が食堂へ行っては、手持無沙汰である。
山系君がそこにいなかったが、ボイを呼んでアイスクリームを食べるだろうと聞くと、アイスクリームは食べないと云う。それなら、彼が一つ、私が二つのつもりだったが、三つとも食べてもいい。
しかし僕は食堂へは行かないつもりだ。僕もいいです。それじゃ何か持って来させなさい。そうします。アイスクリームは断じて食べないのだね。食べたくありません。
暫らくしてボイが、珈琲とトーストと、別にアイスクリームを三人前運んで来た。その三つをみんな私の前に列べて、端のカップから一匙ふくむ。大変うまい。昨夜もお酒の後でみんなで食べたが、昨夜のはクリーム・サンデエであった。今朝のは、初

めからボイに白いのを持って来いと命じたから、三つ共白い。その色と、円く盛り上がった肌が、朝の目をすがすがしくする。家にいるとそう行かないが、旅行に出れば私はアイスクリームばかり食べている。好きなのだろうと思うけれど、どこがどういいのか、考えて見た事もない。味もよくわからない。味わい分けたり、比較したりする事は丸で出来ない。ただ子供の時珍らしかった衛生元祖アイスクリン以来、いつでも、あれば食べたいと思う。

一人前済まして、二つ目に掛かった。もう大分口の中が冷たい。山系君はトーストをかじっている。それに珈琲だけでは、彼はおなかがへらないかなと案じながら、二つ目の仕舞頭になったら、少し口中が冷た過ぎて、もういいと思い出した。だから矢っ張り私が二つ、彼が一つで丁度よかったのだが、食べないと云うから仕方がない。そこで三つ目に匙を突っ込んだ。

三つ目の半ば頃になると、口の中がしびれて、舌に感覚が無くなり、匙でしゃくって入れても、溶けて咽を流れるところしか感じない。味も解らず、特に冷たいと云う事もない。初めの内は冷たいのがすがすがしい気持であったが、もう何ともない。少し頭痛がする様でもある。こうして三つ目を片附けた気持ではなくなった。

あまり冷たいと、頭痛がするものかも知れない。賓也より一二年下の学生で、だから今は勿論大きなおやじで、紳士だが、彼は夏の暑い盛りに氷のすいを幾つでも飲む。

或る時七杯飲んだら、七杯目には頭ががんがん割れる様に痛くなったと云う話をして聞かせた。

理窟を考えれば、氷のすいよりも、アイスクリームの方が冷たいだろう。兎に角我慢して三つ目を綺麗に片づけた。第一、山系の前で残したりしては、沽券にかかわる。冷え切った口で煙草を吸い、暫らくそうしていたら、しびれが取れてもと通りになり、頭痛もなおった。

それで支度をして、出掛けた。東京へ帰るのではない。八代へ行くのである。八代と云う所に勿論用事はないが、この前の阿房列車の後で、奥羽の横手と熊本の先の八代へはもう一度来て見たいと思った。こないだ横手へはもう行って来た。それで今これから八代の再遊を試みようと云うのである。

十時五十九分博多発、下リ三五列車「きりしま」で行く。一昨日まで「きりしま」は三三列車であったが、昨日から新特急「かもめ」の運転が始まったお蔭で、ダイヤグラムに変更があり、列車番号も変った。

早目にホームに這入り、ホームで見送りだか昨夜の御挨拶だかに来た賓也と立ち話しをした。「きりしま」はもう這入っている。博多で十四分停車だから、まだゆっくりしていい。それに、これから乗る汽車の横腹に起っているのだから、こんな安心な事はない。そう思っている目の前で、前でなく横だったからなお更驚いたのだが、そ

「きりしま」が動き出した。はっと思って、そちらに向き直って見ると、発車ではなかった。前部についている一等寝台車と、二等寝台車と、特別二等車を二輛聯結している中の一輛と、〆て三輛を博多で切り離すのである。その為に十四分も停車する。そうと解って、ほっとした。そうして定時に発車した。

八代まで、急行でも三時間半かかる。鳥栖、久留米、大牟田、熊本に停車して、雨中の八代に著いた。夜来の雨の雨脚が、八代では余程繁くなっている。更めて思うに山系君は全く天の成せる雨男である。どこへ行っても、雨が降っている。それとも彼にそなわる通力があって、到る所で雲をよび雨をよぶと云うのなら気味が悪い。

雨の繁吹くホームに降り立ち、手荷物を持ち分けて陸橋を渡った。陸橋の階段を降りて、駅長室の方へ行く間に出口の改札がある。駅長室へは明日の帰りの切符の事で顔を出さなければならない。そっちへ歩いて行きながら、何の気なしに出口の方を見ると、雨中に傘をさした女が二人、こっちを見ている。すぐに、今晩の宿の女中が迎えに来たと云う事が解った。会釈を返して、一寸待てと云う相図をしておいて駅長室へ這入った。

我ながらよくわかったものだと感心した。山系君来ているじゃないかと云うと、僕はもとから、階段を降りた時から知っていましたと云う。

しかし私は、この前の時の、お庭の見える奥の座敷を取っておけと云う葉書を出し、

従って今日来る事は通じておいたが、彼女等が出迎えるとは思っていなかったから、咄嗟にその人体と顔を再認識したのはえらいと思う。彼女等の一人は臺湾引上げの本島さん、一人は朝鮮帰りの御当地さんであった筈だが、今改札の外に並んで起っていた中の、どちらがどれであったかは、その区別と分離は私には出来ない。二人をつっくるめて一昨年来た時の初夏の顔馴染みである。合計した再認識で、よく来てくれたと思った。駅長も一昨年来た時の顔顔馴染みである。あそこは、もとの通りやって来るのを待つ間、雑談する。駅長さんが云うには、係が明日の切符を作ってくれて居られますけれど、女中が変りまして。

おやおやと思う。切符の事が済んで、改札を出て、彼女等が傭やっておいた自動車に一緒に乗った。一人は助手席に乗ったから、うしろ向きで顔はわからない。もう一人の方が私の横に乗った。

あんたは、もとじまさんか御当地さんか、どちらだ、と尋ねた。

御当地の方で御座います。

もとじまさんはどうした。

あの方は、こちらに人絹会社が御座いまして、人絹会社の寮の寮母さんの様なお役目で、そっちへお変りになりました。

「すると」と云って私はうしろ向きの彼女を指ざした。「この人は、僕は知らないの

「はい、新らしい人で御座います」

おやおやで、全く赤面の至り、知らない顔を再認識して、やあやあ暫らくと云うつもりの会釈をした。まあしかし、半分は当たっていたのだから、零点の成績ではない。自動車の通る道に馴染みがある。両側とも覚えている。人の顔は見誤っても、景色の記憶は間違っていない。

車中で御当地さんが云うには、奥のお座敷の事を伺う前から今晩の会のお約束が御座いまして、あすこがふさがりますけど、五時に始まって、八時頃には終ると思いますから、その間はどうかお二階の方でおくつろぎ下さい。お二階は最近に手入れをして、解放する事に致しました。

解放すると云うのは、私なぞでも這入れると云う意味だろう。この宿はいつぞやの巡幸の折の行宮になったそうで、二階を御座所にあてたから、今は閉め切ってあると、この前来た時油紙女史が話した。

そこへ通されるのは恐縮だが、そう云う事だって、止むを得なければ止むを得ない。

十二　杏子の花

通された二階の座敷は、古びていて、寧ろすすけていて、その趣きで立派ではある

が、天井がいくらか低い感じがする。そう思ったのは、二間続きの手前の方の座敷には絨毯(じゅうたん)を敷き、テーブルと椅子が据えてあったので、先ずそれに腰を掛けたら、そんな気がしたのかも知れないが、お出先の事にしろ、御座所としては少しく貧相である。奥の方の座敷は座布団で、普通の二倍も三倍もある大きな脇息(きょうそく)が置いてある。お茶を持って来た御当地さんに、油紙女史はどうしたと聞くと、あの方ももういないと云う。

それではこの前来た時のお馴染みは、あんただけだね。

新らしい女中ばかりなので、勝手がわからないから、彼女が残って采配を振っている様な話である。つまり油紙女史の後任と云うわけなのだろう。

下のお客は何だと聞いて見た。幼稚園の先生と父兄の懇親会だと云う。それでは八時には済むと云うわけに行かないだろう。いいえ、そう云う会なので御座いますから、お料理もきまって居りますし、お銚子は一本ずつとなっていますので、そう長くなるわけはありません。

御当地さん、それは違うよ、と私が云った。お酒が一本ずつと云うのは、あてがわれた人がその一本しか飲まないと云う事ではない。一本ずつ頭数(あたまかず)だけ出ていれば、飲まない人の分が飲みたい人の方へ集まって行く。何人来るのか知らないけれど、それだったら相当廻るに違いない。

山系君が口を出した。そんな時はですね、僕達も時々そう云う会がありますけれど、飲まない人の隣りへ行って、その分を飲もうと云うのは駄目です。飲むものばかり一かたまりになって、全体のお酒がその前へ集まる様にすると随分飲めます。

雨が降り続けて、うすら寒い。大きな宣徳の火鉢が二つ置いてある。ついその傍へ寄りたくなって、手をかざしながら灰の中を見ると、炭火のいけ方が、こないだ内出掛けた雪中の新潟や横手の火鉢とは工合が違う。尤も南と北と隔たっていると言うだけでなく、時候もその間に大分移っている。

まだ晩のお膳には早い。その間なんにもする事がない。山系君も目白がふくれた様になって黙っている。

起って障子を開けたら、庇にいたらしい鳩が、近い羽音を立てて、ぱっと飛んだ。鳩も驚いたのだろうけれど、こっちもびっくりした。あんまり静かなので、それだけの物音にも、どきんとする。

こちらの障子を開けると、しんとした静けさの中に、杏子の花が咲いている。花盛りの枝が、池の縁から乗り出して、音のしない雨の中に的皪と光った。鴉が啼き出した。八代の鴉は声柄が障子を閉めて座に返り、ぼんやりしていると、悪い。一昨年のと同じ鴉ではないかと思う。する事がないから又座を離れて、鴉を見に起った。お庭の芝生に四羽いた。少し離れているし、黒いから鴉の顔はわからなか

ったが、こっちの小屋根にも鳩が五六羽いて、うずくまって、ふくれて、実に景気の悪い顔をしている。雨が寒いのだろう。

お庭の池は水が抜いてあると見えて、浅い所は涸れて、凹みにだけ残った水に小さな水波が立ち、そこへ雨が降り灑いでいる。御当地さんが、今は食用蛙の大きなお玉杓子がいると云ったが、明日お天気になったら、お庭へ出て、見ようかと思う。

又火鉢の傍に戻って、じっとしている。じっとしているより外に、ポーズの作り様がない。昨夜はホテルでよく寝て、今朝はゆっくり起きたから疲れてはいないし、眠くもない。何でも出来るけれど、なんにもする事がない。昨日一日の車中にくらべて極楽である。八代へ来てよかったと思う。

夕方近くなって、少し風が出たらしい。潮騒の様な音がする。しかし海は遠くて、浪音が聞こえる筈はないので、松籟かも知れないと思う。その微かな響きを貫く様に、雨の中で鵯の声がした。

お膳が出る前になって、面倒だったが奮発して風呂に這入り、それから床の間の前の大きな脇息に片肱を掛けて一献を始めた。山系ももうふくれた目白の様ではない。下の幼稚園の宴会は果して八時なぞには済まなかった。十時にも十一時にもなった様である。黒田節を合唱する声が上まで聞こえて来たりした。遅くなってから、下の座敷に移って寝た。

十三　又寝

　翌朝目がさめて、一寸手洗いに行って、又寝をするつもりで帰って見ると、赤い毛糸を著けた若い女中が三人、手分けして、非常に忙しそうに私の寝床を片づけている。驚いて止めさせたが、丸で猿が働いていた様に思われて、芝居の高時の天狗の手下を聯想した。もう一度敷き直した寝床に又寝して、午頃更めて起きた。
　先にとっくに起きて、朝飯を済ましている山系君が、お庭へ出て見ろと云う。今日は雨上りの日本晴れである。庭下駄をつっ掛けてついて行った。一昨年来た時は、お庭の向うの方は歩かなかった。
　ぶちの犬が出て来て、尻尾を振りながらつきまとった。一昨年油紙女史が紹介したポインタアだろう。事によると犬の方で私共の顔を覚えているのかも知れない。いやに馴れ馴れしく振舞う。この前の時は庭先の踏み石の上から顔を出しただけだが、今日はその全身を見ると実に不細工な恰好をしている。京都駅の鯉そっくりである。後になり先になりして、私共が一廻りして座敷に上がる迄、離れなかった。
　お庭の所所に、こちらから目立たない物蔭に、大きな甕がいくつも転がっている。どうするのだろうと云ったら、山系君がこの辺は水に不自由するのではありませんかね、と云った。そう云えば八代に近づく沿線の百姓家の庭にも、飛んでもなく大きな

甕がおいてあるのを方方で見た。
納屋の様な建物の軒下に、二三尺の舟が寄せ掛けてあった。人が乗るには小さ過ぎる。お池に浮かべて眺めるのだろう。矢張り領主様のお屋敷跡だと思った。池の縁を廻ったが、大きなお玉杓子はどこにいるか解らない。座敷に戻って、もう立とうと思う、鶺鴒の声がする。

そうして出発した。宿を出発し、八代駅を出発してから、宿の門前の麦の青青した色を思い出した。

今日はお天気がいいので、沿線の景色に春光が溢れている。白桃の花、梨の花、紅梅、柳の枝、伸びかけた麦に一ぱいに日があたり、明日の今頃までにはどの位伸びているだろうかと思う。それはいいけれど、野良のどこにも百姓が出ていない。家で何をしているのかと考えたが、解らない。八代を出たのが三時半、矢張り「きりしま」の上リである。博多に近づく前に、遠い向うの山が暮れかけた。

　　十四　狸の独楽

博多で聯結した一等車のコムパアトに移り、食堂車へ行って適当に済まして、早目に寝た。そうして翌くる日は遅く起きた。今日もいいお天気である。昼間の内のコムパアトは陰気で鬱陶しいから、隣りの一等室の座席に遷座して、窓外の春景色を眺め

浜松が近くなる辺りで、向うの青黒い山のうしろに、目がぱちぱちする様な雪の山の頂きが見えた。こっちの空には、白い小さな切れ雲が浮いている。私の若い時の俳句に、うららかや藪の向うの草の山、と云うのがある。その通りの景色があった。今日は彼岸の入りである。

一服しながら考える。一等車に乗っている人はみんなえらいだろう。それを自分で知っている様子である。しかし自分が知ったゞけではいけない。人にもそう思わせなければならない。人に自分がえらいと云う事を示すのに、にやにや笑っていないがらそう思わせるのは中中六ずかしいだろう。手近かな方法は怒った顔をするに限る。えらい人がみんなそう思っているか、どうか知らないが、所所の停車駅で乗り込んで来る一等客は、申し合わせたように腹が立って仕様がない様な顔をしている。しかし、本当に腹が立つ事があって、それから一等車に乗って来たのかも知れないから、立腹顔とえらいのとを一緒に考えていいか悪いか、解らない。

静岡に著いたら、窓の下へ山系の後輩の蝙蝠傘君が走って来た。彼とは私も昵懇である。

八代の宿でお土産に貰った狸の独楽をやろうと思う。かぶっている笠を抜き、首を抜き、台から胴体を抜くと、みんな一つずつの位である。大きさは家鴨の卵を立てた位

独楽になって、ひねればくるくる廻る。窓の縁で山系君が実験して見せた。
「いいか、そら」
「成る程、成る程」とませた口調で感心する。
笠を廻して、次に首を廻す。
「これは便利です」とおかしな相槌を打つ。
発車のベルが鳴り、山系がばらばらにした狸を、まだもとの様にしない内に動き出した。
蝙蝠傘が窓について歩いている。
山系があわてて、狸の顔の向きを逆に差し込んだらしい。
「あっ、これはいけない。おい君、顔の向きが違っているからね」
「結構です」と云いながら、ねじれた狸を手に持った儘、速くなった窓の後に消えた。

解説　無邪気それとも天邪鬼？

和田忠彦

『阿房列車』は小説である。

そう自分に言い聞かせて、いささか持ち重りのするゲラを鞄に詰め込んで、ボローニャを発った。アドリア海沿岸を走る特急ユーロスターを阿房列車に見立て、ペスカーラまで片道三時間、百閒先生に同行願おうというわけだ。

ただし、旅の道連れを願うにあたって、百閒先生に断っておかねばならないことがある。こちらは、恥ずかしながらご所用あっての旅行につき、のっけから阿房列車の大原則に反していますが、ご寛恕のほどを、と。「なんにも用事がないけれど、汽車に乗って大阪へ行って来ようと思う」——そもそもこれが阿房列車誕生のきっかけだったのだから。

というわけで、イタリア版似非阿房列車は恙なく旅路についたのだけれど、本物の阿房列車はといえば、実はなかなか走りださない。われらが百閒先生が妙な思案をめ

ぐらせはじめるからである。

「用事がないのに出かけるのだから、三等や二等には乗りたくない。私は五十になった時分から、これからは一等車でなければ乗らないときめた。そうきめても、お金がなくて用事が出来なければ止むを得ないから、三等に乗るかも知れない。しかしどっちつかずの曖昧な二等には乗りたくない。二等に乗っている人の顔附きは嫌いである」
（七頁「特別阿房列車」）。

ならば一等に乗るだけのことだ。

ところが、まず、用事がないという「境涯は片道しか味わえない」。というのも、行ったら帰ってこなければならないからで、帰りの片道は「冗談の旅行ではない」。したがって「用事のある旅行」ということになる。ならば「一等になんか乗らなくてもいいから、三等で帰って来よう」。おまけに二等で往復しても、往きが一等帰りが三等でも運賃はほとんど変わらない。

これで万事解決といかないあたりが、いかにも「摩阿陀だよ」の百閒先生らしい。持病が心配で、遠方まで一人旅などもってのほか。そこで同行を年来の若い友人ヒマラヤ山系氏に依頼し快諾を得る。すると今度は、国鉄職員である山系氏は三等乗車証を支給されてはいるが、まさか一等展望車にすまして乗り込むわけにもいかない。用事があると呼びにやらせて、そのまだが一緒の車両でなければ連れの意味がない。

ま話し込んでいれば、山系氏転乗の件は解決する。と、およそ取り越し苦労ともいうべき思案の果てに、雍容旅費の工面に出かけていく。「月給と借金」合わせて収入と考え暮らしてきた百閒らしく、今回の借金は「本筋」であるから、首尾よく返済は「いずれ春永に」と収まって、空想が実現にむけていっきに動きだす。

阿房列車の出発である。

年譜に依れば、百閒が大阪一泊の旅に出たのは、還暦の翌年、一九五〇年十月、つまり『贋作吾輩は猫である』が刊行された半年後のことである。翌五一年一月には、この特急「はと」による大阪旅行が「特別阿房列車」と題され、「小説新潮」に掲載される。以後、実質五年にわたって繰りひろげられた阿房列車の旅は、『第三阿房列車』(五六年刊)をもって一旦終止符を打つ。もっとも、この後名作『ノラや』をはさんで『東海道刈谷駅』へとつづく百鬼園小説の軌跡を思えば、阿房列車は汽笛の響きを哀切へと変えて走りつづけていたのだと考えることも可能だろう。

ともあれ、特急「はと」にはじまり新特急「かもめ」で巻を閉じる本書『阿房列車』にふたたび乗り込むとしよう。

この小説は、内田百閒そっくりの語り手「私」の、臆病なのか大胆なのか、無邪気なのか天の邪鬼なのか、俄に判じがたい素顔でいっぱいである。

犬がこわいのもそうだし、雪を知らないのも、家にラジオがないことも、辞書は「言海」と金田一の「明解」を併用するようになっていたことも、アイスクリームが大の好物で、「いつでも、あれば食べたいと思う」ことも、しかも、舌が痺れて頭痛までしているのに「沽券にかかわる」と、無理して三つたいらげるくらい好きだということも。

「僕は体裁屋である」（一一八頁）と言いながら、「昭和十四年の春（⋯⋯）以来星霜十三年」履きつづけている「全くのぼろ靴」（一五三―四頁）で高級旅館に現れる。理詰めは嫌いと言いながら、こと自己分析となると、これはもう徹底しすぎるくらい理詰めで我が身を追いつめていく。その様が滑稽であり、諧謔そのものなのだ。あるいは、ふともらす寸鉄の箴言――「隧道の本質は長さにはなく、暗さにあるだろう」（二九八頁）とか、新特急「かもめ」の試乗に招待されて、下りは三ノ宮、上りは神戸に停車という調停案を批判して、「こんな曖昧な処置に出たのは、国鉄が段段に高貴なる官僚精神を失いつつある証左であって、人が嫌ってもいいから、毅然としてサアヴィスを行うと云う精神に欠けている。サアヴィスとは愛想顔、御機嫌取りの意味ではない筈である」（三四一頁）。と、その傍から突拍子もないことを言いだす――東海道線の混雑を解消するには、「東京大阪間を長いプラットホームでつないでしまう。東の出口を東京とし、西の出口を大阪とする」。要するに入場券で東京大阪

間を歩いて行けるようにすればいいというわけだ。ここまでくると本気なのやら何なのやら、はなはだ心許ないが、それがまた百閒らしい。

これを天性のおとぼけなどと思いこんではいけない。そんな矛盾だらけの素顔を無防備にさらすとみせて、実は百鬼園先生、随所に簡潔ではっとする描写の冴えを発揮している。

たとえば、「時雨の来る暗い海に向かった左手が、陸続きの出鼻になっていると見えて、海との境目と思われる辺りを、窓の明かるい夜汽車が何本も行ったり来たりした。夜汽車が波打際を走って行くのを外から眺めるとしみじみした気持がする。遠くから見る程趣が深い。大阪の近くの浜寺から、夜の大阪湾の海波を隔てて、一ノ谷の山裾を走る須磨海岸の夜汽車の明かりを見たのが、私の記憶の中では一番遠かった。蛍の火が列になって流れて行った様であった」(三三一頁)。あるいは、「周囲の騒ぎをそらそうとしていると、急に耳のそばで甲高い声がする。びっくりして目を見開いたら、舞妓が幾人も、だらしなく結んだ帯を垂らして、座席の横を小走りに向うへ行ったり、又戻ったり、頻りに何かしゃべっているが、よく聞き取れない。厚化粧や濃い口紅が、ホームの反対側の窓から射し込む朝の光でばらばらになって、あんまり綺麗ではない」(三三八頁)。

記憶の中の視覚の、なんと鮮明なこと。

だがこれにとても、「覚えていても何の役にも立たない。しかし役に立たないことを忘れてしまうと云う事は出来ない。却って役に立たない事程、いつ迄もはっきり覚えている様でもある」(二九三頁)と、あっさりはぐらかされてしまう。

はぐらかしと言えば、阿房列車に欠かせない同行者、ヒマラヤ山系氏が「私」と交わす遣り取りが始終そんな具合である。

恰好の例として「奥羽本線阿房列車　後章」にあるくだり。阿房列車に乗りはじめて以来、百閒の前歯はずうっとぶらぶらしている。蕎麦を前にして、同行のヒマラヤ山系氏とのやりとりである。

「抑も歯を以って物を嚙むと云うのは、あれは前半は本能だが、後半は迷信だ」「なぜです」「嚥下の前提として咀嚼すると云う事に合理的な必然はない」「何の事だか解りません」「こう云うのは、よく嚙まないといけない。要するに、ぐしゃぐしゃ嚙んでしまったら、どんなおいしい物でも味がなくなる。二つ三つ歯形を入れて、嚥み込む時の味がいいのだ。蛇は丸呑みをする。それでもうまいと思っているに違いない」「蛇の真似なぞいやです」「もう汽車が来やしませんか」「ライオンだって、嚙んでも嚙まなくても、おなかへ這入れば同じ事だ」「そら、もう駅の人が出て来ました」(二六一—二頁)。

イタリア文学者の端くれとしては、まるでアキッレ・カンパニーレ（一八九九—一九七七）じゃないか、と幾度も思ったのだけれど、あのウンベルト・エーコをして天才と言わしめたこのユーモア作家について詳しくは別の場
——アキッレ・カンパニーレ「死の匂う笑い」「新潮」一九九二年九月号所載）に譲るとして、読者拙訳・解題エーコ「死の匂う笑い」の軌跡」『ファシズムの想像力』（人文書院、一九七七）所載、諸兄には、そのすれ違いぶりを愉しんでいただきたい。

代わりに、イタリアがらみで気になったことをひとつ。

新潟からの帰途、往きに見た小出駅の手前の線路沿いに幾体も立っていた大きな雪人形が掻きたてる遠い昔の思い出に、アントニオ・カノーヴァの名前が唐突に現れる（「雪中新潟阿房列車」三二三頁）。

「昔。中学生の時、英語の教科書に」載っていたというから、百閒十三歳から十八歳のとき、つまり一九〇二年から七年にかけて栄造少年が岡山中学時代のことだ。「カノヴァがチーズだかバタだかで、塑像を彫ったと云う事を教わった」「いつまでも四角い目ざまし時計の上に似をして彫った『蠟のかたまりの半身像を』」「いつまでも四角い目ざまし時計の上に置いていた」友人が早死にした。と、回想するくだりである。
アントニオ・カノーヴァといっても、神話を題材にした彫刻と絵画で十八世紀後半から十九世紀初頭にかけて一世を風靡した芸術家という程度の知識しか持ち合わせな

い。それでも、百閒の記憶する早熟の天才としての逸話には心当たりがあった。

カノーヴァが六、七歳のときというから、一七六四年ごろのこと。かねてヴェネツィアの北八〇キロメートルほどのポッサーニョ村に粘土で見事な彫像をつくる少年がいるという噂を聞きつけたヴェネツィア貴族たちが、近郊の屋敷で開かれた晩餐会に少年を招待したところ、瞬く間にバターでヴェネツィアのシンボル、獅子像を彫り上げてみせ、居合わせた者残らず驚嘆したというものだ。これがきっかけとなって、カノーヴァは当の屋敷の主の援助を得て、職業彫刻家としての訓練を受け、二十二歳にしてローマに招かれ、早くも絶頂期を迎え、ついには皇帝ナポレオンに重用され、パリへと伴われる。

百閒がカノーヴァの逸話を記憶にとどめていたのは偶然に違いないとしても、実は百閒、イタリアと縁がなかったわけではない。

随筆「羅馬飛行」にあるように、一九三一年五月、百閒が会長を務める法政大学航空研究会の教え子が、三度の不時着にもめげず、一三〇〇〇キロメートルを二カ月余かけて、ローマに出かけている。ムッソリーニから勲章をわたされるなど、たいそうな歓待を受けたと当の学生から聞いたのを、百閒は覚えていたのだろう、後年イタリアの飛行隊がどこやらの一周飛行から帰還したと知るや、大枚はたいて（要は借金をして）統帥（ドゥーチェ）に祝賀電報を送るという義理堅さである。

だが、このあとがいかにも百閒らしい。ムッソリーニと付き合うのは金がかかると判ったから、もう止めにしたとさっさと見放してしまう。

その潔い偏屈ぶりは、四二年「日本文学報国会」入会を断固さらりと拒否した事実と符合する。

だって、阿房列車の冒頭に、われらが百閒先生、「私」の口を借りてちゃんとおっしゃっているではありませんか。

「阿房というのは、人の思わくに調子を合わせてそう云うだけの話で、自分で勿論阿房だなどと考えてはいない」

雑俎

平山三郎

阿房列車に関連して先生の事を色色書いて見ようと考えているのですが、もし出来上がって本になるようでしたら、何か跋文の様なものを書いて戴けないでしょうか。
先生は暫く憮然として私の顔をながめていたが、やがてこう云われた。
それは平山君、駄目だよ。貴君が僕のことを書くのは、それは仕方がない。何を書こうと勝手だけれども、僕がその本に跋文を書くなんて、そんな、うわあごに物が食っついたようなことは、僕はいやだよ。——御免蒙る。
別にふざけた気持があったわけではないのだが、それでその件はあっさり諦めた。
しかし、書く事に誤りや思い違いがあってはならないし、私生活に立ち入る様な箇所も多少出てくる。とにかく、先生の過去から現在まで根掘り葉掘り、差しつかえのない限り拗っこく書いたのだから、出版社に渡す前に、いやでも原稿に目を通して貰いたい。原稿を先生の手元にお預けした。——斜めに読んだか、新聞紙をめくる様に小

見出しだけずらずらとながめたか、しかし、先生はそんないい加減な、ぞんざいなことの出来るひとではない。さぞ小難しい顔で、おもしろくもない原稿を持て余しているかも知れない。いずれにしても御自分の事をあれこれ書いてある「実説阿房列車先生」などというものが、先生にとって愉快である筈がない。すっかり観念した気持で、先生の手から原稿がお下げ渡しになるのを息を殺して待った。——半月程して原稿を返して戴く時、「実説」だなんてもう古いね、と云われた。森田草平との交友を描いた中篇「実説艸平記」は昭和二十五年に書かれたが、爾後、「実説」物の流行を見た。「実説」はもう手アカで汚れている。「実歴の方がいいね」と先生は云う。艸平記を真似た訳ではないのだけれど、云われてみると、成程、実歴という古めかしい言葉が誠に新鮮に思えてきた。

本が出来上がった。自分の著書は初めてではないが、非常に嬉しい半面非常に不安でもある。少しも早く先生に見せなければ申訳が立たない様な気持である。出版社から本を受取るとその足で四ツ谷の先生の家へ廻り、先生の前に恭しく差出したら、いつも私が編纂校正している先生の本が出来上がった時と同じ様な気持になった。——本を手に取って、ゆっくり頁を繰っておられたが、やがて、長嘆息する様な調子で感想を洩らされた。

平山君、この本は、まるッきり、全然、売れないか、そうでなければ、飛んでもな

く売れて売れて、始末に困る……そのどっちかだね。僕が保証するよ。

＊

　先生の家の位置は、国電で四ツ谷駅と市ケ谷駅のちょうど真ン中あたりにある。市ケ谷へ出た方がいくらか近い様な気がするといつか先生が云った事があるが、私は四ツ谷駅からの方が便利なので、いつもともなく四ツ谷から行く。それで、いつからともなく先生の家へ行く時は、ごく自然に「四ツ谷の先生」へ行くと人にも云い、自分の頭の中でも四ツ谷の先生四ツ谷の先生と思っている。狙れた気持からではなく、急いでいると、それが省略されて、四ツ谷で、とか、四ツ谷へ行ったら、という風になる。——それが気に触わっていたわけではないのだが、或る時、先生が話題にした事があった。私は恐縮しながら、……しかし先生、監獄のあった市ケ谷の、では先生も余りいい気持ではないでしょう、麴町の先生、また、六番町の先生ではなンだか鏡花の小説めいて云う方も気がひけますね、と云うと、先生は、まあ好きな様にしなさいという風に黙ってしまった。「四ツ谷の先生」の当否はそれなりになっている。

＊

　先生のレトリック。

チブスの予防注射をしたあとで、お酒をのんだあとで予防注射をするのも勿論いけないことである。しかし、(と云って先生は言葉を強める)お酒をのんでもいけない。……だから、いいかネ、それほど僕は予防注射を重んじているンだよ。解ったかね。

＊

　先生の家の夕のお膳の前に、用事があって多い時になると週に二回、少なくて半月に一度は坐ることになる。
　むかしは、昼近い朝食代りに牛乳と英字ビスケットですませていたが、最近ではそれもしないらしい。夕方まで何んにもお腹の中に這入っていないのだから、用件がそろそろ片づくころになると、先生はお膳の前で落着きがなくなり、苛苛してくるのが此方にも判るのである。一刻も早くお膳の上に御馳走を並べて盃をとりたいのだが、その順序が簡単には渉らない。先生の御膳日記の献立メモの紙片をもう一度確認して、順序立ったコースでお皿小鉢が並べられる。向い合った私の前のそれが、先生と同じ順序に並んでいないと、何度でもやり直す。
　左端のお刺身の皿の右はウニの小皿といった具合に、自分のと見くらべて先生の手

が私の前でちらくらと小皿を並べ直す。お膳の上の御馳走の整列がすむまで、先生がいらいらと忙し気に手を動かしているのを、見ないような顔で私はじいっと膝に手をつかねている。口の中にじっとり唾が溜まってくる。

瀬戸内海の魚を食べて育ったのだから、関東の魚を余り賞めないけれど、お膳に魚介類がないと気がすまない、いわゆる魚喰いなのである。それも、ひとつのものに凝り出すと、それを一ト月でも二タ月でも毎日毎日、たべ飽きることを知らない。比目魚ならひらめ、さわらならさわらで、同じ物がお膳の上に並んでいないと気に入らない。戦中と戦後の或る時期を除いて、この慣習は少しも変らない。

魚に限らない。お膳の上で極めて我儘なのである。むかし、カツレツが旨いので一ぺんに七枚とか八枚食べた。また寒雀のひっぱりが気に入って、これも一ぺんに二十幾羽食べた。そういうことをするから君は貧乏するんだ、と先輩の小宮豊隆さんかにたしなめられたという話がありますが、あれは本当ですか、と或る時質問したら、

——二十幾羽じゃないョ、三十五羽だよ。と云って先生は不満そうな顔で訂正した。

先生の我儘をわるく云うための伝説ではないのである。

いったん凝り出したら余程の事情がない限り、二タ月でも三月でもそれを続ける。この間は、近所の古いのれんのうなぎに凝りだして、毎日毎夕、同じ串を註文する。月末に通算したら——と、他人に聞かれては具合がわるいような表情で先生が云うの

である。——大の月の三十一日の月に、二十九本。自分でもあきれたような調子で先生は云うのであるが、しかしそれで鰻はもう飽きたというのではないらしく、いくらか物足りないような顔である。道理で、その凝っていた時分にぶつかったのだろう、続けさまに二三度、私もそのうなぎの御相伴をしていたのを思い出した。

　　　　　＊

　小宮豊隆さんがお元気の頃、先生の家へ見えて、お酒を上がって、さて遅くなったから帰ろうとする時、小宮さんは奥さんの方に向かってにゅっと手を出すのだそうである。いつものことなので、奥さんは心得て立ち上がり、その手を持って引張りあげる様にして小宮さんを立ち上がらせる。先生がどッこいしょと腰を上げようとする時、いつも引ッぱり上げているので呼吸が解かっている。——或る時、小宮さんが手を出したので、引張りあげたら、そのときは何か物を取ってくれという合図だったのが、小宮さんが立ち上がったあとで解った。

　　　　　＊

　村山古郷氏の句集の書名を、いくつかの腹案を前にして先生が考えていた。木ノ葉

髪、べんがら、総武線、軒の梨、ちんぴ。——さいごに「軒」がよろしからんと先生云う。句集「ちんぴ」などというのは新鮮で、妙であるが、しかし、つけられた村山さんは困るだろう。

　　　＊

宮城道雄撿校は、メンデルスゾーンのコンチェルトをふざけて、コンデルスゾーンのメンチェルトと云ってよろこんでいたという話から、……芥川は、まっしぐらと云う時、かならず、まっくじらまっくじらと云って嬉しがっていたね。

　　　＊

「百鬼園先生言行録」は昭和初期の「新青年」に載ったがそのときの原稿料はたしか一枚一円二十五銭だったと云う。同じ時期同じ雑誌で、佐々木邦は——「貴君、おどろいてはいけない、一枚五円だったんだ」（佐々木邦は先生卒業後の六高で英語講師だったことがある）

　　　＊

「世の中に人の来るこそうれしけれ、とは云ふもののお前ではなし」というのは、高

等小学校の時の森作太先生が教えてくれたのだそうだ。
「昔は、エライ先生が居たもンだねぇ」と先生はしきりに感心している。

　　　　＊

　先生のみた夢の話。——地球上からいよいよ動物がいなくなるという公告が百貨店や何にかに貼り出されてある。四ツ谷の公設市場から近所のおばさんが魚を買ってくるのに道端で出会った。「もう魚が無くなるというもんですから……」丘の上に一軒小屋が建っていて、その入口から火星人が次次に出てくる、タコの様にふにゃふにゃした頭で、先生は小屋の入口に立っていて、犬の頭を軽く叩いてやる様に、出てくる火星人の頭を一人一人叩いてやると、非常に嬉しいらしい。すると、その中の一人が先生に近づいてお礼を云うのだそうである。先生、皆んな非常によろこんで居ります。

　　　　＊

　文章に反復符号を用いない。例えば「はゝ」「いろ〳〵」「度々」の「ゝ」「〳〵」「々」は文字ではない。——俗字、略字を用いない。例えば、駄目、下駄の「駄」は点のないのが正字である。それ丈の「丈」、着物、到着の「着」、嘘、窓、欠などは俗字だと云う。

「脊中」と「背後」、「初め」と「始め」などもちろん区別される。「向う」と「向ふ」は「計り」と「許り」の区別はいまでも頭の中でうまく整理されていない。「計り」は「少しばかり」「およそ、これっぱかり」であり、「許り」は「そのことばかり」「それのみ」という使い方である。——台湾の台が臺でなければいけないのならば、天台宗の台も天臺宗だろうというのが誤りなのだから、混乱してくる。

靴を脱いだ、上著を脱いだ、か「……脱いた」。先生は慣習的に「脱いた」と書く。「上著を脱いた」なんて、おかしいと思うンですが、と私は云うのだが、先生は譲らない。しかし確たる根拠はないらしい。それで少少図にのって、「人の顔をしけじけ見た。」は誤植ですね、しげしげでしょうと云ったら、分厚い字典を目の前に据えられて、引いてみなさい、と云われた。これは私がシャッポを脱いた。しけじけ見る、でよろしいのであって、つまりは「しげしげ通って、しけじけ見た」ということになる。——いずれも大分以前の話だが、ラヂオをラジオと誤植して、ひどく軽蔑されたことがある。

校正の誤植では、昭和九年岩波で出た「旅順入城式」の話がある。岩波出版部の当時の係は佐藤佐太郎氏で、佐藤さんは後に青磁社、永言社など出版業をされたくらいで、校正には細心で、旅順入城式の校正は先生とお二人で自分で念には念を入れて何校まで取ったか知らないが、最後の校正刷を印刷所に廻す前に、ふと気がついたら、

大きく刷ってある書名が「旅順入場式」「入城」が入場券の場になっていたというのである。
――最後まで気がつかなかった。校正にはそういう事もあるんだが、あの時はまったく驚いたねえ。

『百鬼園先生雑記帳』(昭和四四年六月、三笠書房)

初出（初刊）一覧

特別阿房列車　「小説新潮」昭和二六年一月号　『阿房列車』昭和二七年六月、三笠書

区間阿房列車　「小説新潮」昭和二六年六月号（『阿房列車』）

鹿児島阿房列車　前章　「小説新潮」昭和二六年一一月号（『阿房列車』）

鹿児島阿房列車　後章　「小説新潮」昭和二六年一二月号（『阿房列車』）

東北本線阿房列車　「小説新潮」昭和二七年二月号（『阿房列車』）

奥羽本線阿房列車　前章　「小説新潮」昭和二七年三月号（『阿房列車』）

奥羽本線阿房列車　後章　「小説新潮」昭和二七年六月号（『阿房列車』）

雪中新潟阿房列車　「小説新潮・別冊」昭和二八年四月（『第二阿房列車』
　　　三笠書房）

春光山陽阿房列車　「小説新潮」昭和二八年八月号（『第二阿房列車』）

編集付記

一、ちくま文庫版の編集にあたっては、一九八六年十一月に刊行が開始された福武書店版『新輯 内田百閒全集』を底本としました。
一、表記は原則として新漢字、現代かなづかいを採用しました。
一、カタカナ語等の表記はあえて統一をはからず、原則として底本どおりとしましたが、拗促音等は半音とし、ヰはウィに、ヸはヴィに、ヴはヴァに改めました。

　ステツプ→ステップ
　キスキイ→ウィスキイ
　市ケ谷→市ヶ谷

一、ふりがなは、底本の元ルビは原則として残し、現在の読者に難読と思われるものを最小限施しました。
一、今日の人権意識に照らして不適切と思われる人種・身分・職業・身体障害・精神障害に関する語句や表現がありますが、作者（故人）が差別助長の意図で使用していないこと及び時代背景、作品の価値を考慮し、原文のままとしました。

書名	著者	紹介
思考の整理学	外山滋比古	アイディアを軽やかに離陸させ、思考をのびのびと飛行させる方法を、広い視野とシャープな論理で知られる著者が、明快に提示する。
質問力	齋藤孝	コミュニケーション上達の秘訣は質問力にあり！これさえ磨けば、初対面の人からも深い話が引き出せる。話題の本の、待望の文庫化。 〔斎藤兆史〕
整体入門	野口晴哉	日本の東洋医学を代表する著者による初心者向け野口整体のポイント。体の偏りを正す基本の「活元運動」から目的別の運動まで。 〔伊藤桂一〕
命売ります	三島由紀夫	自殺に失敗し、「命売ります。お好きな目的にお使い下さい」という突飛な広告を出した男のもとに、現われたのは──。 〔種村季弘〕
こちらあみ子	今村夏子	あみ子の純粋な行動が周囲の人々を否応なく変えていく。第26回太宰治賞、第24回三島由紀夫賞受賞作。書き下ろし「チズさん」収録。 〔町田康／穂村弘〕
ベルリンは晴れているか	深緑野分	終戦直後のベルリンで恩人の不審死を知ったアウグステは従弟の甥に訃報を届けに陽気な泥棒と旅立つ。歴史ミステリの傑作が遂に文庫化！ 〔酒寄進一〕
向田邦子ベスト・エッセイ	向田和子編	いまも人々に読み継がれている向田邦子。その随筆の中から、家族、食、生き物、こだわりの品、旅、仕事、私⋯⋯、といったテーマで選ぶ。 〔角田光代〕
倚りかからず	茨木のり子	もはや／いかなる権威にも倚りかかりたくはない⋯⋯話題の単行本に3篇の詩を加え、高瀬省三氏の絵を添えて贈る決定版詩集。 〔山根基世〕
るきさん	高野文子	のんびりしていてマイペース、だけどどっかヘンテコな、るきさんの日常生活って？ 独特な色使いが光るオールカラー。ポケットに一冊どうぞ。
劇画ヒットラー	水木しげる	ドイツ民衆を熱狂させた独裁者アドルフ・ヒットラーとはどんな人間だったのか。ヒットラー誕生からその死まで、骨太な筆致で描く伝記漫画。

書名	著者	内容
ねにもつタイプ	岸本佐知子	何となく気になることにこだわる、ねにもつ。思索、奇想、妄想をはばたく脳内ワールドをリズミカルな名短文でつづる。第23回講談社エッセイ賞受賞。
TOKYO STYLE	都築響一	小さい部屋が、わが宇宙。ごちゃごちゃと、しかし快適に暮らす、僕らの本当のトウキョウ・スタイルはこんなものだ！　話題の写真集文庫化！
自分の仕事をつくる	西村佳哲	仕事をすることは会社に勤めること、ではない。仕事を「自分の仕事」にできた人たちに学ぶ、働き方のデザインの仕方とは。(稲本喜則)
世界がわかる宗教社会学入門	橋爪大三郎	宗教なんてうさんくさい!?　でも宗教は文化や価値観の骨格であり、それゆえ紛争のタネにもなる。世界宗教のエッセンスがわかる充実の入門書。
ハーメルンの笛吹き男	阿部謹也	「笛吹き男」伝説の裏に隠された謎はなにか？　十三世紀ヨーロッパの小さな村で起きた事件を手がかりに中世における「差別」を解明。第8回小林秀雄賞受賞作に大幅増補。(石牟礼道子)
増補　日本語が亡びるとき	水村美苗	明治以来豊かな近代文学を生み出してきた日本語が、二一世紀、大きな岐路に立っている。精神科医である著者が説く、親子という「生きづらさ」の原点とその解決法。
子は親を救うために「心の病」になる	高橋和巳	子は親が好きだからこそ「心の病」になり、親を救おうとしている。精神科医である著者が説く、親子という「生きづらさ」の原点とその解決法。
クマにあったらどうするか	姉崎等	アイヌ民族の知恵と自身の経験から導き出した超実践クマ対処法。クマと人間の共存する形が見えてくる。(遠藤ケイ)
脳はなぜ「心」を作ったのか	前野隆司	「意識」とは何か。どこまでが「私」なのか。死んだら「心」はどうなるのか。――「意識」と「心」の謎に挑んだ話題の本の文庫化。(夢枕獏)
モチーフで読む美術史	宮下規久朗	絵画に描かれた代表的な「モチーフ」を手掛かりに美術史を読み解く、画期的な名画鑑賞の入門書。カラー図版約150点を収録した文庫オリジナル。

品切れの際はご容赦ください

太宰治全集（全10巻）	太宰治	第一創作集『晩年』から太宰文学の総結算ともいえる『人間失格』、さらに『もの思う葦』ほか随想集も含めて清新の装幀でおくる待望の文庫版全集。
宮沢賢治全集（全10巻）	宮沢賢治	『春と修羅』、『注文の多い料理店』はじめ、賢治の全作品及び異稿を、綿密な校訂と定評ある本文によって贈る画期的な文庫版全集。全小説及び小品・評論に詳細な注・解説を付す。
夏目漱石全集（全10巻）	夏目漱石	時間を超えて読みつがれる最大の国民文学を、10冊に集成して贈る決定版の文庫版全集。書簡など2巻増補。
芥川龍之介全集（全8巻）	芥川龍之介	確かな不安を漠然とした希望の中に生きた芥川の全貌。名手の名をほしいままにした短篇から、日記、随筆、紀行文までを収める。
梶井基次郎全集（全1巻）	梶井基次郎	「檸檬」「泥濘」「桜の樹の下には」「交尾」をはじめ、習作・遺稿を全て収録し、梶井文学の全貌を伝える。一巻に収めた初の文庫版全集。 （高橋英夫）
中島敦全集（全3巻）	中島敦	昭和十七年、一筋の光のように登場し、二冊の作品集を残してまたたく間に逝った中島敦——その代表作から書簡まで収め、詳細小口注を付す。
ちくま日本文学（全40巻）	ちくま日本文学	小さな文庫の中にひとりひとりの作家の宇宙がつまっている。一人一巻、全四十巻。何度読んでも古びない作品と出逢う、手のひらサイズの文学全集。
内田百閒	内田百閒	花火 山東京伝 件 冥途 東京会 道連 釣 冥途 流渦 蘭陵王入陣曲 山高帽子 長春香 東京日記サラサーテの盤 特別阿房列車 他（赤瀬川原平）（和田忠彦）
阿房列車	内田百閒	「なんにも用事がないけれど、汽車に乗って大阪へ行って来ようと思う。」上質のユーモアに包まれた紀行文学の傑作。
小川洋子と読む内田百閒アンソロジー——内田百閒集成1	小川洋子 編	「旅愁」「冥途」「旅順入城式」「サラサーテの盤」……今も不思議な光を放つ内田百閒の小説・随筆24篇を、百閒をこよなく愛する作家・小川洋子と共に。

教科書で読む名作

羅生門・蜜柑 ほか　芥川龍之介

表題作のほか、鼻／地獄変／藪の中など収録。高校国語教科書に準じた傍注や図版付き。併せて読みたい名評論や「羅生門」の元となった説話も収めた。

現代語訳

舞　姫　森　鷗外　井上靖 訳

古典となりつつある鷗外の名作を井上靖の現代語訳で読む。無理なく作品を味わうための語注・資料を付す。原文も掲載。

こ こ ろ　夏目漱石

「罪の意識」によって、ついには人間不信にいたる悲惨な心の暗部を描いた傑作。詳しく利用しやすい語注付。〔小森陽一〕

続 明 暗　水村美苗

もし、あの『明暗』が書きつがれていたとしたら……。漱石の文体そのままに、気鋭の作家が挑んだ話題作。第41回芸術選奨文部大臣新人賞受賞。

今昔物語（日本の古典）　福永武彦 訳

平安末期に成り、庶民の喜びと悲しみを今に伝える今昔物語。訳者自身が選んだ155篇の物語は名訳を得て、より身近に蘇る。〔池上洵一〕

恋する伊勢物語　俵万智

恋愛のパターンは今も昔も変わらない。恋がいっぱい詰まった歌物語の世界を案内する、ロマンチックでユーモラスな古典エッセイ。

百人一首（日本の古典）　鈴木日出男

王朝和歌の精髄、百人一首を第一人者が易しく解説。現代語訳、鑑賞、作者紹介、語句・技法を見開きにコンパクトにまとめた最良の入門書。〔武藤康史〕

樋口一葉 小説集　菅聡子 編

一葉と歩く明治。作品を味わうと共に詳細な脚注・参考図版によって、一葉の生きた明治を知ることのできる画期的な文庫版小説集。

尾崎翠集成（上・下）　中野翠 編

鮮烈な作品を残し、若き日に音信を絶った謎の作家・尾崎翠。時間と共に新たな輝きを加えてゆくその文学世界を集成する。

川三部作

泥の河／螢川／道頓堀川　宮本輝

太宰賞「泥の河」、芥川賞「螢川」、そして「道頓堀川」と、川を背景に独自の抒情をこめて創出した、宮本文学の原点をなす三部作。

品切れの際はご容赦ください

書名	著者	紹介
三島由紀夫レター教室	三島由紀夫	五人の登場人物が巻き起こす様々な出来事を手紙で綴る。恋の告白・借金の申し込み・見舞状等、一風変ったユニークな文例集。
コーヒーと恋愛	獅子文六	恋愛は甘くてほろ苦い。とある男女が巻き起こす恋模様をコミカルに描く昭和の傑作が、現代の「東京」によみがえる。(群ようこ)
七時間半	獅子文六	東京―大阪間が七時間半かかっていた昭和30年代、特急「ちどり」を舞台に乗務員とお客たちのドタバタ劇を描く隠れた名作が遂に甦る。(千野帽子)
青空娘	源氏鶏太	主人公の少女、有子が不遇な境遇から幾多の困難にぶつかりながらも健気にそれを乗り越え希望を手にする日本版シンデレラ・ストーリー。(山内マリコ)
御身	源氏鶏太	矢沢章子は突然の借金返済のため自らの体を売ることを決意する。しかし愛人契約の相手・長谷川との出会いが彼女の人生を動かしてゆく。(寺尾紗穂)
カレーライスの唄	阿川弘之	会社が倒産した! どうしよう。美味しいカレーライスの店を始めよう。若い男女の恋と失業と起業の奮闘記。昭和娯楽小説の傑作。(平松洋子)
愛についてのデッサン	岡崎武志編	夭折の芥川賞作家が古書店を舞台に人間模様を描く「古本青春小説」。古書店の経営や流通など編者ならではの視点による解題を加え初文庫化。
おれたちと大砲	井上ひさし	家代々の尿筒掛、草履取、駕籠持、髪結、馬方、いでてこーい」他、星作品に描かれた幻の作品集。冒頭からの彼らは幕末の将軍様を救うべく、奮闘努力。爆笑、必笑の幕末青春グラフティ。
真鍋博のプラネタリウム	星新一 真鍋博	名コンビ真鍋博と星新一。二人の最初の作品「おーいでてこーい」他、星作品に描かれた挿絵と小説冒頭からの幻の作品集。(真鍋真)
方丈記私記	堀田善衞	中世の酷薄な世相を覚めた眼で見続けた鴨長明。その人間像を自己の戦争体験に照らして語りつつ現代日本文化の深層をつく。巻末対談=五木寛之

書名	編著者	内容
落穂拾い・犬の生活	小山　清	明治の匂いの残る浅草に育ち、純粋無比の作品を遺して短い生涯を終えた小山清。いまなお新しい、清らかな祈りのような作品集。
須永朝彦小説選	須永朝彦編	美しき吸血鬼、チェンバロの綺羅綺羅しい響き、暗い水に潜む蛇……独自の美意識と博識で幻想文学ファンを魅了した小説作品から山尾悠子が25篇を選ぶ。（三上　延）
幻の罠	山尾悠子編	都筑道夫作品でも人気の〝近藤・土方シリーズ〟が遂に復活。贋札作りをめぐる奇想天外アクション小説。二転三転する物語の結末は予測不能。
第8監房	都筑道夫編	近年、なかなか読むことが出来なかった〝幻のミステリ作品群が編者の詳細な解説とともに甦る。夜の街の片隅で起こる世にも奇妙な出来事たち。
飛田ホテル	田中小実昌編	剣豪小説の大家として知られる柴錬の現代ミステリ短篇の傑作が奇跡の文庫化。大阪のどん底で交わる男女の情と性。（難波利三）
紙の女	日下三蔵編	刑期を終えたやくざ者の妻の失踪を追う表題作など、大阪のどん底で交わる男女の情と性。（難波利三）
『新青年』名作コレクション	日下三蔵編	探偵小説の牙城として多くの作家を輩出した伝説の総合娯楽雑誌『新青年』。創刊から101年を迎えた新たな視点で各時代の名作を集めたアンソロジー。
ゴシック文学入門	『新青年』研究会編	江戸川乱歩、小泉八雲、平井呈一、日夏耿之介、澁澤龍彥、種村季弘──「ゴシック文学」の世界へと誘う厳選評論・エッセイアンソロジー。
刀	東雅夫編	名刀、魔剣、妖刀、聖剣──古今の枠を飛び越えて「刀」にまつわる怪奇幻想の名作が集結。業物同士が唸りを上げる文豪×怪談アンソロジー、登場！
家が呼ぶ	朝宮運河編	ホラーファンにとって永遠のテーマの一つといえる「こわい家」。屋敷やマンション等をモチーフとした逃亡不可能な恐怖が襲う珠玉のアンソロジー！

品切れの際はご容赦ください

井上ひさし ベスト・エッセイ　井上ユリ 編
ひと・ヒト・人　井上ユリ 編
開高健 ベスト・エッセイ　小玉武 編
吉行淳之介 ベスト・エッセイ　荻原魚雷 編
色川武大/阿佐田哲也 ベスト・エッセイ　大庭萱朗 編
殿山泰司 ベスト・エッセイ　大庭萱朗 編
田中小実昌 ベスト・エッセイ　大庭萱朗 編
森毅 ベスト・エッセイ　池内紀 編
山口瞳 ベスト・エッセイ　小玉武 編
同日同刻　山田風太郎

むずかしいことをやさしく……幅広い著作活動を続け、多岐にわたるエッセイを残した『言葉の魔術師』井上ひさしの作品を精選して贈る。（佐藤優）

道元・漱石・賢治・菊池寛・司馬遼太郎・松本清張・渥美清・母……敬し、愛した人々とその作品を描きつくしたベスト・エッセイ集。（野田秀樹）

文学から食、ヴェトナム戦争まで――おそるべき博覧強記と行動力。「生きて、書いて、ぶつかった」開高健の広大な世界を凝縮したエッセイを精選。

二つの名前を持つ作家のベスト。文学論、落語から「男と女」「紳士」「人物」のテーマごとに厳選した、吉行淳之介のダンディズムの条件にせまる決定版。（大竹聡）

創作の秘密から、作家たちとの交流も。博打論、ジャズ、阿佐田哲也名の芸能論、ジャズ、作家論を収録。（木村紅美）

独自の文体と反骨精神で読者を魅了する性格俳優、殿山泰司の自伝エッセイ、撮影日記、政治評・未収録エッセイも多数！（戌井昭人）

東大哲学科を中退しバーテン、香具師などを転々とし、飄々とした作風とミステリー翻訳で知られるコミさんの厳選されたエッセイ集。（片岡義男）

まちがったっていい、完璧じゃなくたって、人生は楽しない――稀代の数学者が放った教育・社会・歴史他様々なジャンルに亘るエッセイを厳選収録！

サラリーマン処世術から飲食、幸福と死まで。――幅広い話題の中に普遍的な人間観察眼が光る山口瞳の豊饒なエッセイ世界を一冊に凝縮した決定版。

太平洋戦争中、人々は何を考えどう行動していたのか。敵味方の指導者、軍人、兵士、民衆の姿を膨大な資料を基に再現。（高井有一）

書名	著者	内容
兄のトランク	宮沢清六	兄・宮沢賢治の生と死をそのかたわらで見つめ、兄の死後も烈しい空襲や散佚から遺稿類を守りぬいてきた実弟が綴る、初のエッセイ集。
春夏秋冬 料理王国	北大路魯山人	一流の書家、画家、陶芸家にして、希代の美食家でもあった魯山人が、生涯にわたり追い求めて会得した料理と食の奥義を語り尽す。
日本ぶらりぶらり	山下清	坊主頭に半ズボン、リュックを背負い日本各地の旅に出た"裸の大将"が見聞きするものは不思議なことばかり。スケッチ多数。
のんのんばあとオレ	水木しげる	「のんのんばあ」といっしょにお化けや妖怪の住む世界をさまよったあの頃――漫画家・水木しげるの、とてもおかしかった少年記。 (山田和)
ねぼけ人生〈新装版〉	水木しげる	戦争で片腕を喪失、紙芝居・貸本漫画の時代と、波瀾万丈の人生を、楽天的に生きぬいてきた水木しげるの、面白くも哀しい半生記。 (壽岳章子)
老いの生きかた	鶴見俊輔編	限られた時間の中で、いかに充実した人生を過ごすかを探る十八篇の名文。来るべき日にむけて考えるヒントになる珠玉集。 (井村君江)
老人力	赤瀬川原平	20世紀末、日本中を脱力させた名著『老人力』と『老人力②』が、あわせて文庫に！ ぼけ、ヨイヨイ、もうろくに潜むパワーがここに結集する。 (呉智英)
東京骨灰紀行	小沢信男	両国、谷中、千住……アスファルトの下、累々と埋もれる無数の骨灰をめぐり、忘れられた江戸・東京の記憶を掘り起こす鎮魂行。 (黒川創)
向田邦子との二十年	久世光彦	あの人は、あり過ぎるくらいあった始末におえない胸の中のものを誰にだって、一言も口にしない人だった。時を共有した二人の世界。 (新井信)
東海林さだおアンソロジー 人間は哀れである	東海林さだお 平松洋子編	世の中にはびこるズルの壁、はっきりしない往生際……抱腹絶倒のあとに東海林流のペーソスが心に沁みてくる。平松洋子が選ぶ23の傑作エッセイ。

品切れの際はご容赦ください

阿房列車

ちくま文庫

二〇〇二年十月九日　第一刷発行
二〇二二年十一月二十日　第十五刷発行

著　者　内田百閒（うちだ・ひゃっけん）
発行者　喜入冬子
発行所　株式会社　筑摩書房
　　　　東京都台東区蔵前二-五-三　〒一一一-八七五五
　　　　電話番号　〇三-五六八七-二六〇一（代表）
装幀者　安野光雅
印刷所　株式会社精興社
製本所　株式会社積信堂

乱丁・落丁本の場合は、送料小社負担でお取り替えいたします。
本書をコピー、スキャニング等の方法により無許諾で複製する
ことは、法令に規定された場合を除いて禁止されています。請
負業者等の第三者によるデジタル化は一切認められていません
ので、ご注意ください。
©MINO ITOH 2002 Printed in Japan
ISBN4-480-03761-6 C0193

内田百閒集成1（うちだひゃっけんしゅうせい）